ハヤカワ文庫JA

〈JA1565〉

ヴェルサイユ宮の聖殺人

宮園ありあ

早川書房

9021

目次

ヴェルサイユ宮の聖殺人

登場人物

ジャン＝ジャック・ルイ・ド・ボーフランシュ：フランス陸軍大尉。パリ王立士官学校教官
パンティエーヴル公妃マリー＝アメリー：ナポリ出身の王族で国王ルイ十六世の従妹。未亡人

フランソワ・ド・ル・ブラン：ボーフランシュ大尉の元教え子。フランス陸軍少尉
ラージュ伯爵夫人：パンティエーヴル公妃の女官
ブルワー嬢：パンティエーヴル公妃の侍女。イギリス人
ジョルジュ・ランベール：パリ警察捜査官。ボーフランシュ大尉の飲み仲間
シャルル＝アンリ・サンソン：処刑執行人。ムッシュー・ド・パリ
リッカルド・カヴァレッティ：当代一の去勢歌手

トマ・ブリュネル：徴税請負人でパリ・オペラ座演出家
ロズリーヌ・ロラン：パリ・オペラ座の歌姫
ルネ・ロラン：ロズリーヌの兄。芸術監督志望
アントワーヌ・ラヴォワジエ：科学者。ボーフランシュ大尉の士官学校時代の恩師
マリー＝アンヌ：ラヴォワジェ夫人
ジャンヌ：ランブイエ公爵家の料理人兼元菓子職人
ランブイエ公爵：フランスの王族。パンティエーヴル公妃の義父
シャルトル公爵：のちのオルレアン公爵。パンティエーヴル公妃の義弟
シャルトル公爵夫人ルイーズ：パンティエーヴル公妃の義妹でランブイエ公爵の娘
デカール：パリ警察捜査官
マルク・ド・ロワイエール：ボーフランシュ大尉の元教え子。竜騎兵隊所属
ロベール・ド・ロワイエール：マルクの弟。近侍
トゥルネー：聖ジュヌヴィエーヴ修道院長
アレクサンドル・パングレ：修道士。天文学者で司書
ポリニャック伯爵夫人ディアーヌ：王妃の取り巻き
アンリ：王妃の養い子。少年聖歌隊員

エミール：アンリの幼馴染
ニコロ・ピッチンニ：作曲家
マリー＝アントワネット：フランス王妃
ルイ十六世：フランス国王。パンティエーヴル公妃の従兄

プロローグ

ジャン＝ジャックの回想——一七八一年九月五日

北米大陸東海岸チェサピーク湾
フランス軍グラース伯爵麾下〈オーギュスト号〉艦内

今朝は靄が掛かって遠景はぼんやりとしていたが、それでも空は青く雲の欠片も見当たらず、日の入り前に揚陸作戦は終了するとボーフランシュ中尉ジャン＝ジャックをはじめ、誰もが思っていた。

アメリカ独立戦争が勃発して、既に六年が経過していた。その間、フランスがイギリスに宣戦布告し、仏米同盟条約を締結した。スペイン、オランダもイギリスに宣戦布告し、さらにはロシア、スウェーデン、デンマーク、プロイセン、ポルトガルが中立同盟を結んだ為、イギリスは対外的にも完全に孤立状態となっていた。

ジョージ・ワシントンはイギリス軍が占拠するヨークタウン奪還の為、ヨークタウンに面するチェサピーク湾周辺の攻略を決定し、フランス艦隊に援軍を求めて来た。

二十隻の戦列艦と三隻のフリゲート艦を含む百二十隻で構成されたグラース伯爵（グラース・ティリー侯爵およびグラース伯爵フランソワ・ジョゼフ・ポール。フランスの伯爵で侯爵）フランス海軍提督の艦隊は、チェサピーク湾に到着し、直ちに部隊の揚陸作戦が開始された。

見張り番が沖の水平線に帆柱を見つけた時はまだ良かった。フランス軍バラス艦隊の援軍に違いないと疑わなかったからだ。だがそれは、イギリス海軍のグレーヴズとフッド提督の艦隊だった。フランス艦隊を湾内に封じ込めるべく展開し始めていた。

直ちにグラース伯爵より麾下《きか》の艦隊へ、揚陸作戦の中止と戦闘開始命令が出されたが、フランス軍にとって敵はイギリス軍だけではなかった。逆風と上げ潮との戦いも加味されたのだ。艦隊前衛を指揮するブーガンヴィルの乗艦〈オーギュスト号〉が、敵艦と最初に接触し、戦闘の火蓋は切られた。

「くそっ！　なぜこんな事になったんだ！」

思わず漏れた悪態に、同感だと頷きながら銃を構えた隣の士官が、同じく銃を構えたジャン＝ジャックの顔を一瞥した。

鳴り止まぬ艦砲の音と凄まじい砲煙が海上から立ち込め、水蒸気と混じり合い、息を吸い込む度に咽喉《のど》奥がひりひりとする。

敵艦の右舷から突き出す砲身の背後には、狙いを定めたイギリス兵の姿が見えた。ジャン＝ジャックは間髪を容れず引き金を引き、脳天をぶち抜いた。直後、イギリス海軍の砲弾が雷鳴のように轟き、〈オーギュスト号〉の左舷を貫いた。船底から伝う地鳴りのような振動は、士官、水兵らを容赦無く甲板へと叩きつけた。

さながら、辺り一面は地獄絵だった。甲板は血の海で、ジャン＝ジャックの隣で銃撃戦を繰り広げた士官は、両手を広げたまま真後ろに倒れている。彼の頭半分は吹き飛ばされ、眼球だけは辛うじて二つ残されて眼窩からぶら下がっている。夜通し酒を酌み交わした士官学校の同期はうつ伏せで絶命していたが、腰から下が見当たらず、血塗れの腸が蜷局《とぐろ》を巻いていた。

最後の審判もここまで凄惨な結末を用意してはいないだろう。七人の天使がラッパを吹いてくれるらしいが、今聞こえるのは悲鳴と絶叫、重々しい爆発音と銃声だ。

甲板の各所でも火の手が上がり、炎は容赦無く広がっていく。肉片や内臓を焼く臭いと黒煙で噎返《むせかえ》るようだ。

業火に炙られた左頬と左腕が焼け付くように熱い。見遣ると、軍服の左袖は焼けて、剝《む》き出しの皮膚は所々焼け爛《ただ》れていた。痛みを堪え、立ち上がったジャン＝ジャックの足元に、俯《うつぶ》せに倒れた一人の兵士の指先が触れた。呻き声をあげる兵士の背を右手だけで抱き上げると、声を張りあげた。「おい、しっかりしろ。大丈夫か！」

兵士はその声に反応したのか、微かに瞼を開いた。

「……この艦は狙わない約束だった……はず……」

「なんだと？　今なんと言った！」

「……が」

がっくりと頭を垂れて兵士は息絶えた。

既に屍となった兵士の身体を揺すったが、当然、返答はなかった。

再び敵艦から砲弾が斉射され、そこでジャン＝ジャックの意識は途絶えた。

マリー＝アメリーの回想──一七八二年三月二十九日

ヴェルサイユ近郊
ランブイエの森

春とはいえ、広大なランブイエの森は真冬のように冷え込み、頬を吹き過ぎる風も突き刺すような痛みを伴っている。数日前に降った名残の雪が地面を覆い、白馬の蹄鉄が踏みしめる度に、まるで氷菓《ソルベ》を匙で削るような規則的な音を奏でていた。

白樺の林を抜けると、湖上を優雅に舞う白鳥の群れに、パンティエーヴル公妃《プランセス・ド・パンティエーヴル》マリー＝アメリーは驚きと共に暫《しば》し眼を奪われた。

「これほど多くの白鳥を見るのは初めてよ」

馬上からうっとりと眺め、子どものような素直な感情を告げると、前方に同乗するエミールは振り返り、誇らしげな笑顔を見せた。エミールも馬車の荷台からではなく、手入れの行き届いた美しい白馬からの眺めに大層ご満悦だ。

　エミールの幼馴染のアンリが、このランブイエの森で行方不明になって既に二週間が過ぎていた。だが、村人総出の捜索も虚しく、アンリの手掛かりは何一つ見つかっていない。そう、衣服の切れ端どころか木靴の片方さえも。

　この辺りの土地は代々王族が相続し、当代の領主はマリー＝アメリーの義父だ。相続人がいないモンパンシエ公爵夫人《ラ・グランド・マドモワゼル》（ルイ十四世の従姉）やウー伯爵（ルイ十四世とモンテスパン侯爵夫人の庶子メーヌ公爵の子息）らの財産を引き継いだ彼はフランス一、二を争う大金持ちで、租税の取り立てにはすこぶる寛容だし、領民の訴状にも真摯に応える慈悲深さを持ち合わせている。アンリの捜索にも協力的で、村人たちに十分過ぎる日銭を渡していた。

　昨晩はアンリの無事を祈るミサが、村の教会で挙げられた。

　出席した村人らは土気色がかった顔に絶望の表情を浮かべ、疲労と寒さでぐったりと項《うな》垂《だ》れたままだった。

　まさか領主の義理の娘が、ミサに訪れるとは思いもしなかったのだろう。侍女を連れたマリー＝アメリーの到着に気付いた村人の一人が、慌てて隣の輩の肩を叩いた。村人たちは椅子から立ち上がると、口々に何やら呟きながら俯きがちに列を作り始めた。

　男も女も恭しく頭《こうべ》を垂れる姿をマリー＝アメリーは見ながら、一人の農民の名を呼んだ。

エミールの父ピエールが進み出て、残念そうに首を振った。彼は告げた。思い当たる場所は捜し尽くした。大木の洞《うろ》の中や、溺れていないかと、まだ薄氷が残る湖にも数艘の小舟を漕ぎ出した。昼間は村の全ての男たちで獣が生息する狩場も再度捜してきたと。

「義父は軍隊を投入して、捜索にあたらせても良いと申しております」

「これ以上、孫の為に皆の手を煩わせるのは申し訳ない。ましてや軍隊だなんて……」

アンリの祖母の啜り泣きが、教会内に虚しく響く。決して口には出さないが、誰もがアンリの生存を絶望視していた。

本日をもって捜索が打ち切られる。漂う空気の重さを察したのか、エミールが大声で叫んだ。「アンリは菫《すみれ》の花を見つけに行ったんだ。早く捜し出してあげないと、お腹が空きすぎて死んでしまうよ！」語尾は涙声となった。

あの日は早朝から乳白色の霧に包まれ、視界は不明瞭。エミールは外出を許されなかった。アンリもこの霧では、祖母から外出のお許しが出ないと言い聞かされてやっと納得した。だが、アンリは祖母や姉たちの反対を振り切って森へと駆け出していたのだ。

「エミール」

マリー＝アメリーはエミールを手招きすると、彼の耳元でそっと囁いた。明日の朝、二人で菫の花を見つけに森へ行こうと。

思いがけない提案に、エミールは笑顔を取り戻した。

馬上の二人は、秘密の花園を目指して暫し語らいの時を過ごした。

「アンリと約束したんだ！　菫の花が咲いたら王妃様にお見せするって。王妃様は花がお好きだからきっとお喜びになられるって。だから、僕は公妃様に珍しい薔薇色の菫をお見せするんだ」

無邪気な幼子の笑顔に魅せられ、マリー＝アメリーも柔和な笑みを返した。

聖歌隊員のアンリがお披露目公演へ向けて練習に励んでいると、その歌を聴かせてくれる約束をしていたと、エミールは終始ご機嫌で話してくれた。

「公妃様見て！　あそこに薔薇色の菫が咲いていたの」

エミールとの会話に夢中で気付かなかったが、小川の畔《ほとり》まで来ていた。

マリー＝アメリーは手綱を引き、馬からひらりと降りた。両手は羊革の手袋に包まれ、蠟引きされた黒い狩猟用の外套には、高価な毛皮が惜しみなく裏打ちされている。

エミールを馬から降ろし、マリー＝アメリーは言った。「あの木に馬を繋げて来るから、あなたはここで待っていて下さる？」

地面を這うように菫があちらこちらに可憐な姿を覗かせている。踏みつけないように注意を払うが、妙な事に地面には、同じく菫を避ける様に蹄鉄の跡が残っている。

ようやく木の根元に辿り着いたマリー＝アメリーは、はっと息をのんだ。

（操り人形……？）

大きな人形が、木の幹にもたれかかるように座っていた。それが行方不明のアンリだとすぐに思い至らなかったのは、だらりと投げ出された四肢と俯いた頭部が、糸が切れた操り人形を想起させたからか。それとも、あまりにも幻想的な光景だったからだろうか。動かないアンリの体を菫が取り囲み、木漏れ日が光の糸のように降り注ぎ、金髪を照らしている。

「アンリ、アンリやっぱりここにいたんだね！」

いつの間にか背後からエミールが顔を出した。いつまで経っても戻らないマリー＝アメリーを追いかけて来たのだ。

「アンリ、起きてよ。お家に帰ろうよ」

エミールが揺すると、アンリの亡骸はゆっくりと地面に倒れた。血で赤く染まった服は千切れ、獣に襲われたのか、ぱっくりと割れた腹の中からは内臓の欠片が零れ落ちている。

「アンリ、ねえ起きてよ、起きてよ」

エミールは泣き叫びながら亡骸を更に激しく揺すっている。

マリー＝アメリーには、この光景を黙って見つめるしか術《すべ》は無かった。

第1章　何という運命　Welch ein Geschick

一七八二年五月二十日

ヴェルサイユ宮殿
王室オペラ劇場

見事な四重奏だった。

中でも際立っていたのは小柄な歌姫。絹のように滑らかで、それでいて力強い歌声は、子守唄代わりにアリアを聴いて育ったパンティエーヴル公妃マリー＝アメリーの心をも鷲摑みにした。

ヴェールを被った歌姫が、フランス王家の百合の紋章が鏤《ちりば》められた青い緞帳の合わせ目からカーテンコールに応え再登場すると、観客が荒波のような拍手で讃えた。

劇場天井に描かれたミューズたちも、シャンデリアの光に一際映えている。

観客の熱気とは対照的に、常に斜に構えた冷ややかな視線のシャルトル公爵ルイ・フィリップ（フランス国王ルイ十六世の従兄。王位継承権を有する。後のオルレアン公爵であり平等公）が、隣席に座るマリー＝アメリーの耳元で囁いた。

「オペラ歌手は太ったご婦人ばかりと思っておりましたが、可憐なヒロインが観客の心までも摑んだようですな、義姉上」

「オスマンの後宮から恋人を救う筋書きですもの。タイトルも……『後宮からの誘拐』ですし、貫禄がありすぎるヒロインでは興ざめでしょう」

　マリー＝アメリーの亡き夫の妹で、シャルトル公爵の妻ルイーズが代わりに答えた。

　隣の桟敷席に座っている国王夫妻と王弟たちが立ち上がったのだろう。観客の拍手は止まるところを知らず、うねりのような勢いを増した。

「可憐な歌姫のヴェルサイユでの成功を讃えるとしましょうか」

　シャルトル公爵はようやく立ち上がると、まばらな拍手を誇らしげな笑みを湛える歌姫へ向けて送った。

　それ以上に誇らしげなのは、今宵の演目を半ば強行させた王妃マリー＝アントワネットだろう。親善大使としてロシアからやってきた女帝エカテリーナ二世の息子パーヴェル大公夫妻をもてなすため、モーツァルトの新作オペラを彼女が選んだのだ。

　王妃の兄である神聖ローマ皇帝ヨーゼフ二世は、ロシアと秘密裏に同盟を結び、オスマン帝国からの防衛を図っていた。パリ来訪中であるパーヴェル大公夫妻を鄭重にもてなすよう、ウィーンの兄から要請が下ったのだ。

「神から愛でられた方《アマデウス・モーツァルト》は、パーヴェル大公夫妻のウィーン訪問の際、御前演奏の名誉をグルックに奪われたそうですね。今回はその雪辱を果たしにフランスまで乗り込む予定が身内の不幸で頓挫したとか。つくづく運がないとしか言いようがない。八年前のグルック派とピッチンニ派の闘争を思い出しましたよ」

八年前、ヴェルサイユはメロディの魅力と優美さを褒め称えるピッチンニ派と表現の明快さと真実味を重んじるグルック派に分裂した。といえば聞こえは良いが、要はウィーンの宮廷から来た元音楽教師のグルックを擁護するマリー＝アントワネットに対抗し、ピッチンニを推す当時の国王ルイ十五世の寵姫デュ・バリー伯爵夫人との争いであった。

「懐かしいですわね、お義姉様。両陛下、王弟殿下ご夫妻、ブルボン公爵夫人、お義姉様と私で、初演に赴きましたわね」

うっとりとした眼差しを宙に向けるシャルトル公爵夫人の想いとは反対に、実際は叙唱が長すぎたり、トレモロがなかったりと、イタリアオペラに親しんできたマリー＝アメリーにとって、厳格なグルックの音楽は受け入れ難いものであったが、立場上、公言するのは憚られた。

三度目のカーテンコールが終わり、観客たちが席を立ち始めた。三幕が始まるまでの半時程が休憩時間となる。平土間の観客たちも休憩室へ場所を移し、軽食や噂話に興じるのだ。

「今宵は終演後、夜食を摂りながらブレランの続きを。義姉上も我がアパルトマンへお越し願います」

先程から無表情を貫いていたマリー＝アメリーの顔が一瞬、険しさを見せた。シャルトル公爵へと視線を移す。唇の端を片方だけ上げて作る笑み。人を見下すようなこの男の癖が、どうしても癪に障る。

「お義父様が昨日から風邪気味なの。今宵はこれにて退席します」

鎧のようなコルセットとずっしりと重い宮廷服を纏《まと》い、椅子から立ち上がるのも容易ではない。本日のドレスコードは「オスマン風」とのことで、鳥や異国の花々の刺繍が鏤められたカナリア色のローブだ。桟敷席の中ほどに控えた女官であるラージュ伯爵夫人と侍女のブルワー嬢が慌てて介添えをした。

義妹ルイーズの顔にやや陰りが差した。

無理もない。シャルトル公爵は、邸宅であるパレ・ロワイヤルを自由主義者たちの集まるサロンや娼館として開放しても、妻が実家へ自由に行き来する事を良しとしないのだ。

「お父様は、お悪いのですか？」

ルイーズが縋《すが》るような眼差しで引き留めた。

「咳が止まらないのよ。静養も兼ねて明日早くヴェルノンのビジー城へ向かうので、その支度もあるし」

諭すような眼差しを向け、義妹の手をそっと握ると、大丈夫、とその口元は動いた。

ラージュ伯爵夫人とブルワー嬢を伴い、国王の桟敷席に歩を進めたマリー＝アメリーは、忙しなく扇を動かす王妃マリー＝アントワネットと国王ルイ十六世に恭しい宮廷流のお辞儀《レヴェランス》で頭を垂れた。その姿を一瞥しただけの王妃とは相反し、「おお！　いとこ殿」と国王は気さくな笑顔で彼女を迎え入れた。

国王ルイ十六世の母とマリー＝アメリーの母は実の姉妹であり、彼は親しみを込めて常にこの名称で呼ぶ。フランスの王族へ嫁いでから現在まで変わらず、何くれとなく心を砕いてくれる優しい従兄だ。

国王の桟敷席は、王妃、王弟プロヴァンス伯爵夫人、王弟アルトワ伯爵夫人、そしてエカテリーナ二世の息子パーヴェル大公の妃であるマリア＝フョードロヴナら四人の女性たちが纏うペティコートで膨らんだ宮廷服が占拠し、床も見えず、足を踏み入れる隙間さえない状態だ。特に真珠が鏤められ、幾重にも襞《ひだ》取りがされた大公妃の豪華なフランス風宮廷服は、金色に輝いている。

「明日の早朝から義父が静養のためにヴェルノンへ赴きますゆえ、私も今宵はこれにて退席いたします」

その言葉に、国王はひどく悲し気な眼差しを向け、「終演後は大公ご夫妻を招いて夜食を摂るから、いとこ殿にも是非出席して欲しかったのだが」と呟いた。

権謀術数が渦巻く宮廷において、数少ない心許せる貴人の頼みに困惑して、視線をちらりと王妃へ向けた。

その眼差しを遮るように、王妃は優雅に扇を二、三回振り、「陛下、大公ご夫妻のおもてなしは今後も続きますゆえ、パンティエーヴル公妃の出席は、次の機会でも宜しいのでは？」と興味無さげに告げた。

「そうだな……。お義父上の事も心配であろう。一日も早く回復されて、また元気な姿を見せて欲しいと伝えてくれ」

「陛下、有難きお言葉。義父も喜びます」

後退《あとずさ》りで桟敷席の扉へ向かい、振り返ったマリー＝アメリーの行く手を巨大なパニエが遮った。王妃の大のお気に入りであるポリニャック伯爵夫人ガブリエルの義妹ディアーヌが、国王と王妃の桟敷席にご機嫌伺いに現れたのだ。王妃が寄せる伯爵夫人への寵愛を笠に、ポリニャック一族は宮廷の役職とそれに伴う高額の報酬も手にして正に飛ぶ鳥を落とす勢いだ。

「まあ、お珍しい御方が」と言いながら、ディアーヌは驚きの表情をさっと作り笑いに変えた。ローブの左右を指でつまんで頭を垂れるが、視線の端々で衣装やアクセサリーの値踏みをしているのは明らかだ。

マリー＝アメリーは無言で桟敷席を後にした。背後でディアーヌの野太い声が響く。

普段は決して陰口など叩かぬラージュ伯爵夫人が眉を顰め、耳元で囁いた。

「今宵のディアーヌは普段にも増して、孔雀のようにごてごてと着飾っておりましたね。おまけに、頭上の飾り《プーフ》の上には鳥が数羽載っていました」

単にディアーヌの悪趣味を批判しているのか、ポリニャック家に蹴落とされた女主人の心中を慮ってかは分からないが。

王室礼拝堂へと続く狭い回廊を行き交う宮廷人たちは、マリー＝アメリーの姿を認めると、さっと波が引くように路を空けた。扇で隠した貴婦人たちの口元から漏れるのは、最新のゴシップや噂話。王妃の寵愛を失った公妃の久方ぶりのヴェルサイユ伺候は、彼女たちの恰好の餌食とされるのだ。口元に笑みを浮かべ、恭しい宮廷流のお辞儀で頭を垂れていても、好奇心という矢のような視線が幾重にも突き刺さる。

ルネ＝アントワーヌ・ウアスによる天井画が描かれた〈豊穣の間〉では、立食用のテーブルの上にオードヴルやリキュール、珈琲《カフェ》にショコラ・ショーが所狭しと並べられている。隣の〈ヴィーナスの間〉では、果物の砂糖漬けや乾燥果実に加え、珍しい東洋の菓子も銀製の盆の上に載せられている。

「パンティエーヴル公妃！」

背後の声に振り返った。パリ在住のブルジョワ、トマ・ブリュネルだ。そろそろ四十代半ばに差し掛かる頃だろうが、背が低い上に既に腹は出っ張り、ずんぐりとした体型から年齢以上の貫禄がある。

「ごきげんよう。ムッシュー・ブリュネル」

「パンティエーヴル公妃にはご機嫌うるわしゅう」

マリー＝アメリーの右手を大袈裟に取ると、ブリュネルが接吻した。その仰々しい仕草や派手すぎる衣装に、遠巻きに眺める宮廷人たちの口からは嘲りと失笑が漏れている。

「本日の配役は、全てあなたのご推薦と伺いました。特にソプラノは素晴らしかったわ」

「さすがはナポリのご出身だけあって、公妃はお目が高い」

ブリュネルは長年の夢であったパリ・オペラ座の演出家に就任したばかりで、マリー＝

アメリーがパトロンを務めるパリ・ノートル＝ダム大聖堂少年聖歌隊の参事でもある。声楽においても器楽においても、望んだ才能には恵まれなかったと言っているが、音楽には誰よりも造詣の深い男だ。

「その件で是非ともお願いがありまして、お姿を捜しておりました。立ち話もなんですので、公妃のアパルトマンにでも場所を移して頂けますと光栄です」

ブリュネルの言葉に、自然と眉根が寄せられる。悟られぬよう、そっと扇を動かした。

「今宵はこのまま退席してパリの館へ戻ります。後日使いを寄越して下さるかしら」

「いえ、決してお時間は取らせませんし、必ずや賛同頂けると存じますので」

ブリュネルは引き下がらない。身を乗り出すかのように、益々距離を縮めてきて周りの嘲笑もどこ吹く風だ。

「……分かりました」マリー＝アメリーの声は諦めを伴った。短時間なら差し支えないだろうと。

ブリュネルは宮廷人のように腕を差し出すが、ディアーヌの毒気に当てられたせいか、このままアパルトマンに到着するまで彼の媚諂《こびへつら》いを聞き続けるのは耐えられない。大方演奏会への出資か新進気鋭の歌手の後援が目的だろう。

「ブルワー嬢、ムッシュー・ブリュネルをアパルトマンまでご案内して差し上げて。私は外の風に少し当たってから、後ほど参ります」

ブリュネルを毛嫌いしているブルワー嬢が顔を引きつらせ、「しかし公妃様。本日はアパルトマンにはお寄りにならずにそのままご帰館されると伺っておりましたので、角灯係《ファロティエ》も手配しておりません」と抵抗を試みる。

「これはこれはブルワー嬢、どうぞお気遣い無く。シャンデリアをわざわざ灯して頂かずとも、燭台の灯りで十分でございます」

ブルワー嬢の意図に、敢えて気付かないふりをしたブリュネルが一枚上手のようだ。恨めしそうな視線をちらりと向けたブルワー嬢と上機嫌のブリュネルの背を見送ったマリー＝アメリーは、ラージュ伯爵夫人を伴い、人の波を掻き分けやっと鏡の回廊に辿り着いた。ガラス窓へと歩を進めて眼下に広がる大庭園を見渡した。水花壇に映る月を、この回廊から眺めるのは何か月ぶりだろう。月明りに誘われるかのように、ガラス窓を開けるとテラスへと一歩踏み出した。

パンティエーヴル公妃マリー＝アメリーはナポリ王国の出で、現ナポリ＝シチリア王は実兄で父はスペイン王だ。

血なまぐさい宗教改革を経て、カトリックであるフランス国王の結婚は、近隣の同じカトリック王家の子女から選ばれる。当然のようにマリー＝アメリーも未来のフランス王妃候補の一人に挙げられたが、「血が近すぎる」との理由でローマ教皇からの許可が下りず、国家間や双方の重鎮たちの思惑も絡み合い、現国王ルイ十六世の妃となったのは、オーストリア皇女マリー＝アントワネットだった。

未来のフランス王妃の道は頓挫したが、是非にと請われてフランス王族であり、太陽王ルイ十四世の曾孫にあたるパンティエーヴル公《プランス・ド・パンティエーヴル》ルイ・アレクサンドル・ド・ブルボンへと嫁いだ。しかしこの結婚は、パンティエーヴル公妃となったマリー＝アメリーにはなんの幸福も齎《もたら》さなかった。新婚の妻は置き去りに、夫は放蕩の限りを尽くし、放蕩の果てに結婚後僅《わず》か半年足らずで他界した。

その時、彼女はまだ十五歳だった。

妻と息子を亡くして以来、悲嘆にくれた義父ランブィエ公爵に付き添い、領地の城を転々としながら二人は世捨て人のように暮らしていた。

そんな彼女の人生が一変したのは、オーストリアからマリー＝アントワネットが嫁《か》してからだ。

今でも目を閉じればあの日の光景が鮮明に甦る。

フランス王族の一行は、コンピエーニュ近郊の森の中で、ウィーンから輿入れする王太子妃マリー＝アントワネットを出迎えた。

馬車から降り立った花嫁は、優美で生命力に溢れ、その場に居合わせた誰をも魅了した。可憐な笑顔は、その身を包む銀糸で織られたローブよりも輝いていた。

共に異国から嫁いだ王女という境遇からか、マリー＝アメリーを大層気に入ったマリー＝アントワネットは、世捨て人同然だった人生に薔薇色の息吹を吹き込んでくれた。

当時、ヴェルサイユの宮廷はルイ十五世の寵姫デュ・バリー伯爵夫人が牛耳っていた。長年の寵姫であったポンパドゥール侯爵夫人と王妃を相次いで亡くした傷心のルイ十五世は、若く輝くばかりの美貌のデュ・バリー伯爵夫人に夢中になり、宝石であれローブであれ欲しがるものは何でも買い与えた。

だが、ヨーロッパでも指折りの名門ハプスブルク家からフランス王太子に嫁いだマリー＝アントワネットは、このあやしげ気な出自の寵姫を公然と無視した。たとえ国王の寵愛をほしいままにするデュ・バリー伯爵夫人であろうとも、未来の王妃を跪《ひざまず》かせる事は出来ないのだと。

これはやがて、フランスとオーストリアの〈同盟〉を揺るがす外交問題へと発展した。

母マリア＝テレージアに諭され、マリー＝アントワネットは一言だけ寵姫に声を掛けることに渋々応じた。

一七七二年一月一日。新年を祝う宴が催される中、お辞儀するデュ・バリー伯爵夫人の前で立ち止まり、平静を装いマリー＝アントワネットは唇を動かした。

――ヴェルサイユは、今日は大変な人出ですこと。

このたった一言に、フランスとオーストリア両国の命運が懸かっていたのだ。頭を垂れるデュ・バリー伯爵夫人の顔に勝利の笑みが浮かんだ。かつては娼婦であった卑しい寵姫が、未来の王妃さえも屈服させた瞬間であった。

誇り高きマリー＝アントワネットは、屈辱に耐えきれず、流れる涙を隠すためにこの鏡の回廊を走り去った。マリー＝アメリーもその後を追った。

――約束どおり、私はあの人に一度だけ声を掛けました。しかし、あの人はもう二度と私の声音を聞くことはないでしょう。決して！

マリー＝アントワネットはマリー＝アメリーの腕の中で泣き崩れた。

――フランスの宮廷は腐っているわ。未来の王妃が元娼婦に敗北するなんて。

――王太子妃殿下、心中お察しします。

――殿下はやめて頂戴。せめて、せめて二人きりの時には。
――でも、なんとお呼びすれば宜しいのですか。
――「トワネット」と、亡くなったお父様はいつもこう呼んで下さっていたの。
――では、私の事は「アマーリア」とお呼び下さい。私の父もこう呼んでおりました。
――アマーリア、私が将来フランス王妃になっても、あなたはずっとずっと私の友よ。

何があってもこれだけは変わらないから。

ウィーンの宮廷からやって来た砂糖菓子のようなマリー＝アントワネットは、フランスに嫁して何の幸福も見つけられなかったマリー＝アメリーの心を溶かした。

打ちひしがれる王太子妃の髪を撫でながら、何があってもこの友を支えていく。この時そう誓ったのだ。

あれから幾年の月日が流れたのか。

「最愛王」と呼ばれた前王ルイ十五世は天然痘を患い、腐臭の中で逝き、デュ・バリー伯爵夫人はヴェルサイユから追放された。

即位した王妃の総女官長に任命されてから、マリー＝アメリーの人生は激変した。巨額の報酬に加え、十代の少女では持て余す程の権力を与えられ、ヴェルサイユ宮殿という権謀術数が渦巻く荒波へ放り出されたのだ。

当時は幼過ぎて気付いてはいなかった。己の立場も権力も王妃の胸一つであることに。やがてマリー＝アントワネットの関心は、天使のような容貌をしたガブリエル・ド・ポリニャック夫人へ移っていった。

王族や帯剣貴族を中心とした旧勢力とポリニャック一族のような新勢力との狭間に立たされ、宮廷での人間関係に疲れ果てたマリー＝アメリーは、総女官長の職を辞して逃げるようにヴェルサイユを去った。以来、主にパリに構えた館に住まい、芸術家や文学者、科学者の後援者として宮廷生活とは一線を画していた。


衛兵の交代を告げる太鼓とラッパの音で、マリー＝アメリーは我に返った。

ヴェルサイユ宮殿から逃れたのは、腹の探り合いを必要としない、穏やかな生活を望んだからだ。出来る事なら今夜のような茶番劇の役者はご免こうむりたかった。だが、王后付きの総女官長の職を辞しても、王族として宮廷行事の参加は義務付けられる。隣の間で寛ぐ宮廷人たちのざわめきが遠く離れていく。そろそろ幕間も終わり、第三幕が始まるのだ。

頬を紅く染めた侍女のブルワー嬢が二人の姿を認めると、ローブの裾をつまみ、速足でやって来た。

「公妃様も伯爵夫人もこちらにおいででしたか。ムッシュー・ブリュネルをアパルトマンのサロンまでご案内しました」

マリー＝アメリーは花と鳥の刺繡が施された扇をぴしゃりと閉じ、傍らに控えたラージュ伯爵夫人に笑顔を向け、「伯爵夫人、あなたはこのまま桟敷席へ戻りなさい。今なら第三幕に間に合うでしょう」と促した。

伯爵夫人の顔が一瞬華やいだ光を見せたが、それは次第に戸惑いへと変わった。

「しかし、公妃様」

「私のことは気にされなくても大丈夫。ブルワー嬢が付いていますし、お義父様の体調も気掛かりだから、用件は早めに切り上げて今宵はこのままパリの館へ帰ります」

オペラの続きが気になるラージュ伯爵夫人は、先程からそわそわと落ち着かない様子ではあったが、元来の生真面目さが誘惑に打ち勝ったのだろう。

「やはり公妃様のお傍を離れるわけには参りません。中庭の前方に馬車の用意を申しつけて、直ぐにアパルトマンへ参ります」ときっぱりと告げた。

「でも随分前から、今宵の上演を殊《こと》の外楽しみにしていらしたでしょう」

「お気遣い痛み入ります。ですが、パリ・オペラ座でも同じ演目の上演が決まったそうですので、そちらを拝見します」と恭しいお辞儀で頭を垂れると、鏡の回廊を急ぎ足で去っていった。

どこまでも職務に忠実な伯爵夫人の背を見送りながら、「そろそろアパルトマンへ参りましょうか。ブリュネルが待ち草臥《くたび》れているかも」重いローブの襞を摑むとようやく所有するアパルトマンへと歩みを向けた。

数千、数万もの燭台が灯される狂乱の宴が幻かのように、残されたマリー＝アメリーとブルワー嬢の衣擦れの音だけが、鏡の回廊の静寂を破っていた。


久方ぶりに鎧のようなコルセットで胴を締め上げ、息苦しいことこの上ない。おまけに、椅子駕籠（公爵夫人以上に許された特権。箱型の駕籠を数人の人夫が担ぐ事によって、座ったままで宮殿内を移動できた）の運び手らは全て出払っている。よってアパルトマンがある地上階に辿り着くには、パニエで左右を大きく張った宮廷服を着用の身で、滑りやすい大理石の階段を下らなければならない。

マリー＝アメリーは既に悔やんでいた。オペラ劇場の客たちは、管弦楽の調べにのせ、情感たっぷりに歌い上げられたソプラノとテノールの二重奏に聞き惚れている頃だろう。こんな事ならブリュネルをもっと待たせてでも、ラージュ伯爵夫人と共に桟敷席に戻れば良かったと。

　このまま反転して桟敷席へ戻るか。そうなると待ち合わせ《ランデヴー》は仕切り直しだろう。ブリュネルをとるか、オペラの一幕をとるか。暫しの思案の後に意を決し、ローブの裾を鷲掴みにして慎重に一歩、一歩踏みしめながら階段を下った。

　足元が覚束《おぼつか》ないまま、慎重に階段を下り終えて、安堵のため息を漏らしたその刹那、回廊の角を曲がった途端に、黒いドミノ（フード付きマント）を着た輩に衝突した。体勢を崩したマリー＝アメリーは、上半身を力任せに殴られたかのような衝撃で、左腕と膝を石の壁に打ち付け転倒した。

「こ、公妃様！　お怪我はございませんか」

　ブルワー嬢が慌てて女主人に駆け寄ったが、黒いドミノに身を包んだ輩は、手を貸すどころか謝罪の言葉さえもなしにローブを踏みつけ、走り去って行った。

「お待ちなさい！　あなた、無礼でしょう！　こちらは……」

　ブルワー嬢の抗議の声が辺りに響いたが、戻ってくる気配は無い。

「もういいわ、ブルワー嬢。早くアパルトマンへ参りましょう」

　次第に遠くなる足音を聞きながら、血が滲む肘を摩《さす》りよろよろと立ち上がったマリー＝アメリーの脳裏には、先日のミサで読まれた聖マタイ《サン＝マチュー》の一節が復唱されていた。

すべて、疲れた人、重荷を負っている人は、わたしのところに来なさい。わたしがあなたがたを休ませてあげます。（マタイの福音書第十一章二十八節）

休ませてくれなくとも良い。ただ、ここまで来たからには、面倒な役目を早々に終えてパリへ帰り、義父と共にヴェルノンへ旅立とう。再び己を鼓舞すると、腕と膝の痛みに耐えながら慎重に一歩を踏み出した。

多くの客人が集う二階とは異なり、宮殿の地上階部分は灯りも乏しくひっそりと静まりかえっている。今宵は国王の叔母たちも離宮に滞在の為か、各所に歩哨は配されてはいるものの、その姿はまばらだ。

「ブルワー嬢、先程私にぶつかって無言で去って行った輩は、何用で地上階にいたのかしら？」

右手に手燭を持ち、左手では痛む脚を庇う女主人を介添えするブルワー嬢は、首を傾げていた。多くの寵臣や貴族たちの住まいが配された上階や屋根裏部屋とは一線を画して、地上階には王族たちのアパルトマンが位置する。高貴な場にそぐわない出で立ちに加え、あの慌てぶりは余程の事があったのだろうか。

「あのぶしつけな輩は、パリ・オペラ座の団員か関係者ではないでしょうか。ブリュネルが急に公妃様と約束を取り付けたので、彼の指示を仰ぐためだったのかと。それか大方、幕間にこっそり宮殿内を見物していて迷ったのでしょう。かなり慌てていた様子でしたし」

ならば合点がいく。衝突したマリー＝アメリーを置き去りに、足早に去って行った事も。

「しかし、公妃様に怪我を負わせて何の謝罪も無いなんて、後で厳重に抗議いたします」

ブルワー嬢は形の良い唇をきつく噛み締めていた。

ヴェルサイユ宮殿地上階にあるアパルトマンは、ルイ十五世が寵姫ポンパドゥール侯爵夫人の為に贅を凝らして改装させた豪華な造りだ。ポンパドゥール夫人の死後、それを義父と共同で受け継ぎ、大規模な内装工事を行い貴重な鏡を四つも入れさせた。

繊細な装飾が施された真鍮のノブを回し、外へ向けて開けようとしたブルワー嬢だが、数回左右に回してはみたものの扉は一向に開かない。

「鍵が掛かっております」

「ブルワー嬢。あなた、ブリュネルを閉じ込めたの？」

「いえ、そんな筈は」

困惑したブルワー嬢は腰に付けたポケット《ポッシュ》の中から鍵を取り出そうとしていたが、手燭の灯りは心許なく、なかなか見つからない様子だ。

手持ち無沙汰のマリー＝アメリーは、扉の外から小声で呼びかけた。「ムッシュー・ブリュネル、ムッシュー・ブリュネル」

だが返事はなく、室内からなんら物音も聞こえてこない。呼びかける声は次第に大きくなり、遂には扉を叩き始めた。

「パンティエーヴル公妃、いかがなされました？」

身震いしたくなるような奇妙な声に振り返り、怪訝な眼差しを向けた。騒ぎを聞きつけたのか、衛兵を伴った一人の将校が駆け付けたのだ。

「あなたは？」

「申し遅れました。小官は陸軍省所属のル・ブラン、フランソワ・ド・ル・ブラン。階級は少尉。本日は王宮の警備を担当していますが、お困りのご様子でしたので声を掛けました」

手燭を持ち、フランソワ・ド・ル・ブラン少尉と名乗った将校は、軍人とは思えぬ柔らかな物腰だ。心許ない灯りの中でも彼の端正な容貌ははっきりと認識出来る上に、これほどまでに「貴公子」との形容が良く似合う男性は、ヴェルサイユでもなかなかお目にかかれない。事実、ブルワー嬢は高揚した様子で彼を見つめている。

「お役目ご苦労様。この中に知人を待たせているのですが、鍵が掛かっていて、呼んでも返事がないのです」

「鍵はどなたがお持ちなのですか？」

ル・ブラン少尉の問いかけに、ブルワー嬢は慌てて取りだした鍵を鍵穴へと向けた。焦っているのか、数度の試みで鍵はようやく鍵穴に入り、カチャリと音を立てると同時に扉は外側へ向けて開け放たれた。

シャンデリアは灯されず、燭台の灯りも消えている。それゆえ、豪華な調度品が置かれた玄関広間も深い闇に包まれている。

「公妃様！　遅くなってしまい申し訳ございません」

その声に振り返ると、ラージュ伯爵夫人が息を切らしながら駆けて来た。

伯爵夫人曰く、〈王の中庭〉前に馬車の用意をと申し伝えに行ったが、終演までは用無しだとふんだ馭者は飲みに行ってしまったのか、待てど暮らせど現れず、諦めてこちらへ駆け付けたのだと。

「ブルワー嬢は記憶に無いのに施錠されていたので、今、ようやく開けたところなのよ。でも中は真っ暗だし、ブリュネルがいる筈なのに扉の外側から呼びかけても何の応答もなかったの」

「直ぐに燭台の用意をさせます」

制止の声は届かず、どこまでも職務に忠実な伯爵夫人は、ローブの裾を翻し、宮廷の角灯係を捜しに駆け出して行った。マリー＝アメリーはやれやれといった様子で肩を竦《すく》め、暗がりの中遠ざかるラージュ伯爵夫人の背中を茫然と見つめるブルワー嬢に、「ラージュ伯爵夫人が戻るまで、蠟燭の灯りを燭台に移しましょう」と言った。

骨の折れる作業ではあるが、いつまでもアパルトマンの外で立ちっぱなしでいる訳にもいかない。

ヴェルサイユ宮殿地上階中央棟に配されたアパルトマンは、北側正面には広い玄関広間があり、二つのサロンに続いている。サロンの格子窓からは〈北の花壇〉と〈水の花壇〉を望めるが、今は窓に掛けられた天鵞絨《ビロード》のカーテンは全て閉じられ、燭台の炎は全て消えて暗闇に覆われていた。

だが、玄関広間へ一歩踏み込んだ途端、数種類の香料の匂いと共に入室を躊躇《ためら》うほどの生臭さが漂っている。室内の様子を窺うために、おずおずと数歩を踏み出すと、じゅぶじゅぶと心地悪い感触が足元から伝わってくる。

「これは……血？」

ローブの裾とクリスタルのビーズ細工が施されたミュールの先端が紅く染まっている。

目を凝らし、よくよく見ると寄木細工の床の上に敷かれた絨毯は、血をたっぷりと吸い、血溜まりを作っている。視線は絨毯の上を移動していく。それに到達したのは、燭台の灯りで辺りが明るくなったブルワー嬢の方が早かった。

血溜まりの中央には俯せに倒れた一人の男の姿があった。ブルワー嬢の悲鳴で鼓膜が破れそうになりながらも、倒れた男の側に駆け寄ろうとしたが、ローブと高く盛られた髪が重くて思うように身動きが取れない。

「公妃、お手を」

素早く彼女の横に回ったル・ブラン少尉が、流れるような動きで手を取り、介添え役を引き受けてくれたので、重い衣装を引き摺りようやくその側へ寄った。

軍服が血に塗《まみ》れる事も厭《いと》わず、傍らに跪いたル・ブラン少尉が仰向けにした男の顔は、間違いなくブリュネルその人だった。

「知人のブリュネルです。このアパルトマンで待ち合わせておりました」

眼は宙を彷徨い見開かれているが、胸の大きな切創から流れ出した血が、金糸銀糸で刺繍を施された豪華な上着を真っ赤に染めている。

ル・ブラン少尉が大きく頭を振った。「駄目です。既に事切れています」

腰を抜かしてがたがたと震えるブルワー嬢とは相反し、マリー＝アメリーの頭の中では様々な考えが錯綜する。

ブリュネルの死をすぐさま宮内府へ告げるべきか。だが、ヴェルサイユ宮殿で王家の人間以外が死ぬ事は認められていない。その為、前王ルイ十五世の寵愛を受けたポンパドゥール侯爵夫人の遺体はすぐに運び出され、前王は長らく人生を共にした女性との別れさえ許されなかった。

王族でもない、ましてや寵臣でさえないブリュネルの死は伏せて、遺体は早急にヴェルサイユから運び出さなくてはならない。だが、そもそもなぜブリュネルはこの部屋で屍と化したのか。

「ブリュネルは自死……ではなさそうですね」入念に遺体を調べるル・ブラン少尉に問いかけた。

「恐らく。傷口を見ても他殺としか考えられないでしょう」

眼前に広がる陰惨な光景を、半時ほど前は予想さえしなかった。

ブルワー嬢が茫然自失の状態でサロンの扉前に座り込んでしまい、室内の燭台はまだ半分も灯されていない。侍女としての役目を果たさないブルワー嬢に呆れつつ、マリー＝アメリーはサロンの奥へ進もうと、ル・ブラン少尉の腕を取った。

「パンティエーヴル公妃！　どうかなさいましたか」

　突然、背後から投げかけられた声に心臓が跳ね上がり、ル・ブラン少尉も慌てて手燭を落としそうになっていた。

　振り返り、近づいてくる姿に目を凝らして見ると、かつての近侍で現在は竜騎兵隊に所属するマルク・ド・ロワイエールであった。名家ではあったが、すっかり落ちぶれてしまった地方貴族の家柄だが、悲壮感とは無縁な陽気な青年だ。浅黒い肌に緑を基調とした竜騎兵隊の軍服が良く似合っている。

「ロワイエール、驚かさないでよ」

「休憩後に戻って来たら、騒々しいので何かあったのかと覗いてみたのですよ」

　粗忽者でかなり手を焼いたが、かつての近侍の心遣いに嬉しさが込み上げる。手燭の灯りをブリュネルの屍に向けた。

「ロワイエール、知人のブリュネルがここで殺されていたの。あなたも衛兵たちと共に誰か隠れていないか部屋を調べて頂戴」

「殺されたって……いったい、何があったんですか！」

　遺体を前に平然と言い放つかつての女主人に対し、狼狽を隠せないでいるロワイエールだが、燭台を手に取ると、不承不承アパルトマンの奥へと消えて行った。

ロワイエールの背を見送ると、ル・ブラン少尉の手を取ったマリー＝アメリーは、サロンの窓辺へと歩を進めた。

「少尉、サロンの全てのカーテンを端に寄せて頂けるかしら」

「こうですか？」少尉は、形の良い長い指先で器用に襞を作りながら、次々とカーテンを纏《まと》め、窓の片側へ寄せていった。

「ありがとう。この窓は閂《かんぬき》状の鍵で施錠されているから、ガラスを割らない限り外部から出入り出来ない。それを確認したかったの」

「確かに、ガラスは割られておりませんが、こちらは散々ですね」

窓と窓の間の壁の前に置かれたコンソール上には、セーヴル焼の花器が置かれ、その中には陶製の繊細な花々が飾られている。だが今はその高価な花器も、中に挿していたヴァンセンヌ陶器の花々も、二人の足元で無残にも砕け散っている。かつてルイ十五世の寵姫であったデュ・バリー伯爵夫人に贈られた品だった。

「少尉、その燭台の灯りを床に近づけて下さるかしら」

少尉が片膝をつき、燭台の灯りを床に近づけると、陶器の破片が散乱する絨毯の表面には、赤い染みが点在していた。

「血痕があるわ」

「ブリュネルはここで刺され、犯人ともみ合って、その拍子に花器が落ちて割れたのでしょうか」

「公妃！　確認しましたが、サロンも私室の窓も全て内側から鍵が掛かっています」

「衣装箪笥や寝台の中も調べましたが、人が隠れている様子はありません」

義父のサロンと私室、マリー＝アメリーのサロンと私室を確認に行ったロワイエールと衛兵たちが、時間差で戻り報告した。

「扉も窓も内側から鍵が掛けられた状態で、ブリュネルを殺した犯人はどこへ行ったというの？」

マリー＝アメリーは窓を背後に室内を見渡した。人影だけがやけに大きな黒い染みとなって床から壁に伸びている。報告を続ける衛兵たちの影が、忙しなく壁を行き交うのを瞳に映しながらも、頭の中ではこの状況を持て余していた。

その刹那、壁に映し出されていた寝椅子の背もたれが、ゆっくりと伸びて人形《ひとがた》を作った。

一人の男が右手で後頭部を押さえながらふらりと立ち上がり、眉間に深い皺を寄せて二、三度頭を振った。

「いったい何の騒ぎだ……」

薄暗がりに目が慣れないのか、瞬きを繰り返し、覚束ない足取りで窓辺へと近づいて来る。

ブルワー嬢が本日二度目の叫び声を上げた。今度こそ腰を抜かし、男を指しながら歯をがたがた鳴らし震えている。

マリー＝アメリーも小さな悲鳴を上げると同時に、手にしていた扇を床に落とした。気絶しなかったのは、ル・ブラン少尉が背後からそっと支えてくれたお陰だ。

「この男はいったい何者なの！」

冷静さを保っていた思考は、混乱の渦へと引き摺り落とされた。新調したローブはすっかり血で汚れ、東洋の花で盛った髪飾りは崩れ、見るも無残な姿に変わり果てていた。

ヴェルサイユ宮殿
衛兵の控室　オクトンの間

女性には無縁の「オクトンの間」と呼ばれる衛兵の控室。彼らの軍服に染みた汗と土と馬糞の混じった臭いで、長椅子に座るマリー＝アメリーは軽い吐き気を催していた。せめて扇を使いたかったが、先程慌てて落としたためブリュネルの血で濡れている。世間に流布する評判とは裏腹に、遺体を見つけて卒倒するほど軟弱ではないが、血糊がべっとりと付いた扇を何食わぬ顔で使うほど無神経でもない。

宮内府のルクレールという役人が「オクトンの間」へ呼ばれた。官僚を絵に描いたような中肉中背の男だが、慌てていたのか鬘《かつら》がずれて、耳のあたりから栗色の地毛が覗いている。今は吹き出る汗を押さえながら調書を取っている。

「ではオペラの第二幕終了後、パンティエーヴル公妃におかれましては、女官のラージュ伯爵夫人と侍女のブルワー嬢を伴い、桟敷席を退出されて鏡の回廊へと向かい、ご帰館されます直前にブリュネルを待たせていたご自身のアパルトマンへ戻られた……ということですね」

「ええ、先程から何度も申し上げております。ブリュネルとは私のアパルトマンで待ち合わせておりました。ここにおりますブルワー嬢に案内させて、準備が整ったようなのでアパルトマンへ向かうと、鍵が掛けられていて、扉を開けてみますと血塗れになって既に事切れていたブリュネルとサロンの扉の裏にその方が倒れていました」

「オクトンの間」に会する面々の視線が、一斉に一人の男に注がれた。

その方とは、目下重要参考人及びブリュネル殺害の第一容疑者として後ろ手に縛り上げられ、「オクトンの間」の片隅に置かれた椅子に縄で括りつけられている。軍服を羽織っているところを見ると将校なのだろうが、生憎面識は一切なかった。奥歯をぎりぎりと噛み締め、憤然とした眼差しでこちらを睨み付けている。

だが、このような状況下でありながらも、マリー＝アメリーは男の双眸《そうぼう》に釘付けになった。懐かしい故郷ナポリの海よりも深く濃い青だったからだろうか。

獰猛な獣のような眼差しを向けているこの男、よくよく見ればかなり整った顔立ちをしている。形の良い額は秀でており、目鼻立ちもバランス良く、くっきりとしている。鬘を外した髪は褐色だが、顔の左側面に残る大きな傷痕が近寄りがたい威圧感を与えていた。

「アパルトマンの鍵はどなたがお持ちでしたか」

「侍女のブルワー嬢と女官のラージュ伯爵夫人がいつも携えております」

茫然自失のブルワー嬢に向けたルクレールの視線が、次にラージュ伯爵夫人を捜して室内を彷徨っていたが、話し声が近づいて来た扉へと向けられた。

乱暴に開けられた扉の外には、衛兵とル・ブラン少尉に付き添われ、陸軍省の中年の将校を伴ったラージュ伯爵夫人の姿があった。

「公妃様、遅くなりました。シャリエール大佐をお連れしました」

「パンティエーヴル公妃」

シャリエール大佐は、踵の高いバックルが付いたエナメルの靴を鳴らしながらマリー＝

アメリーが腰かける長椅子の前に歩を進め、片膝をつくと右手を取り、形ばかりの接吻をした。麝香《ムスク》の強烈な匂いが鼻につき、動物系の香りが苦手なマリー＝アメリーは、咳き込みそうになった。

軍人というよりは、詩人のような風情だ。銀色の鬘は綺麗に巻かれ、軍服ではなく、宮廷服に包まれた肢体の線は細い。恐らく前線どころか戦場に駆り出された経験も無い、官職を金で買った新興貴族の家柄だろう。

「陸軍省所属シャリエール大佐です。この度は、我々の監督不行き届きと申しますか、お詫びの言葉もございません」

シャリエール大佐の到着に、ルクレールは安堵した様子だ。

「ここからは陸軍省の方にも立ち会って貰いますので、もうお引き取り下さって結構です。大変ご無礼を致しました」

女主人を介添えするために、長椅子の傍へ回ったラージュ伯爵夫人も、ルクレールと同様に安堵した様子でローブの裾を整えている。

急かすように退室を促されるが、すっきりとしない心情のまま、遣り過ごすことなど出来なかった。

「お待ち下さい。この方の処遇はどうなるのですか」

再び、室内の全ての視線が、捕縛された軍人へと向けられた。

「いくら弁明を重ねようと、殺害の証拠は揺るぎません。明日には フランス元帥裁判所《コネタブリ・エ・マレショセ・ド・フランス》に引き渡されて、裁判の後に投獄か死刑執行となるでしょうなあ」

「そんな……」

確かに、窓も扉も全て施錠されたアパルトマンの状況に鑑《かんが》みると、この男の犯行とせざるを得ない。だが、余りにも不可解な点が多すぎる。

「では、仮にこの方の犯行であったのなら、なぜ犯行現場に残っていたのでしょう。一刻も早く逃げて然るべきでしょう」

「そ、それは、ブリュネルともみ合った際に殴られて、そのまま意識を失ったからではございませんか」

「もみ合った形跡は確かにありました。しかしそれは窓際のコンソールの傍であって、この方が倒れていた場所からはかなり離れておりました」

マリー＝アメリーの当惑を余所に、陸軍省と宮内府では既に決定事項として取り扱われているのか、二人の男たちは、忙しなく書面に署名を加えている。

「何度も言うが、俺はあの男を殺していない！　警備中に王族のアパルトマンから女の喚き声が聞こえたから、何事かと入室したら黒いドミノを纏ったやつが部屋の奥から飛び出して来たんだ。そいつを追いかけようとしたら誰かに頭を殴られた。凄く良い香りがする中意識が遠のいて、気が付いたらここに連れて来られていた!」

宮内府の役人ルクレールは男を一瞥すると、出任せだろうとばかり鼻をふふんと鳴らした。

「嘘じゃない! 大体、その王族の女のアパルトマンで殺されたのなら、俺を疑う前にその女をもっと調べろ!」

「口を慎まんか!」

風流人のようなこの男に、これほどの迫力があったとは。部下の反論を遮り、シャリエール大佐は机を叩いた。彼の咆哮で「オクトンの間」は暫し静寂に包まれた。だが、それを打ち破ったのは、遠慮がちな奇妙な声であった。

「小官から一言宜しいでしょうか」

先程からシャリエール大佐の傍に佇み、無言を貫いていたル・ブラン少尉が口を開いた。ラファエロが描いた天使がそのまま成人したような金髪碧眼の美青年で、口元には品の良い笑みを浮かべているが、完璧な容姿とは裏腹に、彼の発する一音一音が耳を塞ぎたくなるほどの悪声なのだ。事実、ルクレールは眉根を寄せ、不快感を隠せないでいる。

「この方は士官学校時代の小官の恩師です。確かに血気盛んで、猪突猛進ではありますが、戦闘以外で人を殺《あや》めたりなさるような方ではありません」

　ル・ブラン少尉は同意を求めるかのように、扉近くに佇むロワイエールに視線を向けた。皆の視線を一斉に浴びて、ロワイエールも慌てて答えた。

「小官も士官学校時代は随分と鍛えられましたが、正義感がとても強い方ですし、そんな方が人殺しなんてする筈がありません」

　この時、マリー＝アメリーの裡《うち》で覚悟が決まった。彼らの言葉が背中を押してくれたと言っても過言ではない。

「シャリエール大佐、この方の身柄を私に預けて下さいませんこと？　私のアパルトマンで起きた事件です。こちらで捜査しますわ。無論、国王陛下の許可は取りますからご安心下さい」

　思いも寄らない展開に、シャリエール大佐と宮内府のルクレールは、口を開いたまま茫然とした眼差しをこちらに向けている。肝を潰さんばかりに驚けば、誰しもこのような表情になるのか。

「こ、公妃様！　なりません！　人殺しかもしれない男の身柄を預かるなんて。第一、お義父上のランブィエ公爵様がお許しになりません」我に返ったラージュ伯爵夫人は、珍しく声を荒らげた。「それにこの男、まさかとは思いますが公妃様を殺しに来たのかもしれません」

自身の発言が恐ろしくなったのか、ラージュ伯爵夫人は言い終わるや否や跪き、即座に十字を切って天を仰いだ。

ようやくおさまった汗が再び吹き出したのか、ルクレールはしきりに汗を押さえている。

「そうでございます。万が一公妃の御身になにかございましたら……」

二人の気遣いはもっともだが、一人の人間が冤罪になるかもしれないこの状況を、黙って見過ごすほど非情ではないつもりだ。

「黒いドミノを纏った輩に、私たちも回廊で出くわしました。かなり慌てた様子でぶつかっても謝罪の言葉一つ無かった。そうでしたわよね？　ブルワー嬢」

先程から隣で、心ここにあらずといった風情で眼差しを宙に向けていたブルワー嬢が、女主人の呼びかけに覚醒した。

「え、ええ……。公妃様はその時お怪我もされて。きっとパリ・オペラ座の団員ですわ。後で厳重に注意しようと思っておりました」

ブルワー嬢の一言で、すっかり忘れていた膝と肘が再び痛み出した。

「その黒いドミノを纏っていた輩が、ブリュネル殺害犯もしくは殺害を目撃した……可能性もありますよね？」

再び宮内府のルクレールとシャリエール大佐は蒼ざめた顔のまま、何やらぶつぶつと言い争っていた。やがてそれが責任の押し付け合いに発展していったのは、シャリエール大佐が顔を赤くして声を荒らげ始めたからだ。数分程押し問答が続いたが、ようやく決着が付いたのか、「では、何かございましても、陸軍省と宮内府は一切関与せずということで宜しいですね？」と一種の妥協策へと到達した。

「ええ、構いません。その上でやはりこの方の犯行であった場合は、遠慮なくフランス元帥裁判所へ引き渡します」

その声を合図に男の捕縛は解かれたが、机上に放り投げてあった鬘を摑むと、乱暴な足取りで控室を出て行こうとした。

だが、退出しようとした男の背後から、マリー＝アメリーが引き留めた。

「お待ちなさい、あなた。名前と官位くらい名乗ったらどうなの？」

男は忌々しそうに振り返った。

「ボーフランシュ大尉だ。ジャン＝ジャック……ジャン＝ジャック・ルイ・ド・ボーフランシュ。陸軍省所属で、現在はパリ王立士官学校《エコール・ロワイヤル・ミリテール・ド・パリ》の教官だ」

「ボーフランシュ……もしやお父上はロスバッハの戦いで亡くなられたダヤ公（アヤの領主）では？」

「ああ。そうだ」

「そう。覚えておきますわ」

「いや、忘れてくれて結構だ」

「き、貴官は！　命の恩人である公妃になんて口を利いている」

再び、シャリエール大佐の咆哮は部下を戒めた。

「俺は助けて欲しいとは一言も言っていない」

捨て台詞を置き去りに、荒々しく扉を閉めながらボーフランシュ大尉は退室した。慌ててロワイエールも後を追う。

呆気にとられたシャリエール大佐が我に返ると、延々と謝罪の言葉を並べ出した。

「パンティエーヴル公妃、大変失礼を致しました。あのボーフランシュ大尉でございますが、彼の母親は例の……その……オダリスク（画家ブーシェの描いた絵画。本来オダリスクとはハーレムの女性のことを指した）」

「〈鹿の苑《パルク・ド・セール》〉出身のオミュルフィ嬢（父親がアイルランド出身なので本来はオ＝モーフィー、もしくはオ＝モルフィ）ですね」

「左様でございます」

前王ルイ十五世は、寵姫ポンパドゥール侯爵夫人が愛人の座を退くと、〈鹿の苑〉と呼ばれたヴェルサイユ市内の館に労働者階級の少女たちを住まわせ、情事を重ねた。その中でも美しい金髪に肉感的な真珠色の肌をしたオミュルフィ嬢は、画家のブーシェに気に入られ、彼の作品のモデルとして描かれている。ルイ十五世もこの絵を大層気に入り、モデルのオミュルフィ嬢は王の寵愛を得て、愛人となった。

「前王陛下のご寵愛を頂いた、と言えば聞こえはよろしゅうございますが、要は飽きられてお払い箱になった……とのことですな」

王の寵愛を失ったオミュルフィ嬢は、多額の持参金付きで地方の小貴族――ボーフランシュ大尉の父――に嫁がされた。やがて息子が生まれ、領地があるオーヴェルニュ地方の農村で親子三人の長閑な日々を送っていたが、ロスバッハの戦いで父親のダヤ公はあえなく戦死。母親は幼い息子をパリ市内の修道院へ置き去りにして、さっさと再婚してしまったらしい。

「それで大尉は王族を目の敵に？」

「詳しい心中は分かりかねますが、そういったところでしょうか」

シャリエール大佐はル・ブラン少尉に指示を告げ、マリー＝アメリーに一礼すると退出した。続けて退出したルクレールを見送ったル・ブラン少尉は、微笑みながらマリー＝アメリーの傍に跪き、右手に労るような接吻をした。

「遺体は今から小官と衛兵で運び出して、陸軍省の地下室に安置しますのでどうぞご安心下さい」と優し気な眼差しを向けた。

「偶然とは言え、少尉のご厚意にすっかり甘えてしまい、心苦しいですわ」

「公妃、何を仰せです。一番の被害者はむしろ公妃です。小官はこれにて退室しますが、何かお困りの事がございましたら、いつでもお声掛け下さい」と言いながら退出した。

ル・ブラン少尉の背中を見送りながら、マリー＝アメリーは思案に暮れた。その隣に控えたラージュ伯爵夫人も、辛抱強く指示を待っている。

「ラージュ伯爵夫人、今宵はこのままヴェルサイユに残ります」

ラージュ伯爵夫人の疲れ切った顔には、俄《にわか》に笑みが広がった。この夜更けにパリの館までの街道を、馬車で揺られたくはなかったのだろう。

「では、シャルトル公爵夫人に事情をお伝えして、オルレアン公爵家のアパルトマンを使われますか？」

「いいえ、これ以上事を荒立てたくはないので、ルイーズやシャルトル公爵には伝えないで」

「し、しかし……」あの血塗れのアパルトマンに寝泊まりするのか。それだけは容赦願いたいと、震える声を上げたのはブルワー嬢であった。

「ブリュネルの遺体は運び出すし、一晩限りの辛抱よ」

ブルワー嬢は何かを言いかけたが、「公妃様は今宵ヴェルサイユにご滞在ですと早く従者たちに伝えてきなさい」とラージュ伯爵夫人に追い立てられた。

亡霊のような足取りでふらふらと退出するブルワー嬢の背に憐れみの眼差しを向けながら、暫くの間を置くと、マリー＝アメリーはきっぱりとした口調でラージュ伯爵夫人に言った。

「明日の朝、起床の儀の前に国王陛下に拝謁出来るよう、取り計らって頂戴」

一七八二年五月二十一日

パリ市街
王立士官学校

翌朝、ボーフランシュ大尉ジャン＝ジャックは、ずきずきと痛む頭を右手で軽く叩きながらパリ王立士官学校の講義棟へと向かっていた。敷地内に設けられた聖ルイ教会の鐘の音が、二日酔いの頭に容赦なく響いてくる。

昨夜はさすがに飲み過ぎた。店主から火酒《オー・ド・ヴィー》（蒸留酒一般を指す言葉で、フランスではコニャックが有名である）のグラスを取り上げられ、喚いて店から追い出されたところまでは覚えている。だが、どうやって酒場から寄宿舎まで辿り着いたのか記憶になかった。

脳裏に残るのは、高慢で特権階級の象徴のような女の姿だ。見下ろす侮蔑に満ちた眼差しは、一晩経ても腸《はらわた》が煮え繰り返るほどだ。

二日酔いの原因もろとも払拭しようと、眼前に広がる校舎を眺めた。見慣れた光景でありながらも、新たな感動と美に酔いしれる己が存在する。

グルネル地区と呼ばれる平野に創設されたパリ王立士官学校は、隣接する廃兵院《アンヴァリッド》と共にその雄姿を轟かせている。壮麗な十本のコリント様式の柱から構成される二階建ての本館上部には、戦利品や寓意人物の彫刻が施され、その上はドームになっている。

口元には自然と笑みがこぼれた。彼はかつての学び舎であるパリ王立士官学校をこの上なく愛し、教官という職務を誇りにしている。

まだあどけなさが残る生徒二人が、教官であるジャン＝ジャックの姿を認めると敬礼した。地方にある幼年学校からこのパリ王立士官学校へと進学してきた生徒で、彼と同様に没落した貧しい地方貴族の子弟だ。

ヨーロッパ一の陸軍大国の名を轟かせるフランスだが、十八世紀に入り築城学と火器の発達に伴い、従来の徒弟制度ではない、先端の軍事技術を擁した軍人の育成を目的として一七五一年、パリ王立士官学校は創設の王令が出された。

王立士官学校における教育の対象とされたのが、ジャン＝ジャックのように親を失った――特に戦争で――貧しい貴族の子弟であった。

王立士官学校主翼の入口に、生徒たちの人集りが出来ている。不審に思い歩を速めた。

「いったい何の騒ぎだ」

その声に、数人の生徒たちが振り返った。

「あ、ボーフランシュ大尉！　あのご婦人《マダム》が大尉を捜しておいでです」

「ご婦人？」

人垣を掻き分け、入口に無理やり身体を押し込むと、そこには薔薇色のドミノを纏った一人の女性が、数人の生徒と共に彫像前に佇んでいた。

フランス三大元帥であるヴィラール公、レディギエール公、テュレンヌ子爵の彫像に見下ろされ、黒と白の市松模様の床材に一際映える薔薇色のドミノは、ここ王立士官学校では明らかに場違いである。おまけに振り返ったその顔は、ジャン＝ジャックが今一番見たくない顔だった。

「あ、あんたは！」

「ごきげんよう。野蛮人《ソヴァージュ》」

パンティエーヴル公妃マリー＝アメリーがドミノのフードをゆっくりと外しながら、ジャン＝ジャックを見据えた。

「な、なんだと。何しにこんなところへ来たんだ！　まだ何か……」

指導教官の権幕に士官候補生の一人は震えあがり、直立不動の姿勢を取った。

公妃はやや大袈裟に首を振りながら、「そのような大声を出さなくとも聞こえております。こちらの生徒さんは私に説明して下さっていたのよ。このフランス大元帥の彫像の中に、なぜサックス元帥（モーリス・ド・サックス。ザクセン選帝侯兼ポーランド王の庶子でフランスの軍人）のお姿は無いのかとの問いに」

と言いながら、今一度三体の彫像を順に見上げた。「私の大叔父にあたる方なので」

尚もジャン＝ジャックは鋭い視線を向け、腰に携えた剣を抜かんばかりの勢いだ。

「大尉、威嚇なさるのはお止め下さい」

いつの間にか階上からル・ブラン少尉が現れ、二人の間に収まった。

精悍な軍人でありながら、伊達男のル・ブラン少尉が公妃の手を恭しく取ると、その甲に口づけた。まるで、宮廷出仕における最高のお手本を士官候補生らに見せつけるように。

士官候補生らも、半ばうっとりとしながら、その仕草に見惚れていた。

その背後には、額に汗したパリ王立士官学校長であるダヴー大佐の姿が控えている。

「パンティエーヴル公妃、書状は拝読しました。立ち話も何ですから、校長室まで足をお運び願えますか？」

「ええ」

公妃をエスコートする校長ダヴー大佐を先頭に、一行は校長室がある二階へと続く螺旋状の階段を上る。階上にはルイ十四世の胸像が置かれており、その前で公妃は立ち止まると、階段の半ばを上り切ったジャン＝ジャックにちらりと視線を向けた。

何事かと彼女の視線を青い瞳で捉えるが、公妃はこれみよがしな仕草で顔を背けた。その尊大さに苛立ちは募る一方であったが、穏便に済ませて一刻も早くお引き取り願おう。それだけを肝に銘じてジャン＝ジャックはどうにか怒りを鎮めた。


校長室の執務机の脇には、パリ王立士官学校創設の出資者であり、初代顧問を務めたパリ実業界の重鎮かつ糧秣調達人パリ＝デュヴェルネの胸像が、対峙する壁には学校創設の発案者だとされるダルジャンソン侯爵の肖像画が飾られている。

窓からは「軍神の園《シャン・ド・マルス》」と呼ばれる練兵場が一望出来、その先にはセーヌ川が悠久の流れを湛えている。

ダヴー大佐は執務机に書類を広げ、眉間に皺を寄せたままだ。校長室へ迎え入れられた公妃は、長椅子に腰かけて優雅に扇を動かしながら、視線の端々でダヴー大佐の動向を窺っている。

ダヴー大佐はようやく重い口を開いた。

「では公妃、御自ら昨夜の殺害事件を調査されたいとの旨」

「ええ。国王陛下の許可は頂いております」

公妃が渡した書状の末尾には、〈Louis〉と流れるような国王ルイ十六世のサインが記されていた。

「し、しかし、ヴェルサイユの自室での殺害事件とは言え、王族である公妃がそのような……」

「ダヴー学校長のお心遣い、もっともですわ。ですから、本日はお願いもあって直々に参りましたの」

「お願い、と申されますと」

「そちらにいらっしゃるボーフランシュ大尉を、私の警護兼捜査協力にお借りしたいのです。勿論、王立士官学校教官という立場を考慮しまして、授業に差し障りの無い範囲で構いませんわ」

「そんな事、警察か役人に任せればいいじゃないか！」

吠えるように声を荒らげたジャン＝ジャックを、公妃が睨み付けた。

「役人に任せていたら、あなたはあのまま投獄されて、近日中にはヴェルサイユの聖ルイ広場にて処刑されていたわ。それでも宜しいのなら私は一向に構わないわ。国王陛下の許可状をお持ちしてわざわざ出向いたのですが、無駄足になったようね」

啀《いが》み合う二人の間に割り込み、宥めるようにダヴー大佐は言った。

「こちらに異論はございません。なんでしたら大尉の受け持ちは全て代講扱いにしますので、公妃の専属になさっても構いませんが」

ジャン＝ジャックは抗議の声を上げようと一歩踏み込んだが、意外な事に異を唱えたのは公妃であった。

「いいえ、それはなりません。こちらの生徒さんの大多数は、国王陛下の給費生だと伺っております。未来のフランス王国を担う人材の教育は、最優先されて然るべきです」

ブルボン家の百合の紋章をあしらった豪華な四輪馬車《キャロッス》に乗り込んだ途端、パンティエーヴル公妃が勝ち誇った笑顔を向けてきた。

「もう少し感謝されても良い筈だけれど」

憤然としたままジャン＝ジャックは呟いた。

「だからって俺が、あんたのお守り役を押し付けられる理由になるのか？」

「あなたの身柄は私が預かっているのよ。それに、あなたもご自分の手で真犯人を捕らえたいとは思わないの？」

苛立ちを隠そうともせず、ジャン＝ジャックは向かいに座る公妃の頭の上から靴先までをしげしげと眺めた。傾国の美女だったと歴史に残るような美貌の持ち主では無いが、ジャン＝バティスト・グルーズが描く天使のようだと謳われているように、肌理《きめ》細やかな白い肌と水色の瞳が相まって、嫌でも生まれと育ちの良さが伝わってくる。

また昨夜の高く盛られた髪型とは一変、地毛にウェーブを付けて纏《まと》め、肩にはカールが揺れているが髪粉は振られていない。それゆえ、車窓から差し込む陽光に、公妃の柔らかな金髪が煌いていた。

流行に疎《うと》いジャン＝ジャックには、最新モードなど分かる筈も無かったが、それでも、眩《まばゆ》い宝石を身に着け、パニエで膨らませ、ごてごてとした刺繍とレースとリボンで飾られた昨日の宮廷服よりも、今日のローブ・ア・ラ・ポロネーズの方がすっきりとして好ましく感じられた。

「大体あんたのアパルトマンで殺されたんだ。あんたの人脈から犯人を洗い出すのが先決だろう」

挑発には応えず、公妃の視線は車窓からパリの空へと向けられている。

ナポリ王国からフランスに嫁いだパンティエーヴル公妃マリー＝アメリーについて、王妃のかつての取り巻きで未亡人という事しか知らない。そもそも住む世界が違う王族などに興味も関心も無かった。

二人を乗せた馬車は、軽快に街道をとばしていく。

「今からどこへ行くんだ」

怒気を孕《はら》んだジャン＝ジャックの声が車内に響き渡る。

「ヴェルサイユの私のアパルトマンよ」

当然だといった表情を公妃が向けた。

「ヴェルサイユ？」

「ブリュネルの遺体は運び出したけれど、こういう事件では、状況確認が何よりも優先されて然るべきでしょう」

「……確かに。でもよくそんな事まで知っているな」

ジャン＝ジャックにとって唾棄すべき存在ではあるが、一切取り乱す事も無く、冷静に事を進めて行く公妃の行動力には、内心、感心せざるを得なかった。

「知人から聞いたのよ」

そこで会話は途切れ、公妃の視線は再び車窓へと向けられた。


馬車はセーヌ川沿いに進むと、やがて麦の青葉が繁る田園風景が見えてきた。

王立士官学校と練兵場以外は存在しないグルネル平野よりは、街道沿いの果樹園の花々が数倍も心を癒やしてくれる、と軍人にあるまじき感傷に耽っていた。

セーヴル橋を渡ると、国王の離宮の一つであるムードン城を擁するムードンの森、そしてベルヴュー城が高台に見えてきた。

車窓から見える風景が、田園から徐々に庭園や邸宅に移ろう頃、道幅は広さを増し、それに伴って行き交う馬車の数も増えてきた。パリとヴェルサイユを繋ぐ街道を数えきれないほど往復したジャン＝ジャックだが、圧巻の光景に加えて視線の先に広がる宮殿の雄姿を捉えると、腹の底から湧き出る高揚感を抑えきれない。

金色の百合の紋章で飾られた鉄門を過ぎると、殆どの馬車や馬が第二の鉄門前で停まる。ジャン＝ジャックも普段はここで馬から降りて厩舎へ行くか、馬車を降りて陸軍省へ向かうかだ。だから当然のように降り支度を始めた彼を置き去りに、馬車は、第二の鉄門前でも速度を落とすこと無く〈王の中庭〉を駆け抜け、正殿の大広間へと続く扉前に停められた。

呆気に取られている間に馬車の扉は開けられ、恭しいお辞儀と共に青服に出迎えられた。「急ぐわよ」と公妃は急かした。彼らの背後では、大勢の馭者や衛兵たちが、第二の鉄門前で止められた乗客らと野次馬たちの対応に追われている。

特権階級の中でも最たる者が、彼女たちのような王族だという事を、ジャン＝ジャックはまざまざと見せつけられていた。

この時間は起床の儀を終えた国王が、王室礼拝堂へ赴く。その姿を一目見ようとフランス王国内外から集まった人々で回廊は溢れている。宮殿の二階の喧騒を余所に、地上階では各所に歩哨は配されているが、人が殺された翌日とは思えぬほど、辺りは普段通りの静けさを保っていた。

「まだ公にすべき時ではないと判断したので、この事件に携わった宮内府役人や陸軍省の方々には箝口令を敷いたの。国王陛下の叔母様方が、ベルヴュー城滞在中でお留守なのが幸いだったわ。噂話と悪口と賭け事しか楽しみが無い方たちだから、こんな事が知れたら、どれだけ背びれ尾ひれをつけて噂が広まっていたことか」

両手を広げて大袈裟に身震いする公妃とは対照的に、ジャン＝ジャックは昼間の陽光が差し込むアパルトマンを見渡しながら、その壮麗さに圧倒されていた。

アパルトマンのサロンは、白と淡青を基調に配色され、壁の羽目板には、小花と蔦と天使が金で施されている。グリオット大理石製の暖炉の上には、天使と女神が彫刻された金の時計が時を刻み、対面に配置されたマホガニー製の整理箪笥の上には、見事な細工の天球儀と地球儀が置かれている。

ヴェルサイユ宮殿に居室を構えるという恩恵は、ほんの一握りの貴族にしか与えられていない。昨晩は状況が状況だっただけに、ゆっくり眺めることも叶わなかったが、これだけの広々とした空間を享受出来るのは、国王の近親者のみであろう。

「あなたが倒れていたのはここ」

丁度長椅子の背後にあたる所を公妃は扇で指した。サロンの扉を開け放つと完全に死角となる場所だ。

「そしてブリュネルが死んでいたのはここね」

玄関広間の一角にある床部分には、血溜まりの痕がどす黒く残っている。

「血痕を辿ると、ブリュネルが刺されたのは多分この辺りね」

ブリュネルが事切れていた血溜まりから点在する血痕を辿ると、〈水の花壇〉を見渡せるサロンの格子窓の前に至っていた。

「犯人ともみ合ったのか、このコンソールの上に置かれた花器は床に落ちて割れていたわ」

ジャン＝ジャックは格子窓の前から続く、血痕を注意深く追った。血痕はサロンの格子窓の前からほぼ直線状に続いていたが、玄関広間に入ると、大きな曲線を描いて扉からは外れていた。

「この絵は？」

床に落としていた視線を壁に沿って上に向けると、ヴァトー（ロココ様式を代表する画家）やブーシェの絵画が飾られた華やかなサロンとは対照的な重厚な絵画に、彼は目を奪われた。

背景は殆ど描かれずに、画面の約四分の一は占める大きな羽を持つ天使と共に描かれている中年男は、聖人の一人であろうが知的な容貌からは程遠く、世俗に毒されている印象が拭えない。剝き出しの足は画面を突き破りそうだし、彼に絡み付く天使の表情や仕草が妙に生々しい。

「『聖マタイと天使』よ」

「ジョルジュ・ド・ラ・トゥール（フランスの画家。国王ルイ十三世から「国王付き画家」の称号を与えられた）が描いたのか？」

「いえ、カラヴァッジョ（バロック初期のイタリア人画家）よ。サン・ルイジ・デイ・フランチェージ教会の依頼で描かれた『聖マタイ』の連作の中の一枚なの」

「そんな由緒ある作品がなぜここに？」

「正しく言えば、こちらはコンタレッリ礼拝堂から受け取りを拒否された第一ヴァージョンなの。なんでも聖マタイの威厳が著しく損なわれて見えるとかで、ジュスティニアーニ侯爵（ジェノヴァの名門貴族で教皇庁の銀行家。カラヴァッジョ作品の愛好家、収集家でもあった）が買い取ったものが、ナポリの兄を経由して私に贈られたの。せっかくの贈り物だけれど、他の絵画との調和が取れないから玄関広間に飾っていたのよ。ゆくゆくは領内の礼拝堂に寄贈する予定にしているの。それよりも……」

その先の言葉を繋ごうとはせず、扇で口元を隠したまま公妃は視線を斜め上のジャン＝ジャックにちらりと向けた。

その仕草が妙に癪に障り、彼は声を荒らげた。「何が言いたい。俺だって芸術に関する多少の素養はある」

「粗野なわりにはなかなかの見識だと感心していたのよ。ラ・トゥールの作風は、カラヴァッジョの影響を受けたものだし」

ラ・トゥールの生まれたロレーヌ地方は、古くからドイツ、イタリア、フランドルへの交通の要衝として栄えていた。その時代はフランス語圏でありながらも、ロレーヌ公領として神聖ローマ帝国に近しい関係から、画家たちの修行の場としてローマ進出は一般的であった。ローマ時代のラ・トゥールが、時代の寵児であったカラヴァッジョの作風の洗礼を受けた事も当然の成り行きだろう。

「奴は助けを呼ぶ為に扉まで来たが、力尽きて息絶えた、と思っていたがどうやら違うようだ」

無言でブリュネルが刺された位置を起点に指先でその移動箇所を追った。

ブリュネルが刺されたと思われる格子窓の前から玄関広間の扉までは、たとえ床を這いずっていてもほぼ直線状に進む事が可能だ。だが、彼が絶命していた『聖マタイと天使』の絵画の前に辿り着くには、扉から逸れて大きく迂回しなければならない。

「ブリュネルは敢えて絵画の前で絶命したというの？」

「断言は出来ないが、その可能性はある。それにこれを見ろ」ジャン＝ジャックは絵画の右下を指し示した。

「血の痕……かしら」

「伝言《メサージュ》を残そうとしたんだろう」

画面の右下端には、血をインク代わりに殴り書きをしたような跡があり、目を凝らして見る。

「……アルファベに見えるわね」

「……大文字のRかPもしくはBあたりじゃないか」

「どちらにしても、途中で途切れているから分からないわ」

「恐らく、書き終える前にブリュネルは絶命したんだろう。だが、伝言を残すなら床でも構わないのに、敢えて絵画に残した理由があるんじゃないのか。取りあえず書き写すから紙とインクを貸してくれ」

屈み込んで伝言をじっくりと観察していたジャン＝ジャックは、振り返り、背後の公妃に言った。公妃は無言のまま部屋の奥を扇で指し示した。つまりは自分で取って来いとの合図だろう。やれやれと肩を竦めて立ち上がり、サロンの隅に置かれた書き物机《ビューロー》へ向かうと、金色の百合の紋章が刻印された紙を数枚とインク壺を手にして再び『聖マタイと天使』の絵画の前に跪いた。最初はペンを上質な紙の上で滑らせて再現しようと試みたが、上手くいかない。覚悟を決め、人差し指をインク壺の中へ突っ込んだ。

数枚の無駄紙を出した末、仕舞いには自画自賛するほど正確に写し終えた。

その間、感心なことに、公妃は寝椅子の裏側やクッションの中、暖炉の中まで覗き込んで凶器を捜していた。

ジャン＝ジャックの視線は再びカラヴァッジョが描いた『聖マタイと天使』に向けられた。広々とした玄関広間に置かれたとしても、元々は祭壇画だから、大きさは不釣り合いだ。数歩下がって再び絵画を眺めた。聖マタイは組んだ脚の上に本を広げ、天使はねっとりとした視線を向けている。いや、本では無い。何を書き綴っているのか。

「凶器は見当たらないし、収穫はブリュネルが敢えて『聖マタイ』の絵に、血で何らかの伝言を残したという事ね」煤《すす》で汚れた手をレースのハンカチで拭いながら、背後から公妃は言った。「何をなさっているの？」

ジャン＝ジャックは、絵画が飾られた壁とすぐ隣の壁に触れ、近寄ったり、離れたりしながら見比べていた。

「この壁と隣の壁は、良く見ると塗料の明るさが微妙に違う。塗られた時期が異なるのか？」

振り返ると、公妃は珍しく称賛を込めた眼差しを返して来た。

「素晴らしいわ。よく気付いたわね」

公妃は言った。ヴェルサイユのアパルトマンは、住人が変わると部屋割りが変更され、その度に改修工事がなされたと。

「私と義父が引き継ぐ前は、この壁の奥の方まで玄関広間だったの。壁の奥には、かつての玄関広間の円柱があるはずよ」

壁を拳で叩くと、確かに、虚ろな音がする。

「中に入る事は可能なのか？」

「必要ならば。ただ、普段から鍵を掛けているし、私自身、開けて中を覗いた事は一度も無いわ。恐らく、鼠の巣か工事の建材がそのまま放置されているだけよ。さあ、パリへ帰りましょう」

「次はどこへ連れて行くつもりだ」

「行けば分かるわ」

ジャン＝ジャックを従え、公妃は踵を返した。

パリ市街
グラン・シャトレ

セーヌ川に架かる新橋《ポン・ヌフ》に二人を乗せた馬車は差し掛かった。橋の中央にはアンリ四世の騎馬像が見える。常に雑踏する橋の上も、今は人影がまばらだ。世間は丁度昼食時なのだ。

馬車はメジスリー河岸を抜けてシテ島のパリ・ノートル＝ダム大聖堂の尖塔が見える頃、ようやく目的地のグラン・シャトレ（かつての要塞で十二世紀末から裁判所に転用された）へ到着した。

背骨の曲がった頭髪も抜け落ちた眼光鋭い門番が馬車を止め、荒々しくガラス窓を叩いた。窓を開けた公妃の顔に、「おい、許可なく通るな！」とわざと酒臭い息を吹きかけた。

公妃は怯むこと無く百合の紋章で封印された書状を開き、馬車の中から差し出した。

「元警察総監のサルティン氏と国王陛下からの許可状を頂いております」

門番もさすがに国王の許可状を見せられてはノンとは言えないのか、渋々といった体《てい》で通行を許したが、悪態をつく門番に公妃は数枚の金貨を握らせた。途端に門番の態度は豹変し、虫喰いだらけの乱杭歯を見せて媚びた笑いを返した。

馬車は昼間でも薄暗いアーチ門を通り抜けて、入口へと到着した。

「ブリュネルの遺体は、アパルトマンから陸軍省へ運ばれて、今朝こちらに移送されたの」

馬車から降りると歩みを速め、背後のジャン＝ジャックに公妃は言った。それに、と彼女は続けた。「本来、ヴェルサイユでは、王族以外が死ぬことは許されていないから、一刻も早く運び出す必要があったのよ」

階段を一段下りる度にじめじめとした湿気と、染みついた血の臭いを意識せざるを得ない。地下水が染み出た通路を、壁の松明の灯りを頼りに進むと、拷問室と思しき一室へと辿り着いた。

鉄格子のある楕円形の薄暗い部屋の壁には、拷問器具が整然と掛けられている。石造りの床には、幾多の拷問によって流された血の痕が染みつき、黒く変色していた。

「ここで前王陛下の弑逆《しいぎゃく》を企てたダミアンが拷問を受けたのよ」

平然と言い放つ公妃とは相反し、戦場の生々しさを知るジャン＝ジャックでさえも戦慄をおぼえた。

その時、拷問室の奥の壁がゆらりと揺れ、ぎょっとしたジャン＝ジャックは叫び声をすんでの所で抑えた。

「お待ちしておりました。パンティエーヴル公妃」

低音の心地良い声が拷問室に響いた。一人の男が拷問室の壁と同化するように佇んでいたのだ。

よくよく目を凝らしてみると、男は長身で軍人のような逞しい体軀の持ち主である。凝った刺繡が施された上着とジレから、かなりの洒落者と見受けられたが、穏やかな笑みを湛えた端正な顔立ちに反し、有無を言わせない威圧感を放っている。

「お待たせしました、ムッシュー・サンソン。こちらはボーフランシュ大尉。この事件の犯人捜しを手伝って下さるのよ。尤も、彼はこの事件の容疑者でもあるのだけれど」

紹介された男は、口元に笑みを浮かべたまま会釈した。ジャン＝ジャックも慌てて会釈を返したが、見れば見るほどこの男、年齢が不詳だ。若々しく整った顔立ちは、同年代にも見えるが、落ち着き払った雰囲気は、四十代にも見えた。

「大尉。こちらはムッシュー・ド・パリ。快く協力して下さるそうよ」

「ま、待てよ。ムッシュー・ド・パリって……」その名を聞き、ジャン＝ジャックは狼狽《うろた》えた。

「はじめまして、ボーフランシュ大尉。シャルル＝アンリ・サンソンと申します」

シャルル＝アンリ・サンソンとは言わずと知れた処刑執行人である。世襲であるムッシュー・ド・パリを名乗り、常に付き纏う死というイメージから、忌み嫌われる存在でもあった。

「ムッシュー・サンソンはその職務柄、多くの遺体と向き合ってこられました。医学の見識も深く持ち合わせていらっしゃるので、協力をお願いしたのです」

ジャン＝ジャックはこの状況について行けず、眩暈《めまい》を感じていた。常人も付き合いを憚《はばか》るサンソンとパンティエーヴル公妃は、かなり懇意らしい様子だ。およそ王族らしからぬ人脈はいつ作られたというのか。おまけに、柏材の大机の上には、昨日殺害されたブリュネルの遺体が載っている。

だが、ジャン＝ジャックの心情を置き去りに、公妃は怪訝な表情を隠そうともしない。

「何か問題でも？」

答えたのは、ムッシュー・ド・パリことサンソンであった。

「ボーフランシュ大尉はご心配されているのですよ。ザリガニの絵をご覧になられただけでも公妃は失神されるという噂ですので」

状況を察し、助け舟を出してくれたサンソンにジャン＝ジャックは便乗することにした。

「ち、違うのかよ？」

「私はナポリ湾を一望出来る王宮で育ちました。兄や弟と海岸で船虫や魚を捕まえては乳母たちから散々叱られたわ」公妃は無邪気に声を上げて笑った。

「そうそう。王后陛下が嫁いで来られてからかなり改善されたけれど、ヴェルサイユに住まうのは、王侯貴族よりも鼠やゴキブリ、南京虫の方が明らかに多いわ」

愉快そうに笑う公妃とは対照的に、ジャン＝ジャックは脇腹から背中にかけて虫が這いまわるような痒みを感じた。

拷問室に漂う重苦しい空気が幾分か和らいだ時、既に器具を並べ終えたサンソンの声が響いた。

「では、只今から検死解剖を始めます」

昨夜、ヴェルサイユ宮殿のアパルトマンで既にブリュネルは事切れていたが、ここに運び込まれた遺体は、完全なる無機質な物体と言っても過言では無かった。戦場では山ほどの遺体を見慣れたジャン＝ジャックではあったが、遺体の服を脱がせ始めたサンソンを背後から見つめるだけで、身体が動かない。

その時、咳払いと共に公妃から背中を扇で突《つつ》かれた。

「早くムッシュー・サンソンの手伝いをなさい。その為にあなたをここに連れて来たのですから」

むっとした表情を返しつつも、真摯に遺体と向き合うサンソンを放ってはおけぬとばかり、ジャン＝ジャックは検死の助手を、調書取りは公妃が引き受けた。

「本遺体は一七八二年五月二十日にヴェルサイユ宮殿パンティエーヴル公妃のアパルトマンにて発見された。確認はパンティエーヴル公妃マリー＝アメリー・テレーズ・ド・ブルボン＝シシレ、ジャン＝ジャック・ルイ・ド・ボーフランシュ大尉によって行われる。遺体は殺害直後、陸軍省に移送された後、本日ここグラン・シャトレ内遺体収容所に移送された」

ブリュネルの身体は既に腐敗が始まっている。拷問室は外部に悲鳴が漏れないよう、鉄製の遮蔽板で窓が覆われている。その為換気が出来ず死臭の逃げ場がない。かぎ煙草の習慣がないジャン＝ジャックは忽《たちま》ち後悔した。

公妃はというと、小瓶を取り出しハンカチに数滴垂らすと鼻に押し当て、絶え間なく扇子で扇いでいる。

「トマ・ブリュネル。先ごろパリ・オペラ座演出家に就任したばかり。年齢は……、ブリュネルは幾つなんだ？」

ジャン＝ジャックは背後から覗き込む公妃を振り返る様に見上げた。

「正確な年齢は知らないわ。四十から四十五の間だと思うけど」

ハンカチを鼻に押し当てたまま、くぐもった声で公妃が答えた。

「贅肉の付き具合、下腹の膨らみ具合からその辺りでしょう」

丁度シュミーズを脱がせ、キュロットに手を掛けていたサンソンが言った。

ブリュネルは全身を贅肉で覆われ、決して高くはない身長とも相まって、恰幅の良い中年といった風情だ。キュロットを脱がせると、中からはでっぷりとした腹が飛び出したが、右脇腹にも大きな切創が残されていた。

サンソンが全身を丁寧に観察するが、体毛に覆われた白い肌には、殴打されたような内出血も擦過傷も見当たらない。

ジャン＝ジャックはサンソンが脱がせた衣服を入念に調べ、ゆっくりと畳んだ。上着の内ポッシュの中には懐中時計が一個入っているだけで、それ以外は何も見当たらなかった。

「ブリュネルは随分金回りが良かったんだな。金糸銀糸の凝った刺繍にこのシュミーズのレースときたら、国王の上着と見紛うようだ」

だがその煌やかな衣装も、既に血が乾いてどす黒く変色している。

「昨夜は演出家になってから初めての舞台でしたから、気合いが入っていたのでしょう。それに、質素倹約を旨とする国王陛下は、そんな派手な衣装はお召しにならないわ」

「そうだったな。王妃やあんたなんかと違って」

不快な表情を作る公妃を無視し、湿らせた布で右脇腹にこびりついた血を丁寧に拭った。拭き終わると、大柄なサンソンが背中を丸め、傷口の周りの皮膚をぎゅっと押し、傷口を開いて中をじっくりと検分した。

「脇に受けた傷は深くはありますが、致命傷には至っておりません。内臓を逸れていますので、止血さえすれば助かっていたでしょう」

次に、サンソンはブリュネルの胸に付いた傷を丁寧に検分した。

「致命傷はこの傷でしょう」

左胸骨の数プース下には、右脇腹の傷とは比較にならないほど深く、鮮やかな一撃が残されていた。

サンソンは遺体の胸を切り開いていった。

「やはり、心臓ではなく胃を貫いています。これが故意だとしたら、犯人はかなりの怨恨をブリュネルに抱いていたと思われます」

「それはなぜなの？」

公妃の問いかけに、戦場で同じような死に様を散々見てきたジャン＝ジャックが答えた。

「確実に殺したいなら心臓を狙った方が早い。だが、わざと心臓を外したというのは、ブリュネルに痛みと迫りくる死の恐怖を同時に与えたかったんだろう」

サンソンが頷きながら検分を進める。

「私はこの職務柄、刺創が何十か所もある所謂《いわゆる》メッタ刺しにされた遺体をしばしば拝見することがあります。その無残さから、怨恨者か剣技のつわものと誤解されます。ですが、むしろ剣の上達者は、ほんの一刀で相手を仕留めますからね。この犯人も同様です。余程の剣技の達人と見受けられます。一突きで狙った箇所を貫いていますね」

「大尉、あなたの剣の腕はいかほど？」

「自慢じゃないが、士官学校時代はトーナメント戦でいつも優勝して表彰されていた」

「そう。あなたへ掛けられた嫌疑はなかなか晴れそうにないわね」

「それにこの刺し傷ですが、ご覧下さい」

サンソンは腰を屈めて殺傷痕に定規を差し込み、「大尉、およそ何度になりますか」と顔を上げてジャン＝ジャックに尋ねた。

「およそ直角から一〇五度だな」

「それは何を意味するの？」

その問いに、ジャン＝ジャックは腰に携えた剣を抜くと公妃に手渡した。

「俺の胃の辺りに当ててみろ。……おっと、本気で貫くなよ」

公妃はわざと勢いを付けて、刃先をジャン＝ジャックの左胸に向けた。

「分かったわ。男性の大尉とは身長差があるから、女性の私が刺したのなら、傷はやや下方向からの鋭角になるはずね。でも、残った傷痕から見ると……犯人はブリュネルと変わらないかもっと長身ということになるわね」

「ええ。それに妙な事に、右脇腹の傷と胸の刺し傷の刃物の形状が一致しません」

サンソンは右脇腹の傷口を示した。

「ご覧下さい。右脇腹の傷は切創というよりは裂創になっております。恐らく、凶器は切れ味の悪い儀礼用のようなものでしょうか。致命傷の傷は……」

「もっと強靭な実戦で使うもので付いた傷だな」

ジャン＝ジャックの言葉に、サンソンは大きく頷いた。

「では、犯人はわざわざ凶器を変えてブリュネルを刺したということか？」

ジャン＝ジャックの見解に、「大尉、そちらをお貸し願えますか」とサンソンは剣を借り受けると、ブリュネルの左胸の傷の幅と剣身の幅を数か所に亘り測った。

「強靭な実戦用という点では一致しますが、大尉の剣はエペなので、仮にこちらで刺したとしても、このような殺傷痕にはなりません。レイピアあたりでしょうか」

「これは死んだ父から貰い受けたものだ。こんな男を殺す為の物じゃない」素っ気無い物言いとは裏腹に、剣を握り締める表情は、亡き父を偲んでいるかのようだ。

「左の掌に何か握り締めています。死後硬直が始まっていたので、零《こぼ》れ落ちなかったようですね」サンソンが硬直で硬くなった指を丁寧に押し開くが、硬直が強かったのか、遺体の指を押し開く彼の額には、うっすらと汗が滲んできた。

やっと押し開いた掌には、血で汚れた皺だらけの紙片があった。

「何かしら？」

「聖書……の一部ではないでしょうか」

「奴はそんなに信心深かったのか」

「少年聖歌隊の参事だったから、無関心ではなかったでしょう」

「では、これもブリュネルが残した犯人へ繋がる手掛かりなのか？」

「これも……と仰るのは？」

訝《いぶか》しがるサンソンに、ジャン＝ジャックは、上着の隠しからブリュネルの血の伝言を写した紙を出した。

「アルファベの……RかPもしくはBあたりでしょうか」

「聖書の切れ端と血の伝言で、何を伝えたかったと言うんだ」

胸を突かれたブリュネルは、死神に大鎌を振るわれながらも、命の炎が消える寸前まで必死に抵抗したのだろう。

三人は黙り込んでしまった。だがその刹那、沈黙はけたたましい足音と嵐のような怒声で破られた。

「貴様たちはいったいここで何をしている！　誰の許可を得て勝手な事をしている！」

数人の警邏《けいら》を率い、地に響くような声の男は、拷問室の扉を蹴り開けて立ち塞がった。

赤毛に近い金褐色の髪に、陽に焼けた褐色の肌。宮廷では決して見る事の出来ない獣のような雰囲気を纏っている。

その立場上、一瞬怯んだ表情を浮かべたサンソンをそっと背後に隠し、ジャン＝ジャックが一歩進み出た。

「お前たちこそ一体何用だ。俺たちは国王陛下と元警察総監で前海軍卿のサルティン氏から正式な使用許可を得ているんだ……ランベール……ランベールか？」

「ボーフランシュ！　最近酒場でも見かけないし、気になっていたんだ。どうした？　陸軍省から警察に配属替えにでもなったのか？」

ランベールと呼ばれた男も、ジャン＝ジャックに視線を移すと同時に、驚愕の声を上げた。

「いや、少々訳ありなんだ。公妃、紹介するよ。こいつは俺の飲み友達のジョルジュ・ランベールだ。ランベール、こちらはパンティエーヴル公妃だ」

ランベールは公妃を見据えると、わざと慇懃無礼なお辞儀で返した。

「パリ警察の捜査官ランベールと申します。パンティエーヴル公妃、どうぞお見知りおきを」

だが、公妃は突然の乱入者に、憤然とした面持ちで言い放った。

「何をふざけているの、ランベール。それに遅いわよ。お陰で死臭が漂う中、私が調書取りをやらされたのよ」

「何を仰せですか。早朝から叩き起こして、やれ聞き込みだのなんだの人使いが荒すぎますよ。勅命なら仕方ないですが」

ジャン＝ジャックは突然の成り行きが呑み込めずに、彼らの顔を交互に見た。その様子に、先に吹き出したのはランベールであった。

「何だ、知らなかったのか。俺は公妃のお義父上、ランブイエ公爵の口利きで奨学金を得てルイ・ル・グラン学院を卒業したんだ。パリ警察へ入るときも随分と世話になった」

「ランベール、あなたの助言に従って、ボーフランシュ大尉と殺害現場の確認をして来たわ。新たな発見もあったけれど、凶器は見つからなかったわ」

こめかみを押さえ、ジャン＝ジャックは観念したように数回頭を振った。その地位や身分に相応《ふさわ》しからぬ公妃の行動や知識は、ランベールの入れ知恵だったのかと。

そんなジャン＝ジャックを置き去りに、公妃は柏材の大机に横たわるブリュネルの遺体の傍にランベールを誘っていた。

「この遺体がパリ・オペラ座演出家のトマ・ブリュネルよ。昨夜ヴェルサイユにある私のアパルトマンで何者かに殺害されたの」

「災難でしたね」

言葉とは裏腹に、ランベールの表情には公妃に対する同情の色は少しも浮かんでいない。むしろ、好奇心に溢れた眼差しを向けている。

「それで、俺たちは次に何をやれば良いんですか？」

「人手は一人でも多い方が良いわ。ランベール、あなた方はブリュネルの家宅捜索と引き続き例の捜査をお願い出来るかしら」

グラン・シャトレを出ると、すっかり日が暮れていた。

サンソンは羽根飾りの付いた帽子を取り、二人に深々と頭を下げると同時にパリの街角へと消えていった。

日差しが遮られた地下室にいたせいか、ジャン＝ジャックは地上へ出ると途端に空腹を覚えた。昼食抜きであったことさえ忘れていた。

「じゃあ俺は通りへ出て辻馬車でも拾うから」

公妃が迎えの馬車に乗り込むのを見届けると、ジャン＝ジャックは踵を返した。

「お待ちなさい」

背後から声を掛けられ、慌てて振り返ると、公妃は馬車に同乗するようにと促している。

「無理にとは申しませんが、晩餐をご一緒にいかがかしら」

寄宿舎へ帰り着いても、夕飯が残されている保証はない。今日は飲みに行く気分でも無いし、腹立たしくはあるが背に腹はかえられない。

「料理人たちは義父と共に領地の城へ行って不在だから、大したおもてなしは出来ないけれど、菓子職人だったジャンヌの料理は絶品よ」

その言葉が決め手となり、ジャン＝ジャックは素直に応じる事にした。

パリ市街
パンティエーヴル公妃の館

二人を乗せた馬車は、セーヌ川河岸を進むとロワイヤル広場（現在のヴォージュ広場）の側道を抜け、蔦の絡まる瀟洒な館へと辿り着いた。王族の住まいにしては地味な造りだが、由緒ある建物だ。公妃には左翼、義父のランブイエ公爵には右翼があてられているが、公爵は今朝からヴェルノンの城へ静養に向かったという。

中庭に面した左翼のサロンに通されたジャン＝ジャックは、ひどく落ち着かない様子で室内を見渡した。

サロンには青い絹地を張った装飾椅子が置かれ、大理石の暖炉、青い小花と葉が描かれた菫色の壁紙が使われ、公妃の優美な趣味が隅々にまで行き渡っている。同系のシルクタフタのカーテンが調和し、ロカイユ状の曲線を多用した家具が寸分の狂いもなく配置されている。

部屋の至るところに豪華な薔薇が飾られ、置かれた燭台では、蜜蠟の焔が薔薇色に揺らめいている。不思議な事に、その焰からも薔薇の香りが漂っている。ジャン＝ジャックは燭台の傍に進み寄り、揺らめく焰にそっと鼻を近づけると、その芳《かぐわ》しい香りを吸った。

「それは薔薇の花の蜜を集めた蜜蜂の蜜蠟から出来ているの。だから、ほんのりと薔薇の香りがするでしょう？」

張りのある凜とした声に慌てて振り向くと、公妃が軽やかな薄手の白いモスリンのローブを纏い、透ける青いシロンデを腰のあたりでふんわりと結んでいる。裾に施されたレースの細工が焰の光を浴び、軽く湯あみを済ませたのか、その頰もうっすらと薔薇色に染まっている。

「お待たせしてごめんなさい。さすがに死臭の移った髪とローブで晩餐に招くには気が引けてしまって」

慌ててジャン＝ジャックはくんくんと自身の軍服の袖の臭いを嗅いだ。

「あなたは良いのよ。客人ですもの。宮廷儀礼には反するでしょうが、ここはヴェルサイユではないし上着を脱いで下さると嬉しいわ」

傍に控えた年若い近侍は、手慣れた様子で上着を脱がせた。

「マルク……ロワイエールもあなたの教え子だったそうね。彼はロワイエールの弟、ロベールよ。故郷の寄宿学校《コレージュ》を卒業後、当家に仕えてくれているの」

近侍ロベールは、仰々しいお辞儀をすると、満面の笑みを湛えて顔を上げた。その笑顔の端々に、かつての教え子の面影を見出したジャン＝ジャックも、つられて笑顔を返した。

近侍は今一度軽く頭を下げると、上着を抱えて退室した。

王族の晩餐とは、ひどく小洒落た料理が並び、気疲れすると予想していたが、その予想は大きく裏切られた。メインは魚介とトマトを豪快に煮た逸品だった。金曜日でもない食卓に魚が並ぶのは珍しいが、何よりも食材が新鮮なのだ。おまけに白と赤、どちらのワインもおおよそ今まで口にしたことの無い芳醇な逸品だった。

「宮廷晩餐会ではあるまいし、毎日高級料理《グランド・キュイジーヌ》ばかりでは消化不良になるわ」それに、と白ワインを一口含むと公妃は付け加えた。「正直に言うと、お義父様もジャンヌの料理の方がお気に入りなのよ」

林檎のソルベとショコラ、そして香り高い珈琲が場を移したサロンへ運ばれる頃には、ジャン＝ジャックはすっかり寛《くつろ》いでいた。視線を移すと、サロンの入口には巨大な丸太のような影が動いている。

「ジャンヌ、遠慮せずにお入りなさい」

公妃に促され、おずおずと入室してきたのは、厨房を預かる女料理人兼元菓子職人のジャンヌだった。紺色のシャルロット帽を被り、潮焼けした丸顔に数本欠けた歯を剝き出しにした笑顔は、南仏の太陽を思わせた。

「今日は新鮮な魴鮄《ほうぼう》が手に入ったから、温室で育てたトマトとじゃがいもも入れて煮込んでみましたがお口に合いましたか？」

「ジャンヌはマルセイユにほど近い港町の出なの」

だからなのかとジャン＝ジャックは納得した。魚介の扱いに慣れていて、何より目利きに優れている。

「セーヌ川に運ばれる魚とナポリ湾じゃ獲れる魚も違うんでしょうが、少しでも公妃様の御慰みになればと思って、いつも腕によりをかけているんですよ」

「ありがとう、ジャンヌ。今夜の晩餐も素晴らしかったわ」

満面の笑みを浮かべたジャンヌは、貴婦人のようなひどく不似合いなお辞儀をすると鼻歌を歌いながら退室した。

「検死の後だから食欲をなくすかと思っていたけれど、やはり軍人ね。場数を踏んでいるだけの事はあるわ」

「当たり前だろう。戦場では、敵も味方も見分けがつかないほどの遺体が、毎日山のように積まれていったんだ」そう言いながら、殆ど口にしたことがないショコラを一粒放り込むと、珈琲で流し込んだ。ショコラの甘さと珈琲の苦みが格別な調和を口の中にもたらしている。

「あんたこそ、サルティンはともかく、ムッシュー・ド・パリとはどんな付き合いなんだ。遺体を見ても卒倒するような素振りもなかったし」

「古くは先代ムッシュー・ド・パリからの付き合いよ」

その答えに、ジャン＝ジャックは啜っていた珈琲に噎返り、驚きの視線を公妃に向けた。

「お義父様がね」

サンソン家は代々医業を副業としてきた。様々な刑を執行してきた処刑執行人ゆえに、人体の生理機能に詳しくなり、引き取り手がない遺体を解剖することによって得た知識は、子孫に伝えられた。また、飲み薬や家伝の軟膏の販売を行い、普通の医者に見放された病人や怪我人も治癒させていた。

そんな噂を聞きつけて、持病の偏頭痛の治療に訪れたのがランブイエ公爵であった。

王族のランブイエ公爵が直々に治療を受けに来るとは。

驚愕と緊張に慄《おのの》く先代ムッシュー・ド・パリ、ジャン＝バティスト・サンソンであったが、二人はすぐに打ち解けて、以来、親しい友人として付き合ってきた。

持ち前の好奇心も手伝い、ランブイエ公爵は度々遺体の解剖にも立ち会い、知見を得る恩恵に与った。代わりに、先代への俸給が遅れた際には、公爵が国王へ進言する事もままあった。

息子であるシャルル＝アンリ・サンソンの就学年齢が近づくにつれ、先代の悩みは尽きなかった。人々から忌み嫌われる処刑人の子どもを、快く受け入れてくれる学校などパリには存在しなかったからだ。たとえあったとしても、処刑人の子どもだと知られると虐《いじ》められるだろう。

身元が知られる事を恐れ、ランブィエ公爵から紹介されたルーアンの寄宿学校へ行くことになったサンソンであったが、はじめは良好だった級友たちとの仲も、処刑人の一族だと知られると、嫌がらせや虐めの対象となった。

寄宿学校の経営者は、サンソンを全力で守ってくれたが、苦渋の末に退学を決めてパリに戻ることになった。だが、パリに戻ったところで引き受けてくれる学校は皆無だ。

「お義父様がかなり尽力されたそうだけれど、結局、受け入れてくれる学校は無かったわ」

「それで、どうなったんだ？」

結局、グリゼルという教会を追放された元神父が、住み込みの家庭教師としてサンソンの教育を引き受けることになった。

この元神父は、瀕死の病から奇跡的に生還したが、顔には醜い病の痕が残っていた。だが、元々浮世離れしていた事が幸いし、処刑人に対する偏見も彼には皆無であった。サンソンはこの元神父のもとでラテン語を学び、ヘブライ語から古代イスラエルに夢を馳せた。

だが、そんな蜜月も長くは続かなかった。

サンソンが十四歳の時、やっと得られた師グリゼル元神父は亡くなった。また、後を追うように父が病に倒れた。

「先代が脳卒中で半身不随になったために、ムッシュー・ド・パリは十五歳で職務に就くことになったそうよ」

「十五歳……」

異国から嫁いで来た公妃は既に未亡人となり、サンソンは処刑人の剣を父から引き継いだ年齢だった。

ショコラを一口齧《かじ》り、珈琲を啜ると公妃がおもむろに切り出した。

「その顔の傷は戦場で受けたもの？」

「ああ。艦上で敵の砲弾を食らった時に出来たものだ」

「それでよく命があったわね」

「いや、俺のまわりにいた殆どの奴らは、見事に頭や胴体を吹き飛ばされていたよ。脳や内臓が剝き出しになった奴もいて、甲板は赤ワインをぶちまけたように血糊で真っ赤になっていた」

珈琲を啜っていた公妃が、苦虫を嚙み潰したような表情を返した。

「俺は悪運が強かったのか、この程度の傷で済んだが……。ところで、次は何をすれば良いんだ？」

その言葉に公妃は、弾かれたような眼差しをジャン＝ジャックに向けた。

「無理難題を押し付け、検死の手伝いまでさせたから一日限りで退散するかと思っていたわ」

「どうせ退散なんて選択肢、俺にはないんだろう」彼は立ち上がると、コンソールに置かれた赤ワインをグラスに注ぎ、「ジャンヌの料理と安酒場では絶対にお目にかかれない高級ワインのお礼だ」と言うとグラスを軽く掲げ、一気に飲み干した。心の奥底まで見抜くように鋭い眼差しを公妃に向けながら、「それに……」と加えた。

「国王ルイ十六世の従妹であるパンティエーヴル公妃が、単なる気まぐれとは言え、自ら殺人事件の捜査に乗り込んで来るとはどうしても解せない。おまけに、殺人犯かもしれない俺をわざわざ警護役に指名するなんて気まぐれにしても度が過ぎる。他にも理由があるんだろう？」

「単なる野蛮人じゃないのね。なかなかの洞察力よ。気に入ったわ」

公妃は立ち上がるとジャン＝ジャックの隣へ行き、既に飲み干して空になった彼のグラスにブルゴーニュの赤ワインを注いだ。

「二か月程前のことになるかしら……。事の発端は、ランブイエ公爵領、つまりは義父の領地で起こった事件なの。獣に襲われて無残な姿になった少年の遺体が、森の中で見つかったのよ」

「少年の遺体如きに王族が捜査に乗り出す必要があるのか？」

「この遺体が単にセーヌ川に落とされて聖クルーの網（セーヌ川下流の聖クルーに張ってあった水死体を回収する網）に引っ掛かっていた孤児なら、憐れではあるけれど捨て置いたことでしょう。でも、義父の領地であるランブイエで、王后陛下の養い子が無残な姿で発見されれば無視できないのよ。現に陛下は凄く嘆いていらっしゃる」

マリー＝アントワネットが王妃になって数年が過ぎた頃のことであった。世継ぎどころか妊娠の気配さえない彼女は、人々の心無い言葉や噂話に傷ついていた。

ある日気晴らしにとヴェルサイユからランブイエへ向かって小さな四輪馬車を走らせて

いると、よちよち歩きの男の子が馬車の前に飛び出し、転んだ。幸い怪我はなかったが、金色の巻き毛に青い瞳の天使のような愛らしさに魅了されたマリー＝アントワネットは、この子を王宮に連れて帰り育てると言い出した。既に母親は亡くなっており、祖母に育てられている事が余計に拍車をかけたのだが、同乗していた公妃が何とか思いとどまらせ、以後、マリー＝アントワネットはその男の子の「後見人」として十分過ぎるほどの恩恵を授けていた。

「その少年、アンリは歌がとても上手くて、半年程前に少年聖歌隊に入隊したの。王后陛下は、お披露目の日を楽しみにされていたのだけれど、ある日森に遊びに行ったまま行方不明になって、二週間後に無残な姿で発見された。調べてみると、パリ近郊の少年聖歌隊員も数人行方不明になっているの」

「その少年らとブリュネルに何の関係があるんだ？」

ジャン＝ジャックは赤ワインを公妃のグラスに注ぎ、自身のグラスにもなみなみと注ぐと、芳醇な香りを楽しむように今度はゆっくりと味わった。

「彼らが所属する少年聖歌隊において、ブリュネルは参事や役員として関わっていたの。裏を返せばブリュネルが関わっていない少年聖歌隊で行方不明者はいない。それって、偶然にしては出来過ぎていると思わない？」

ようやく合点がいったと言いたげな眼差しを公妃に向けた。

「だから昨夜、あんたはブリュネルと待ち合わせたのか」

公妃は頷いた。

「一体、ブリュネルに何を尋ねるつもりだったんだ？　まさか、単刀直入に切り出すつもりじゃなかっただろうな」両手を広げると、呆れたとばかり大袈裟に首を振った。

「そもそもブリュネルが先に頼み込んできたのよ。さあ、私も正直に話したわ。あなたこそ、そろそろ本当の理由を話したらどうなの」

「本当の理由？」

「王宮警備であの場に偶然居合わせたなんて嘘でしょう？　あなたは何らかの目的があってブリュネルを追っていた。私はその理由が知りたいだけ。ランベールにも白状させたわ」

敵わないといった素振りで、両手を胸の前で広げ苦笑しながら二、三度首を振ったジャン＝ジャックは、訥々《とつとつ》と語り出した。

「チェサピーク湾沖での戦いの最中だった……」

拳をこめかみに当て、記憶を辿っているのか公妃の水色の瞳が忙しなく瞬いた。

「チェサピーク湾……。というと、北米大陸の東海岸での戦闘ね。昨年の夏頃だったかしら？」

「ああ。俺はグラース提督麾下の艦隊の一員で、チェサピーク湾から上陸作戦の最中、突然現れたイギリス海軍によって大打撃を受けた。この傷もその時の戦闘のものだ」

捲《めく》られたシュミーズの左袖から現れたのは、全体がケロイド化した腕だった。公妃は思わず息を呑んだのか、両手で口を押さえたまま驚愕の眼差しを向けている。

「まだ戦えると粘ったんだが、焼け爛れたこの左腕で、銃は支えられないからと戦線離脱を余儀なくされて、フランスへ送り返された」

「でもあの戦いにフランスは勝利したでしょう」

「いや、正確には大勝利だったはずだ」そう呟くと、彼は窓の外へと眼差しを向け、かつての戦場へと想いを馳せた。

「あの日、俺が乗船していた〈オーギュスト号〉は、グラース艦隊の前衛で、最初にイギリス海軍と接触した。位置は完全に風下で不利な事この上ない状態だったが、フッド提督がジェントルマンシップとやらを発動してくれたのか、陣形が整う前に総攻撃を受けずに済んだのが幸いしたんだ」

だが、前衛で敵艦と横並びとなった〈オーギュスト号〉は、グラース艦隊の中でも一番の打撃を受け、乗艦した士官の大半は戦死し、奇跡的に生き残ったジャン＝ジャックでさえ重傷を負った。

情報が洩れていたのでは。一人の乗組員が死に際に残した言葉に疑念は深まった。

「奴は俺の腕の中で息を引き取る寸前に間違いなく言ったんだ。『徴税請負人のトマ・ブリュネルがこの艦は狙わないと約束した』と」

「では、ブリュネルがフランス軍の情報を手に入れて、イギリス側に洩らしていたと言うの？」

「それは分からない。だから怪我が癒えた俺は、奴の、ブリュネルの足取りを追っていたんだ。一度ランベールに協力を頼んで職務質問したが、持っていたのは楽譜だけで、何の収穫も得られなかった」

「なるほどね。以前から噂にはなっていたのよ。フランス軍の情報がイギリスに洩れているのではないのかと。それも軍の高官が絡んでいるのではと」

予想外の言葉に驚き、彼は公妃の顔を凝視した。

「なぜそんな噂があんたの耳にまで届いたんだ？」

「ご存じなかったかしら？　お義父様は海軍大元帥職に就かれているのよ。名誉職ではあるけれど、それなりの権限はお持ちだし、情報網も健在よ」

既にブルゴーニュの赤は飲み干され、呼び鈴と共に近侍のロベールが新しいボトルを運んで来た。流れるような動きでコルクが抜かれ、力強い香りに満足すると、公妃はジャン＝ジャックの空のグラスに注いだ。

「再度確認するわ。私はブリュネルが何故殺されたのか、そしてアンリの死と少年らの失踪に彼が関係しているのか否かが知りたい。それにはあなたの協力が不可欠よ。あなたは私と私の背後の力を利用すればいい」

ジャン＝ジャックは身体の前で腕を組み、暫く考え込んでいたが、意を決し、ようやく顔を上げた。

「手掛かりはブリュネルが握っていた聖書の紙片。そしてやつがわざわざ聖マタイの絵画に血の伝言を残していたという事だけか。心許ない状況だが、分かった。この話乗るよ。殺人犯の疑いが晴れない状況では、俺一人が動くには限界がある。おまけに、軍の高官が絡んでいるとしたら、悔しいが尚更あんたら王族の後ろ盾が必要だ」

二人は契約締結のしるしにグラスを掲げた。

「では二日後の午後二時にまたここで。お互いの調査状況を報告し合いましょう」

公妃が呼び鈴を鳴らすと、扉の外に控えていたのか音が鳴り終わらぬうちに再び近侍が現れた。

「大尉がお帰りになるわ。王立士官学校まで馬車で送って差し上げて」

近侍は銀の燭台を軽々と持ち上げ、恭しく扉へと案内した。

「二日後の午後二時よ。くれぐれも遅れないで頂戴」それだけを言い放つと、サロンの扉は固く閉められた。

馴染みの酒場へ行けば、女たちは見せかけの愛の言葉を囁き、科《しな》を作り名残惜しそうに引き留める。だが、公妃のあっさりとした態度は、むしろ清々しささえ覚え、ジャン＝ジャックは苦笑しながら首を数度振った。

絨毯が敷き詰められた階段を下り入口の扉まで行くと、ジャンヌが笑顔で待ち構えており、何やら包みを持たされた。近侍から渡された軍服は、丁寧にブラシが掛けられてすっかり汚れや臭いが取れており、放っておいたほころびも丁寧に繕ってあった。

「すっかり世話になったな」

近侍のロベールも兄とよく似た朗らかな笑顔を向けながら、「いえ、またいつでもいらして下さいって僕が言える立場ではありませんね」と頭を掻いた。

公爵家の馬車に揺られ、辻馬車とは格段に違う乗り心地に身を任せながら、ジャン＝ジャックはぼんやりとパリの夜空を見つめていた。

街灯が灯された事でパリ市内の犯罪率が下がったことは周知の事実であった。

夜の闇はこの世の全てを覆い隠す。ランブイエ公爵領に少年の遺体を棄てた奴も、ブリュネルを殺害した真犯人もこの闇に紛れ身を隠し、のうのうと生き延びているのだ。

目まぐるしいこの二日間を振り返り、自身の置かれた状況に改めて驚愕を覚えた。確か昨夜はこの時間、酒場で散々店主に絡んで悪態をついていた。贅沢や享楽に耽る王族や大貴族たちへの反抗心もあり、用無しとなった母を捨てた前王への復讐心もあった。これで処罰されても嘆く家族も自分にはいない。

犯罪捜査の経験がない自分に、ましてやあの公妃と二人で殺人事件の犯人逮捕が出来るとは到底考えられなかった。だが、忘れていた戦場での高揚感が思い起こされつつあるジャン＝ジャックは、気が済むまで付き合ってやろうと決めた。

水気と油が染み出たのか、ジャンヌが手渡した袋が何やら湿っぽい。袋の中身を覗いてみると、中にはまだほんのりと温かいマカロン・ダミアン（アーモンドパウダー、砂糖、卵、蜂蜜、果物のコンポートを練り込んで棒状にしたものを切って焼いた菓子。アンリ二世の王妃カトリーヌ・ド・メディシスが伝えたとの説もある）が入っていた。その一個をつまんで取り出し、口の中に放り込んだ。もっちりとした歯ごたえを楽しむと、口の中にはアーモンドの濃厚さに続いて杏の甘酸っぱさが広がっていった。

寝台に横たわったマリー＝アメリーは、高揚感でなかなか寝付けなかった。

「退屈は嫌だわ」と、マリー＝アントワネットと共に嘆いていたあの無邪気な少女時代。まさか十余年後に、それも殺人犯かもしれない軍人と事件の捜査に乗り出すとは思いもよらなかった。

頭を空っぽにして眼を閉じた。それを数度繰り返したが、眠りの精は一向に訪れてはくれないらしい。諦めて寝台から抜け出し、燭台に火を灯すと書き物机に置かれた手紙と書状を手に、暖炉の前に腰かけた。

懐かしいイタリア語で綴られた手紙は音楽家のニコロ・ピッチンニからだ。彼はナポリで音楽教育を終え、マリー＝アメリーや彼女の姉たちにも音楽の手解きをしていた。王妃マリー＝アントワネットに招聘《しょうへい》され、近々フランスへ戻って来ると記されている、同時期に懐かしい再会があるだろうとも。

次に手に取ったのは、パリ王立士官学校校長ダヴー大佐から渡されたボーフランシュ大尉の身上書だ。

ジャン＝ジャック・ルイ・ド・ボーフランシュ・ダヤ

一七五四年四月十四日生まれ
父　ジャック・ド・ボーフランシュ。一七五七年　ロスバッハの戦いにて死亡。
母　マリー＝ルイーズ。夫の死後は息子をパリの聖ジュヌヴィエーヴ修道院へ預け、その後再婚する。

一七六四年　十歳で修道院を離れ、父の故郷へ戻る。オーヴェルニュ地方アヤの小領地は荒れ果てており、領民と共に鶏や豚を飼い、農地を耕す生活を送る。
一七六五年　国王の給費生としてラ・フレーシュ幼年学校に入学。卒業時の成績は首席。
一七七〇年　パリ王立士官学校に進学。特に数学や物理学、化学において秀でた才能を見せ、入学、卒業時の成績は共に首席。
一七七五年　ラ・フレーシュ幼年学校の教官に着任。
一七七六年　パリ王立士官学校の教官に着任。中尉に昇進。
一七八一年　グラース司令官麾下として参戦。負傷の為に帰国。戦功により大尉に昇進。

一七八二年　療養後、パリ王立士官学校の教官に再着任。以後生徒の指導にあたっている。

それとは別に、一通の封書が添えられていた。

かつての王立士官学校の教官たちへ宛てられた懇願の手紙。そこには見知った名も連ねてあった。

「なるほどね……」満足気に微笑むと、マリー＝アメリーは燭台の火を吹き消した。

月明りに照らされた室内には、煙と薔薇の蜜蠟の残り香が漂っていた。

第2章　涙の流れるままに　Lascia ch'io pianga

一七八二年五月二十三日

パリ市街
マリー橋～パンティエーヴル公妃の館

昨日の正午から降り始めた雨は、夜半には豪雨となったが、夜が明ける頃にはようやく小降りになった。

王立士官学校からパンティエーヴル公妃が住まうロワイヤル広場を抜けた館までは、セーヌ川に沿ってパリ市内を端から端に横断するので結構な距離がある。ジャン＝ジャックは辻馬車を拾い、パリ左岸からトゥルネル橋を渡って聖ルイ島を通り、マリー橋を渡る道筋で進んでいた。

セーヌ川が増水した時の水位はトゥルネル橋で測ると言われているが、水嵩をましたセーヌ川は、豪快な音を響かせながら茶色く濁った水を下流へと押し流している。橋の上の通行人や行商人たちは、馬車にはお構いなしに縫うように横断するので、その度に手綱を引かれた馬の嘶《いなな》き、馭者の怒声で道は喧噪に溢れていた。

雨が上がった河岸は、橋の上に負けず劣らず賑やかだった。パリの大動脈にあたるセーヌ川河岸は、フランス各地から船で運ばれた魚やワイン、小麦や綿布の積み下ろしでごった返している。

ジャン＝ジャックを乗せた馬車は、マリー橋の中頃あたりに止まってから一向に動こうとしない。苛立った彼は窓を開けて馭者へ向けて声を荒らげた。すぐさま馭者から倍の声量で怒鳴り声が返って来た。

通行人たちの会話によれば、聖ポール河岸に死体が揚がって野次馬たちが押し寄せ、馬車の流れを完全に止めてしまっているらしい。背後からは聖ルイ＝アン＝リル教会の鐘の音が聞こえる。痺れを切らしたジャン＝ジャックは諦め、馭者へ運賃を握らせると、徒歩での移動に切り替えた。

道のあちらこちらに出来たぬかるみに浸かり、馬の蹄《ひづめ》と馬車の車輪が跳ね上げる泥水を浴び、ロワイヤル広場に辿り着く頃には、ブーツはおろか外套やキュロットまでもが汚泥に塗れていた。

徒歩なのを幸いに、ロワイヤル広場の中へと進んだ。広場中央には、ルイ十三世の騎馬像が置かれている。何故、時の権力者の銅像を単体ではなく騎乗した姿で作るのか。そんな事を考えていると、ようやく目的地に辿りついた。

パンティエーヴル公妃と義父のランブィエ公爵が住まう館は、建てられた十七世紀のまま、瀟洒な佇まいを保ち続けている。本来ならば、ランブィエ公爵の亡父が構えたトゥールーズ伯邸が本宅だが、黄金の回廊を配した広大で豪奢な屋敷と多すぎる使用人たちを持て余した義理の父娘は、肩の凝らない現在の暮らしを気に入り、本宅は専ら客人らの逗留先に充てられている。

門番に自身の到着を告げると、中から出てきた近侍のロベールに案内され、左翼階上にある公妃のサロンへと向かう。私室の前には既に五人の若者が列を成していた。

（やれやれ……）

この日何度目か分からぬため息を大きく吐いた。

一人は自作の詩の暗唱に余念がなく、一人は声を張りあげ、高らかにアリアを歌い上げている。

フランス一、二を争う資産家であるランブィエ公爵の義理の娘であるパンティエーヴル公妃は、その豊かな財源を未来の芸術家や科学者たちに惜しみなく注ぐという噂を聞きつけ、援助の申し込みかあわよくば愛人におさまろうと集まった若者たちだ。

回れ右をして退散しようにも、外套と剣を預けた近侍は見当たらない。

フランスの上流階級において、結婚前の女子は貞節を守るのは当然の事、修道院に入れられて厳しい監視のもと躾けられる。だが、一度神の前で結婚の誓いを立ててしまえば、後は夫も妻も自由に恋愛を謳歌出来る。また、人妻が恋人を作っても非難されないどころか、複数の若い愛人に慕われること、すなわち女性としての魅力を誇示することに値すると見做される。

離婚が許されないカトリック教会下ゆえであろうが、お互いを想い、一生添い遂げるなど、まるで平民階級のようで野暮の極みとまで言われた。ジャン＝ジャックには到底理解出来ないどころか、唾棄すべき論理だ。

ブドワール（化粧室兼私室）では、若い恋人たちの賛辞を受けるため、寝起きの気怠さとあられもない姿のままの女主人が待っている。このパリはおろかヴェルサイユを中心とする近郊の邸宅では、多分にそのような光景の真最中だろう。

だが、この館の女主人は違っていた。

「ボーフランシュ様、お入りになって下さい」

ブドワールの扉を開け、中から現れた若い召使は、彼を室内へと誘った。卵型のこぢんまりとした室内には、小さな寝台と飾り箪笥や化粧机が置かれ、サロンと同様に、セーヴル焼の花器には季節の花がふんだんに飾られている。

モーヴ色のルダンゴット（フロックコート。ここでは、女性用にデザインされた上着）を羽織り、焦げ茶色の縞模様の入ったペティコートを着た公妃は、苛立ちを隠せない様子でつづれ織りが張られた肘掛け椅子から勢いを付けて立ち上がった。

「随分遅かったわね」

ジャン＝ジャックもむっとして言葉を返した。

「公妃、俺には受け持ちの授業というものがあるんだ。おまけに昨晩の大雨でぬかるみに車輪を取られ、立ち往生した馬車で道は溢れているよ。噂によると城門ではパリ入城の規制が掛かっているらしい」

「道の問題はともかく、生徒たちには課題でもやらせておけば宜しいでしょう？」

公妃は、彼のいつにも増して泥だらけで粗野な姿を一瞥すると、「パリがかつてリュテティア（Lutetia ラテン語で「泥だらけ」を意味する。かつてのパリは臭気が漂い、大変不潔だった）と名付けられたのは間違っていなかったわね」と冷たく言い放った。

「授業を優先しろと言ったのはあんただろう」

抗議を続けるジャン＝ジャックを無視して、公妃は階段を急ぎ足で下りた。

「外出します。馬車の用意を」

踊り場に待たされた芸術家の卵たちの嫉妬交じりの視線を嫌というほど感じながらも、ジャン＝ジャックは速足で進む公妃の後を追った。

「あいつらはどうするんだ？」

「放っておけば良いわ。また明日にでもやって来るでしょうから」

パリ市街
オペラ座

ブルボン家の百合の紋章が付いた豪華な四輪馬車の中で、この二日の間に仕入れた情報を披露することにした。とは言え、本業の合間を縫っての調査だ。大した収穫はなかった。

「殺されたトマ・ブリュネルの本業は、知っているとは思うが徴税請負人。かなり羽振りも良かったみたいだが、独り身で両親も死んで兄弟もいない。稼いだ金は全て音楽活動に使っていたようだ。それと、奴が握り締めていた聖書だが、『申命記』の数枚だった」

「『申命記』？」

「ああ。聖マタイの絵画の前で『申命記』を握り締めて事切れていた。明日にでも知り合いの修道士に訊いてみるよ」

「その件は大尉にお任せするとして、左手に『串命記』を握り締め、おまけに聖マタイの絵画には血の伝言を残して死んでいたなんて。ブリュネルは何を告げたかったのかしら?」

二人を乗せた馬車は環状並木道《ブールヴァール》を軽快に飛ばしていたが、公妃は何度もガラス窓を叩き、もっと急ぐようにと合図を送った。鞭の音と馬の嘶きと共に馬車は速度を上げたが、辻馬車と違い全く揺れを感じさせない。

馬車はイタリア大通りへ入り、目的地である芸術の殿堂の前で停まった。

「着いたわね。降りるわよ」

公妃が向かいに座るジャン＝ジャックに声を掛けた。

「ここは?」窓から見える意外に簡素な建物を彼は見上げた。

「パリ・オペラ座よ」

「知っているよ。俺が訊いているのは、オペラ座に何の用事かってことだ」

「ブリュネルはパリ・オペラ座の演出家の地位についたばかりだったの。彼の人となりを聞くには職場の人間に訊くのが一番よ」

確かに、残された家族もいないとなれば、ブリュネルの話が聞けるのはここしかない。

「それに、あなたが目撃して私にぶつかった輩は、ここの団員である可能性が高いでしょう」

劇場前に待機していた男によって馬車の扉が開けられた。馭者がすぐさま昇降段を取り付けると、公妃はペティコートの襞を摑み、腰を屈めて馬車から路上へと降り立った。馬の嘶きと衣擦れの音色と共に、車内には春の花畑のような香りが残った。


二人が中央階段を上ると、劇場の入口には初老の支配人が待ち構えており、公妃が右手を差し出すと恭しく接吻を返して来た。

「ラージュ伯爵夫人が桟敷席でお待ちになっております」

公妃も優雅に微笑み、「今日が初日だというのに、お時間を作って頂き恐縮ですわ」と感謝の意を告げた。

頭の天辺から足先まで劇場支配人シャンボワーズをしげしげと眺めたジャン＝ジャックは、予想を大きく裏切られていた。

ブリュネルのような恰幅の良い贅沢な中年の男性像を描いていたが、一歩先を行き、公妃を丁寧に案内する地味な後ろ姿は、むしろ真逆と言っても過言ではない。気持ちばかりのレースが付いたシュミーズの袖が見える濃い緑の上着は、銀糸の刺繍どころか織り生地でもなく、流行のモードなど別世界だと全身で主張しているようだ。

死んだブリュネルが惜しげもなく金をばら撒いていたとするならば、この支配人はせっせと蓄財に励んでいるのではなかろうか。そんな勝手な事を想像しながらも、音楽家にも様々なタイプがいるのだと妙に納得した。

「ブリュネルの件は大変驚いております。ヴェルサイユの王室オペラ劇場での公演以来、見かけないので変だとは思っておりましたが」

一七八一年六月の火事で焼けてしまった旧劇場を引き継いだのがこの劇場だが、突貫工事から来る強度不足の為、現在、ロワ通り（現在のリシュリュー通り）に新劇場の建設が予定されていた。

突貫工事の建物とはいえ、きちんと緋色の絨毯が敷き詰められた階段を上り、三人は劇場の三階に設けられた王家の桟敷席へと向かっていた。

ジャン＝ジャックには桟敷席でオペラ鑑賞どころか、警護が関の山だ。そもそも国王や王族の桟敷席の警護には、専ら近衛兵があたるからどの道無縁の場所だ。

「ブリュネルは演出家に就任したばかり、と聞き及んでおりますが、具体的にはどのような事を任されていたのですか？」

「一言で申し上げれば何でも屋でございます。顔が利くとかで、ヨーロッパ中を行き来しながら才能有る歌手を発掘したり、出演を予算内で交渉したり」

「誰かに恨まれている様子は？」

「媚び諂う性格ではありましたが、この劇場の収益にも貢献してくれておりましたので、支配人としては信頼を置いておりました。宜しかったら、普段の様子については団員たちにお尋ね願えますでしょうか」

公妃は笑みを浮かべて頷き、シャンボワーズにお礼を言いながら、優雅な仕草で国王の桟敷席へ入って行った。

「私は隣の桟敷席で最終確認をしますので、何かございましたら遠慮なく仰って下さい」

本来ならば初日の最終確認は、この国王の桟敷席から行っているのだろうが、シャンボワーズ支配人は恭しく頭を垂れると、隣の桟敷席へと向かった。

国王の桟敷席は一般向けのそれと比べても倍の広さがあり、上質の絹を張った肘掛け椅子が合計八脚置かれていた。格子状の扉と天井と壁の境目には、凝った金細工が飾られ、天井にも壁にも青地に王家の百合の紋章レリーフを持つミューズが金色で描かれている。

国王の桟敷席から身を乗り出すように舞台を眺めている女性は、二人の到着に気付くと急いで入口まで進み、宮廷式のお辞儀で迎えた。

公妃の女官ラージュ伯爵夫人だ。既に夫を亡くした未亡人のこの女性は、公妃がフランスへ嫁いだ頃から献身的に仕えているそうだ。桟敷席の入口に女主人だけでなく、泥に塗れたジャン＝ジャックが現れると、一瞬怯んだ様子を見せたが、軽く会釈をすると再び平然とした態度を保とうと顔を上げた。

「公妃様、お加減はもう宜しいのですか？」

公妃は、ええと曖昧な言葉を返しながら、扇で口元を隠し、彼の耳元で囁いた。

（一昨日の件、ラージュ伯爵夫人には黙っていて）

怪訝な眼差しを返すと、一昨日、昨日は頭痛がするからとの理由で、ラージュ伯爵夫人の訪問を断ったのだと囁いた。

（伯爵夫人は大変デリケートでたおやかなご婦人なのよ。私がムッシュー・ド・パリと共に検死に立ち会ったなんて知ったら卒倒してしまうわ）

「もう第一幕のリハーサルが始まっております」

（ほら、あなたのせいで遅れてしまったじゃない）

（だから、道のせいだと言っているだろう）

「お二人とも、静かにして下さい！」

二人は、ラージュ伯爵夫人に睨まれた。普段は従順で大人しい女性だが、大好きなオペラや演劇の事になったら、人が変わるらしい。

舞台上は、宮殿を模した半球形の屋根やハマムと呼ばれる浴場を模した書き割りによってオスマンの世界が再現されている。まだ仕上げが終わらないのか、半球形の屋根の色がまだらになっている。

オペラの舞台は十七世紀のオスマン帝国。場所はパシャ（太守・オスマン朝の高官の称号）の領地。

ベルモンテの恋人でスペイン貴族の娘コンスタンツェ、侍女で英国人のブロンデとその恋人の従僕ペドリルロ。彼ら三人は航海中に海賊に襲われ、奴隷市場で売られてしまう。だが不幸中の幸いか、スペインの高貴な生まれで今はイスラーム教徒のパシャ・セリムが三人を買い取り、海辺の宮殿の後宮《ハーレム》で暮らさせていた。

コンスタンツェの許婚ベルモンテは、辛く不安な日々を過ごしていたが、従僕ペドリルロからの手紙を受け取り、さらわれた三人の所在を知った。

ベルモンテは船に乗り、彼らを救おうとパシャ・セリムの宮殿に乗り込んだものの、番人のオスミンに追い返されてしまった。

ベルモンテは偶然再会出来たペドリルロに、コンスタンツェの奪還計画を打ち明けた。

その頃、コンスタンツェは宮殿に戻ってきたパシャ・セリムの求愛を拒み、恋人のベルモンテに変わることのない愛を捧げたのだと告白する。

コンスタンツェの毅然とした態度は、パシャ・セリムの心を更に魅惑するだけだった。

ペドリルロはパシャ・セリムに、ベルモンテをイタリア仕込みの建築家として紹介することに成功し、すぐに召し抱えられることになった。それに腹を立てた番人のオスミンは、二人が宮殿内へ入ることを妨げようとしたが、結局二人にしてやられた。

イギリス人侍女ブロンデ役の歌手が、「ヨーロッパ娘にはもっと別の接し方をするものよ」と無理やりハマムに引き摺りこもうとした番人オスミン役のバス歌手を相手に、肘鉄を食らわしている。

ヴェルサイユ宮殿の王室オペラ劇場での主役の座は明け渡したが、このブロンデ役の歌手もなかなかの実力者だ。ラージュ伯爵夫人の情報によれば、今回、わざわざウィーンの劇場から招聘したそうだが、確かに、ドイツ語の歌詞も流暢だ。

こまやかな愛情　やさしさ
親切な心　そしてユーモア
娘心をくすぐるにはこれが一番よ

簡単でしょ
偉そうに命令したり
どなったり　ののしったり
いじめたりすれば

幾日もしないうちに
愛情も操も逃げてしまうわ

ジャン＝ジャックの隣に座る公妃がそっと耳打ちしてきた。

「まるであなたに教訓を垂れているような歌詞ね」

ジャン＝ジャックは艦隊戦でも眺めるような強張った表情で舞台を観ていたが、公妃を一瞥しただけで、視線を舞台へと戻した。

舞台上では、ブロンデに諭された番人のオスミンが、衝立の裏からおどおどと現れた。手には百合の花を一輪持っている。

客席からは笑いが起こった。

イスラーム教徒のオスミンにとって、ブロンデは主人から授かった奴隷女だ。従順に躾けて言うことを聞かせるのが彼の常識なのに、ブロンデは反抗し、彼をたしなめる。

百合の花は価値観が全く違うオスミンからの歩み寄りの証であるのに、ブロンデは笑って相手にしない。

オスミンとブロンデの二重奏〈言っておくがな〉が始まった。

恰幅の良いオスミン役の歌手は、良く通る低音を舞台上に響かせている。

ラージュ伯爵夫人も公妃も惚れ惚れした様子で彼の歌声に聴き入っているが、既に飽きてきたジャン＝ジャックの思考は、明日の授業の内容であったり、生徒の調査書の期限であったり、オペラとは無関係の場所へと飛んでいた。

威風堂々としたオスミン役の歌手の声で、何度も現実に引き戻されたジャン＝ジャックは、彼の太鼓腹を見て半ば呆れていた。歌手は身体が楽器と言われているが、あれだけ太るには余程毎日飲み食いに明け暮れているのだろうか。

一昨日、グラン・シャトレの地下室でサンソンが言った言葉を思い出し、この歌手が殺されるか、不慮の事故に遭わぬことだけを祈っていた。

――太った中年男性の解剖は御免こうむりたいのが正直な気持ちです。全身、特に腹部は脂肪が厚くて、掻き分けながらの作業なので、手は脂で滑り難儀な事この上ないですから。

二重奏が終わると、後宮を模した書き割りの間からコンスタンツェ役の歌姫が登場した。幾重にも重ねた紗のローブ。胸には鮮やかな花の刺繍に飾り玉をあしらい、顔はヴェールで隠されているが、十分にその可憐さ、儚げな雰囲気が伝わってくる。

何という悲しみが　私の心を
覆っていることでしょう
幸せを失ったあの日から
ああ　ベルモンテ
あの喜びは　どこへ行ったの
私が　かつて
あなたのそばで知った喜びは
苦しさに満ちた　あこがれ

苦しさに満ちた　あこがれが
今はその代わりとなって　この胸に宿っているのです
悲しみが　私の運命となりました
あなたから引き離されて　しまったのですもの
私は　あなたから引き離されて　しまったのですもの

ゆったりとした管弦楽の調べに乗せて、遥か遠い故郷と婚約者のベルモンテへの想いを歌うコンスタンツェ役の歌姫。

頬を伝う雫に気付いたのは、客席から一斉に起こった拍手で我に返ったからだ。マリー＝アメリーはいつの間にかオペラの世界に浸り、歌姫の声に涙していた。

ヴェルサイユの王室オペラ劇場で聴いた時も素晴らしいと思った。だが、今日の歌姫は、切ないまでの苦悩と嘆きをより情感たっぷりに歌い上げたのだ。

舞台上のコンスタンツェは、パシャ・セリムの再びの求愛にも考えを変えない。

ご尊敬はしております　でも愛することは出来ません　決して

パシャ・セリムは怒り、死をも辞さないと言うコンスタンツェをあらゆる拷問にかけると言い放つ。
第一幕、歌姫の最大の聴かせどころであるアリアが始まった。

あらゆる拷問が　私を待ち受けていようとも
ものともせず　苦難に耐えましょう
私をひるませるものは　何ひとつありません
恐れるのは　ただ一つ
私が操を破ることですわ
ただ　それだけ
操を破ることだけを　私は恐れます
寛大なお心で　私をお許しください
天の祝福があなたにありますように
あなたをたたえて
お願いしても心を動かされないのですね

あなたは平然とごらんになるべきですわ
私があらゆる苦しみを耐え忍ぶのを
さあ　お指図ください
脅し　罰し　激怒してください
ついには　死が私を解放してくれるまで

殆ど人がいない客席からは、ぱらぱらとまばらな拍手が聞こえた。

及第点を越えるくらいの仕上がりだ。このアリアの最大の特徴であるコロラトゥーラもそうだが、全体的に生彩を欠いていたというのが正直な感想だ。何より、ヴェルサイユのオペラ劇場で聴いた時よりも迫力に欠けるのだ。

ラージュ伯爵夫人も同意見なのか、腑に落ちない表情でマリー＝アメリーの言葉を待っている様子だ。

「先程の〈悲しみが私の運命になりました〉はあんなに素晴らしかったのに」

「公妃様もそうお聴きになられましたか」

「そうね……」

そもそもこのような喜劇オペラにコロラトゥーラ・アリアを入れること自体珍しい。

長らく本流を成してきたイタリア・オペラへの挑戦なのかもしれない。強靭な肺と咽喉を持ったあの幼馴染であれば、難なく歌いこなせるのだろうが。

「リッカルド……」

先日聴いたアリアは、まるで懐かしい幼馴染が歌い上げたような迫力だった。だから余計に違和感を覚えるのか。

「え？　公妃様、今なんと仰いました」

「いいえ、なんでもないわ」

黄金の枠の桟敷席から身を乗り出した。客席を埋めているのは十人足らずで、忙しそうにペンで何やら書き込んでいるのは音楽関係の批評家だろうか。

音楽に興味無さげなボーフランシュ大尉は、第一幕の舞台稽古が終了すると同時に、歌手や関係者に話を聞けないかと階下へ下りていった。視線は、斜め右下の桟敷席に座る、太陽の欠片のような金髪の若者に止まった。ル・ブラン少尉だった。彼はマリー＝アメリーに気付くと、にっこりと微笑み、国王の桟敷席へとやって来た。

「ル・ブラン少尉、あなたもいらしていたのですね」

軍人らしいきびきびした動きの中にも彼独特の優雅な物腰を添え、ル・ブラン少尉は彼女の手の甲に口づけた。

た。

「えぇ。実はちょっとした伝《つて》がありまして、舞台稽古を覗かせてもらえたのですよ」

「初日の舞台はご覧になられるの？」扇をゆったりと翻しながらマリー＝アメリーは訊いた。

少尉は眼を閉じ、顎を少し上げると夢見るような表情を浮かべ、「勿論です。舞台の幕が上がる前の高揚感が大好きなのです」と答えた。

少尉の完璧な容姿は、桟敷席の内壁に描かれたミューズや天使と一体化して、このまま絵の中に吸い込まれても違和感を与えないだろう。

そんなことを少尉の横顔を見上げながら考えていたが、輝く金色の髪と整い過ぎた目鼻立ちに既視感を覚えた。

「ル・ブラン少尉、私以前あなたにお会いしたことがあったかしら？」

その言葉に少尉はゆっくりと目を開け、「そんな台詞は男から言わせて下さい」と言うと、澄みきった青い瞳でマリー＝アメリーを捉えて離さなかった。

「パンティエーヴル公妃、あなた様は過去に二度そのお美しい瞳に小官を映しておいでです。しかし、小官はあなた様のお姿を数えきれないほどヴェルサイユで拝見しております」

フランス男の常套句だと頭で分かっていても、美辞麗句は女心を心地良くくすぐる。ましてやこんなに美しい男性からの賛辞だ。つくづく少尉の悪声が悔やまれた。

ふと気配に気付き、桟敷席の入口に視線を移すと、いつからそこにいたのか、半ば呆れた顔をしたボーフランシュ大尉が立っていた。

「歌姫が会ってくれるそうだ」

このまま初日の舞台を観るというラージュ伯爵夫人とル・ブラン少尉に別れを告げ、二人は楽屋へと向かった。

「あんたのお守り役の件だが、どうして俺に頼んで少尉に頼まなかったんだ？」

ボーフランシュ大尉は振り返らずに、背後のマリー＝アメリーに尋ねた。

「小耳に挟んだのだけれど、とある侯爵夫人が少尉に夢中らしいわ。あなたもきっとご存じの方よ。白すぎる白粉と真っ赤な頬紅が印象的な方だから」

若い士官が宮廷での立身出世の為に、年増の愛人に取り入るのは珍しい事ではない。

「待てよ。とある侯爵夫人って、若作りしているが六十歳近いっていうあの……」

階段の途中で急に大尉が立ち止まり、振り返ったので、マリー＝アメリーは危うく段を踏み外しそうになった。抗議の声を上げようとしたが、大尉は、厚化粧にワイン樽のような侯爵夫人の姿を思い浮かべているのか、神妙な面持ちのまま動かない。おまけに、件《くだん》の侯爵夫人は腋臭《わきが》が強烈で、その臭いに大貴族の奥方が気絶したとの噂が実《まこと》しやかに流れていた。

「ええ、その侯爵夫人よ。舞踏会のエスコートならともかく、こうして始終出掛けていては、お相手もままならなくて機嫌を損ねてしまうわ。あなたなら、そういう煩わしい事は無さそうだし」

「それは褒め言葉なのか？　それとも単に嘲笑されているだけなのか？」

「あなたのご想像にお任せするわ」

ボーフランシュ大尉の反応が気に入り、マリー＝アメリーは声を立てて笑った。

パリ市街
オペラ座　ロラン嬢の楽屋

歌姫はジャン＝ジャックたちを楽屋へ招き入れると同時に立ち上がり「パンティエーヴル公妃様、わざわざお越し頂き恐縮です。ロズリーヌ・ロランです」と、優雅なお辞儀で出迎えた。

ロラン嬢《マドモアゼル・ロラン》の楽屋は色とりどりの花で溢れている。ヴェルサイユ宮殿の王室オペラ劇場での大喝采を聞きつけ、既に大勢の信奉者たちが我先にと贈ってきたようだ。

レースで飾られた化粧台の上には、珍しい薔薇水や白粉に頬紅が整然と並べられ、舞台稽古で着用した衣装も楽屋の隅に吊るされていた。

ロラン嬢は、もう一つの化粧台の椅子を公妃に勧め、ジャン＝ジャックには自分の椅子を差し出そうとしたが、「この方は軍人で士官学校の教官だし、立ちっぱなしには慣れているからご心配なく」と公妃が制した。

ジャン＝ジャックは何も反論せずに従った。この女性のもの言いは、悪意があるのかそれとも正直なだけなのか、いちいち推測するのが面倒になったからだ。おまけに、歌い終えたばかりのロラン嬢を立たせておくわけにはいかない。

瞳は緑、亜麻色の髪。小柄でまだ少女のようなあどけなさを残しつつ、可憐な笑みを浮かべたその姿は、まるで花から生まれた妖精のようだ。

おもむろに扇を広げ、公妃はそれを緩やかに動かし始めた。

「ヴェルサイユでは私も拝見させて頂いたのよ。あなたが演じたコンスタンツェはとても素晴らしかったわ」

「ありがとうございます」

いきなり本題に入るのは気が引けたのだろう。公妃はオペラの内容や衣装について二、三尋ねると、ロラン嬢の音楽教育にも会話が及んでいった。

「父が貿易商だったのです。それでヨーロッパ中の劇場を家族でまわり、その間に歌のレッスンを受けてきました」

ウィーン滞在中、偶然このオペラの作曲者のレッスンを受ける機会に恵まれたらしい。まだまだ粗削りだが、素養を見出されて今回のコンスタンツェ役に大抜擢されたそうだ。

「そう。羨ましいご環境ね」

軽い咳払いをした公妃が、扇を閉じて姿勢を正した。そろそろ本題に入るつもりなのだろう。

「演出家に就任したトマ・ブリュネルをご存じね。彼は三日前にヴェルサイユで殺されました」

ロラン嬢は目を瞠《みは》った。そのまま黙ってしまったが、鮮やかな緑の瞳は揺れている。

「そ、それは本当ですか？」

「ええ、確かです。彼の屍体を見付けたのは私と……」公妃は背後に立つジャン＝ジャックを見上げ「こちらのボーフランシュ大尉ですから」と言った。

「トマ……ブリュネルはこの春から演出家に就任したので、彼自身の事は詳しくは知りません」

「誰かに恨まれていたような事は？」

ロラン嬢は無言のまま首を振った。

「舞台に関しては一切の妥協を許さない厳しい人でしたが、普段は温厚で慈悲深い人でしたし、人から恨みを買うような事は無かったと思います」

ロラン嬢が話し終わると軽いノックが聞こえた。

「ロズリーヌ、第一幕のアリアの事だけれど」

滑らかなアルトの声が聞こえたので、同室の女性歌手が戻ってきたのかとジャン＝ジャックは思った。

室内の眼が一斉に楽屋の扉に集中すると、そこには、五線譜を両手に抱えた一人の華奢で小柄な少年がいた。

ロラン嬢はにっこりと笑い、手招きをした。

「兄のルネです。兄さん、こちらはパンティエーヴル公妃様とボーフランシュ大尉」

ルネはその名に反応したかのようにびくりと動き、そのまま退室しようとした。

「私たちの事はお気になさらずに続けて下さい」慌てて公妃が引き留めた。

彼は躊躇したような素振りを見せた。両手から溢れ落ちそうな五線譜を抱えながらも、首にしっかり巻かれたストック（男性用の襟飾り）の咽喉元を左手で押さえている。再度公妃が促すと、眉尻を下げた申し訳なさそうな表情で一礼し、ロラン嬢が座る場所へと進んだ。五線譜を広げたルネは妹に細かい指示を与えているようだが、音楽には疎いジャン＝ジャックは、二人の会話がさっぱり分からない。

ロラン嬢は瞬きをしながら数度頷くと、突然声を張りあげた。

「違う、違う。そんな叫ぶような声を出しては興ざめだ」

ルネからは容赦ない叱責が飛ぶ。彼は首を何度も振りながら五線譜を人差し指で叩いている。

ジャン＝ジャックは凍り付いたように動けなかった。人間の声とはこれほど高く、そして音量が出せるものなのかと。あのバス歌手のような太鼓腹で、身体全体を楽器のように響かせているならともかく、ここにいるのは折れそうなくらい華奢で可憐な歌姫なのに。

ロラン嬢は小声で歌詞を呟きながら何度も頷き、人差し指で拍子を取っている。すると再び彼女の声はアリアを奏でた。

だが、ルネの容赦ない叱責は続く。「楽譜どおり歌うだけでは駄目だ。作曲者がコンスタンツェに込めたものをもっと汲み取らないと、彼女の魅力は引き出せないよ」

そんなやり取りを繰り返し、ようやく納得したのかルネは二人に深々と頭を下げると、来た時と同じように五線譜を両手に抱えて出て行った。

ジャン＝ジャックは彼が出て行った扉に視線を向けたまま、茫然としていた。

「お兄様も音楽を？」

「ええ。私と一緒に幼い頃から歌も楽器も習ってきました。ですが、兄は恥ずかしがり屋なので、人前で歌ったり、演奏するのは向いていないのです。今は見習い中ですが、ゆくゆくは芸術監督になるのが夢なのです」

公妃に肘で突かれて、ジャン＝ジャックは慌てて白布で包まれた聖書の切れ端を取り出し、ロラン嬢の前に差し出した。

「ブリュネルはこの『申命記』の数枚を握り締めて亡くなっていました」

「おまけに、彼は、聖マタイの絵画に血の伝言を残していました」

「伝言はこちらです」ロラン嬢の前に隠しから取り出した伝言の写しを広げた。

ロラン嬢は何か言いたげに口を少し開いたが、そのまま黙り込んで聖書の切れ端と写し取った伝言に視線を落としたままだ。

「我々は死期が迫りつつある彼が残した、犯人へ繋がる手掛かりだと見ていますが」

コルセットの上にゆったりとしたガウンを羽織ったロラン嬢の指先は、襞を摑んで止まったままだ。

「何か心あたりはないかしら？」公妃はロラン嬢に訊いた。

ロラン嬢の緑の瞳は揺れ、思いを巡らせているのか視線は室内を彷徨っている。

暫しの沈黙の後、やはり思い当たる節はないのか、視線を戻し二人を見据えたロラン嬢はきっぱりと告げた。「いいえ、特には。ご期待に沿えなくて残念です」

「分かりました。お時間作って下さって感謝しますわ」

椅子から立ち上がった公妃は、「そうだったわ」と言いながら振り返り、衣装が吊るされた場所であれこれ手に取った。

「私の女官ラージュ伯爵夫人が申していましたのよ。ロラン嬢が舞台でお召しになった衣装は大変センスが宜しくて、ヴェルサイユでも評判だったと」

パリ市街
オペラ座　舞台裏

ジャン＝ジャックと公妃は、慌ただしい初日に時間を割かせた謝罪とお礼を告げると、楽屋の通路を通って舞台裏へと向かった。

楽屋の通路や舞台へ至る廊下は、ロラン嬢の楽屋を再現したかのように、あちらこちらで声を張りあげ、音階の稽古に余念がない者や、同じフレーズを何度も奏でる楽器の音で溢れている。

こんな日に訪れたことを悔やみつつ、邪魔にならないように気をつけながら二人は舞台奥へと進んだ。

舞台は客席からは想像もつかないほど横幅と奥行きがある。高い天井にはいくつもの滑車が平行に取り付けられ、美術担当者が大急ぎで手直しした書き割りを太いロープで吊り下げていた。

舞台袖では、幕間のバレエに出演する踊り子たちが、ふわりと揺れるチュールや色とりどりのリボンを衣装に飾り、頭には花冠を載せている。彼女たちの姿を見ると、ジャン＝ジャックは胸が締め付けられるような切なさを感じた。

あれはまだ仕官したばかりの頃だったか。

夜道で偶然助けたのが、オペラ座の踊り子ニコルとの出会いだった。すぐに恋仲になった二人は、屋根裏にある狭い下宿部屋で何度も抱き合った。うなじに口づけると、紅い跡が残って髪を上げられないからやめてと懇願され、その仕草があまりにいじらしくて何度も何度も抱きしめたあの日。

踊り子たちの悲惨な境遇、末路をぼんやりとは知っていた。だが、自分たちの未来と重ね合わせることは出来なかった。

　ある日演習を終えた足で下宿を訪ねたら、ニコルの部屋はもぬけの殻となっていた。方々捜し回ったが、結局は見つからなかった。

　親の借金を返せなくて娼婦になったとか、ブルジョワの愛人になったとか、もっともらしい噂を耳にしたが、今となってはもう確かめようがなかった。

「あんた、さっきから邪魔だよ」

　忘れたはずの苦い恋を追想していたジャン＝ジャックの背後から、ドイツ語訛りのたどたどしいフランス語が聞こえた。我に返って振り向くと、先ほど舞台上で美声を響かせていたブロンデ役の歌手だった。肉感的で高く盛られたデコルテは、上着から溢れそうだし、勝気そうな瞳は山猫を思わせた。

　確かウィーン出身だった筈と、ドイツ語で返した。

「すまない。陸軍省所属のボーフランシュ大尉だ。邪魔するつもりは無かったんだ」

　ドイツ語に気を良くしたのか、言葉尻は乱暴でも明らかに態度が変わった。

「軍人さんが何の用だい」

「三日前に演出家のブリュネルがヴェルサイユで殺されたんだ。その件で話を聞かせて貰っている。何か知っていることがあったら教えてくれないか」

「ふん……。あのブリュネルが殺されたとはねえ」

特に驚く様子はなく、片方だけ上げられた口角からは、真っ赤な舌先が覗いている。

「驚かないのか？」

「この劇場には貢献しているらしいが、裏では相当酷い事もやっているって噂もあったし、いちいち驚きはしないよ」

再び、ジャン＝ジャックの胸は締め付けられた。劇場で華々しい脚光や喝采を浴びる歌手や踊り子たちも、舞台を降りればパトロンや男たちの慰み者となる娼婦や商売女と変わらないからだ。

「あの小娘らに話は聞いたのかい？」

腕を胸の前で組んだままのブロンデ役の歌手は、顎を上げて指し示した。

「小娘？」示された方へ視線を向けると、そこにはロラン嬢の兄の姿があった。

「ブリュネルと何度か言い争っているのを見ちまったんだよ」

歌手はにやりと笑うと、吐き捨てるように言った。

パシャ・セリムの衛兵たちは、セリムを讃える合唱を合わせている。その傍では、ハーレムの女たちが舞の振り付けを互いに確認し合っている。

公妃を捜した。彼女は舞台裏で、初日の開演に向けて慌ただしく行き交う人々を呼び止めてはあれこれ質問していた。

「あんたがうろうろしたら邪魔になるだけだろう」呆れながら公妃の腕を掴み、引き寄せながら会話を遮った。

「失礼ね。大尉が何もしないから、私が話を聞いているのよ」

二人が不毛な言い争いを続ける中「パンティエーヴル公妃様」と、ロラン嬢の兄ルネがおずおずと近づいて来た。

「ルネ……だったかしら。先程はお邪魔してごめんなさいね」

「とんでもないです。僕こそ、大事な話の途中で割り込んだりして」

恐縮しながらもにっこりと笑みを見せたその顔は、正直、二十歳を越えた若者とは思えないほどのあどけなさだ。短く刈られた亜麻色の髪は、まるで案山子のようだが、緑の瞳を輝かせたその笑顔の端々に、ロラン嬢の面差しを見出せた。

「妹に聞きました。トマが……ブリュネルが殺されたそうですね」

癖なのか、彼は視線をやや伏せながら、幾重にもストックで巻かれた咽喉元を左手で押さえている。

「ええ。それで妹さんにお話を伺っていたの。あなたも何か知っていたら……」

言葉の途中で公妃の背後に立てられていた舞台のセットが、ゆらりと傾き倒れてきた。

「公妃！　危ない」

瞬時に反応したジャン＝ジャックが公妃の腰を抱き、倒れかけた船のパネルから引き摺り出した。彼を緩衝材に、転げるように足元から背後に倒れた二人だったが、パシャ・セリムが所有する船――を描いたパネル――の半分は、間一髪靴先前で倒れた。

辺りは一瞬、水を打ったような静寂に包まれた。ルネがあげた悲鳴で、その場に居合わせた誰もが、凍り付いたように動けなくなっていたからだ。

「公妃様！　だ、大丈夫ですか！」我に返ったルネは急いで駆け寄った。

セットの裏からは、「誰がへましたんだ！」と美術担当の親方の怒声が聞こえる。

二人の傍にはつぎつぎと人が集まり、口々に気遣いの言葉を掛けている。仕舞いには、シャンボワーズ劇場支配人が血相を変えて駆け付けてきた。

「パンティエーヴル公妃様！　お怪我はございませんか！」

「ええ……。大丈夫。大尉が気付いて下さったから大事ないわ」

歌姫の兄ルネがあげた声は、ソプラノ歌手にも匹敵、いやそれを凌駕するほどの高音と声量だった。

パリ・オペラ座を後にした馬車の中は、ずっと静けさを保ち続けていた。正確には、土煙を蹴立てる馬の蹄や行き交う荷馬車の音が絶え間なく聞こえてはいたのだが、公妃は一言も口を利かずにずっと窓の外を見つめている。通りを行き交う人々の波や馬車も彼女の水色の瞳に映らず、ただ流れ過ぎているだけなのは容易に想像出来た。

堪らず、ジャン＝ジャックが声を掛けた。

「どうした？　さっきからずっと黙り込んで。どこか痛むのか？」

その言葉にゆっくりと視線を移した公妃が、ようやく口を開いた。

「あの日、大尉は私のアパルトマンへ入った時に香りがしたと言っていたわね。香りの特徴を思い出せるかしら」

「香り……？」拳に顎を載せて、ジャン＝ジャックは記憶の糸を手繰り寄せる。「ああ。頭を殴られて次第に意識が薄れていく中、エキゾチックで官能的な甘い香りを嗅いだ。間違いない」

「それはおそらく龍涎香《りゅうぜんこう》の香りよ。高価な香料ではあるけれど、王后陛下が植物系の香りを流行らせてからは、少なくともヴェルサイユで使っている女性はいないわ」

王妃が植物由来の香水を流行らせてからというもの、宮廷の女性たちはこぞって手に入れたがったが、一瓶で八十リーヴルはするらしく、庶民には高嶺の花だった。

「では、殺害犯はやはり男なのか？」

「それは分からないわ」公妃は大きなため息を吐きながら首を振った。「先程話を聞いた歌姫のロラン嬢。彼女の衣装のヴェールから、微かに龍涎香の香りがしたのよ」

ジャン＝ジャックは半ば呆れた。衣装やアクセサリーのデザインとセンスを褒めつつも、調べることはしっかり調べていたのだ。

「ブリュネルは左手で『申命記』を握り締めていた。そして血の伝言は？」

「伝言はアルファベのRかもしくはP……。R……あ！」

「そう。ロラン嬢の名はRoserine《ロズリーヌ》。アルファベのRから始まるわ」

彼は舞台裏で仕入れた情報——ブリュネルとロラン嬢が何度か口論していた——を披露した。俄に公妃の瞳が輝きを取り戻したが、「だが彼女は殺害があった時刻は舞台上で歌っていた。あんただってその目で見たんだろう？」それに、とジャン＝ジャックは続けた。

「殺傷痕の角度から見ても、小柄で華奢なロラン嬢が一撃でブリュネルを殺せるか？」

「それも問題だし、アパルトマンの残り香は、幾種もの花の香りが混在していて龍涎香単独の香りではなかったのよ」

再び黙り込んでしまった公妃とジャン＝ジャックを乗せた馬車は、ロワイヤル広場の側道を通り、蔦の絡まる館のファサージュを潜り抜けた。

二人の帰りを待ちわびていた侍女のブルワー嬢は、馬車の扉が開かれるや否や、堰《せき》を切ったように告げた。

「公妃様、先程からラヴォワジェご夫妻がお待ちです」

その名を聞いて霧が晴れたような笑顔を見せた公妃は、サロンへの階段を駆け上がった。ジャン＝ジャックも慌てて後を追う。勢いよくサロンの扉が開かれ、息が上がった二人が姿を現すと、客人たちは笑顔で出迎えた。

「ラヴォワジェ先生！　マリー＝アンヌ」

儀礼的なお辞儀はそこそこに、三人は久方ぶりの再会を祝うように抱擁と接吻《ビズ》の雨を降らせた。

そんな彼らの様子に圧倒されたジャン＝ジャックを見て、ラヴォワジェは驚きの声を上げた。

「君は確か、ボーフランシュ候補生、いや、既に将校だな。パンティエーヴル公妃と親交があったなんて初耳だよ」

アントワーヌ＝ロラン・ド・ラヴォワジェはこの時代を代表する科学者だ。裕福な弁護士の家に生まれ、莫大な財産を相続し、徴税請負人の官職を買っていた。優れた教育を受けたラヴォワジェは、やがて科学に関心を寄せるようになり、最大の理解者であり同志でもある妻マリー＝アンヌとは、ラヴォワジェが二十八歳、マリー＝アンヌが十三歳の時に結婚した。

一七七六年に火薬と硝石の管理人に任命され、妻と共に兵器廠《しょう》に住み、そこに大実験室を構えている。

「僕が王立士官学校の教官をしていた頃の教え子だ。優秀な生徒だったよ」

ラヴォワジェは涼やかな目元に皺を寄せ、かつての教え子の成長を眩しそうに見つめた。

「小官こそ、ラヴォワジェ先生をはじめ多くの著名な先生方からご教授頂いたことは、栄誉であり、誇りです」

ジャン＝ジャックがパリ王立士官学校に入学する前年に、教育プログラムの改革が行われた。そこであらためて数学教育の重要性が確認され、教授陣の人事にも配慮された。

教授陣には、ラプラスやラクロア、ラベをはじめとする当代の数学者が名を連ねていた。

パリ市街

パンティエーヴル公妃の館

ラヴォワジェとラヴォワジェ夫人を迎え、着替えを済ませたパンティエーヴル公妃が再び現れたサロンは、華やかな空気に包まれた。

ラヴォワジェ夫妻も今からパリ・オペラ座の初日公演へ赴くという。

ジャン＝ジャックは、夫人の隣に座るラヴォワジェに視線を向けた。目尻に多少の皺が増えただけで、当時とほぼ変わらないラヴォワジェの端正な容姿は、ラヴォワジェ夫人が裕福な伯爵との縁談を断り、平民の夫を選んだ理由を納得させた。

ラヴォワジェ夫人も夫の研究に少しでも役立つように、家庭教師をつけて自然哲学や化学を学び、さらには絵画や語学の素養も伸ばしていった。やがて二十歳になる頃には、女主人として自宅でサロンを主宰するまでになっていた。そこには、パリの知識人やパリに滞在していた外国人が招かれ、科学や時事問題に及ぶまで活発な意見が交わされた。

交友関係が広いラヴォワジェ夫妻は、華やかな社交生活を送り、縁あって友人となったのが公妃だった。以来、二人は度々パンティエーヴル公妃の館のサロンに顔を出し、領地の城にも招かれているという。

シャンパンのグラスを置き、プティフールを一口齧るとラヴォワジェは足を組み替えた。

「ブリュネルは我々徴税請負人の間では良い噂を聞かなくてね」

「かなりあくどい取り立てで儲けて成り上がったそうよ」

自身の父親も同じ徴税請負人である夫人が、眉間に皺を寄せて肩を竦めた。

「では、彼に恨みを持つ輩も」

「大勢いたと思うよ」

「私はパリ・ノートル＝ダム大聖堂少年聖歌隊の定例会議で顔を合わせていましたが、権力者に媚びる傾向はあったけれど、それ以外に悪い印象は無かったわ」

向き直った公妃のローブがふわりと揺れた。このサロンの壁紙と合わせたような薄い菫色に灰色を混ぜたような絹地に、クリーム色のレースをふんだんに重ね、胴着には濃い菫色のリボンが、袖のカフスには花や枝の続き模様が入ったクリーム色のレースが幾重にも重ねられている。

「パリ・オペラ座でブリュネルに関わる話を聞きましたが、彼の評判は可もなく不可もなくと言ったところでしょうか」ジャン＝ジャックが続けた。「ブリュネルは奇妙な事に、左手に『申命記』の数枚を握り締めて、聖マタイの絵画の前で事切れていました。おまけに、絵画の隅には血で書いた伝言を残していました」

そう言いながら、軍服の隠しからブリュネルの伝言を写し取った紙を出した。

「ボーフランシュ大尉、その紙を見せて貰えるかい？」

ジャン＝ジャックは写しを、かつての恩師に手渡した。

「これは、R……それともPなのか」

ラヴォワジェはそれだけを言うと、拳で顎を支えるような姿勢で黙り込んでしまった。

何やら思案に暮れる夫を気にしながらも、話題を変えるべくラヴォワジェ夫人は努めて明るく振る舞った。

「そうそう、公妃に一つお願いがあります。是非ともお義父上のランブイエ公爵に口添えして頂ければと思いまして、本日はお願いに上がりましたの」

「何かしら？」公妃は首を傾げた。

「気球です」

「気球？」

鳥のように自由に天空を翔たい。それは人類古来の夢であった。

イカロスの翼や空飛ぶ絨毯といった神話や民話にも事欠かないが、レオナルド・ダ・ヴィンチでさえも空飛ぶ機械を考案し、その設計図まで残した。

「アノネー（フランス南部アルデシュ県の町）出身のジョゼフとジャックというモンゴルフィエ兄弟が、今、支援者を探しているんです」

空に浮かぶ雲を見て、あるいはシャツを乾かそうと燃える火の真上に置いたところ、シャツが宙に浮かんだ等諸説あるが、既に何度も実験し、半年ほど前にはアノネーの広場から直径五トワーズの気球を飛ばすことに成功していた。

モンゴルフィエ兄弟は科学アカデミーに招かれ、パリへやってきたが、事は一向に進まない。痺れを切らした兄弟は、ラヴォワジェを通して新たな支援者を募っていた。

「その件は小官も小耳にはさんだ覚えがあります。難攻不落の要塞に、兵士を送り込む超人的な方法を存じております、との内容で軍当局に手紙を送ってきたとか。要は空中からの侵入ということですね」

「で、軍部の見解はどうだった？」

ラヴォワジェは身体を乗り出して、かつての教え子の答えを待った。

「上層部の中では興味を持った連中もいたようですが、何分、戦時中ですし具体的には何も進んでいないのが現状です」

科学に興味を抱いたきっかけは満天の星空だった。いつか空を自由に翔ることが出来たなら。空に夢を馳せるのは、ジャン＝ジャックも同様であった。

「でも大尉は興味津々のようね。分かりました。お義父様を説得してみせます。上手くいけば、国王陛下にも進言して頂けると思いますし」

ラヴォワジェ夫人は歓声を上げ、ラヴォワジェは両手を広げて喜びを表すと、そのまま妻を抱きしめた。

　暖炉の上に置かれた時計が七時を告げた。

「もうこんな時間だ。マリー＝アンヌ、僕たちは失礼しようか」

　ラヴォワジェと夫人は立ち上がると、公妃と頰に接吻を交わした。

「今日はありがとうございました。またいつでもいらして下さいね」

「ああ、遠慮なく伺うよ。懐かしい教え子ともっと議論したいし」と言うと、ラヴォワジェはジャン＝ジャックに向けて軽く片目を瞑《つぶ》ると右手を伸ばした。

　二人は固い握手を交わすと、近々の再会を誓い合った。

　ラヴォワジェ夫妻を見送ったジャン＝ジャックは、公妃に向き合うと、真摯に頭を下げた。

「ラヴォワジェ先生との再会の場を設けてくれた事には礼を言うよ」

「偶然よ。私はあなたが彼の教え子だったなんて今日知ったのだから」公妃は両手を広げて首を竦めた。

「ところで、あんたの頭から離れないロラン嬢の件はどうするんだ？」

　途端に公妃の顔色は曇り、眉根が寄せられる。何やらぶつぶつと唱えながら、部屋の端から端まで何度も往復した。驚いた事に、頭も体も一切上下に揺れ動かない。その姿は、湖を優雅に泳ぐ白鳥さながら、まるで水面を滑っているようで、ジャン＝ジャックはひどく感心した。

――高貴な女とそうでない女の区別の仕方を教えてやる。所作が全く違うんだ。

かつての上官が宴席で叫んでいた。酔っ払いの戯言と半分聞き流していたが、この事かと彼の見解に同意せざるを得なかった。

扉を叩く音に視線を向けると、「公妃様、只今使いが参りまして、こちらをお渡しするようにと」侍女のブルワー嬢が丁寧なお辞儀と共に私信を手渡した。

渡された私信の封印を解き、書面に視線を走らせた公妃の頬はみるみる紅潮し、輝いていった。

「神のご加護かしら。頼もしい助っ人がいらっしゃるわ」

それだけを言い放ち、部屋の隅に目立たぬように配置されたビュローの上で流れるようにペンを走らせると、ブルボン家の紋章で封蠟し、扉の傍で控えていたブルワー嬢に手渡した。

パリ・オペラ座の初日公演へ向かったラヴォワジェ夫妻と入れ替わるように、新たな客人がパンティエーヴル公妃の館のサロンの扉を叩いた。

勢いよく開かれた扉からは、見上げるほどの長身で端正な顔立ちの男性が現れた。

秀でた額から鼻筋にかけては彫刻のような見事な稜線を描き、大輪の花と矢車菊を生成り《エクリュ》と生糸色《グレージュ》の刺繍糸で大胆にあしらった栗色《シャテーニュ》のルダンゴットをすっきりと着こなしたその姿は、一見洒落者の伊達男といった風情だが、惚れ惚れするほど様になっていて、王侯のような風格を漂わせている。

彼は公妃の姿を見つけると、漆黒の瞳を輝かせながら両手を広げた。

訝しげに視線を投げたジャン＝ジャックであったが、客人の澄んだ第一声に腰を抜かすほど仰天した。

「アマーリア王女《プリンチペッサ・アマーリア》、私の美しい方《ミアベッラ》。暫く逢わぬ間にまた一段と綺麗におなりだ」

「リッカルド、何年振りかしら」

瞼を閉じていれば、女性二人の会話に聞こえる。だが、目前で再会を喜び合うのは、確かに成人男女の二人であった。

そんなジャン＝ジャックの心を見透かしたのか、公妃は愉快気に口角を上げて告げた。

「リッカルド・カヴァレッティ。有名な音楽家《ムジコ》よ。あなたも名前くらいは聞いたことがあるでしょう？」

「リッカルド・カヴァレッティ……ってあの！」

声を上げるより早く、辺りは階下から集まった近侍や使用人たちで騒然とした空気に包まれた。

カヴァレッティは幾多の作曲家に、ヨーロッパの王侯に、こよなく愛されている当代一の去勢歌手《カストラート》（変声期前に去勢手術を受けて咽頭の発達と声変わりを止め、柔らかな喉と驚異の肺活量を持った〈奇跡の声〉の歌手たち）である。

「ピッチンニ先生の便りに書いてあった懐かしい再会って、リッカルドあなたの事だったのね」

「先生演出のオペラに出演が決まったのです。驚かせたくて内緒にして貰うようにお願いしたのですよ」

人差し指を唇に当て、片目を瞑ったカヴァレッティの仕草は、あまりにも自然で惚れ惚れするほどだ。

ナポリ出身のカヴァレッティは、公妃の幼馴染でもあるらしい。

「お兄様たちは変わりない？」

「皆様、お健やかにお過ごしです。そうそう、先日、小さなアマーリア王女にも拝謁しましたよ」

二人は故郷ナポリの話題に夢中だ。小さなアマーリア王女とは、生まれたばかりのナポリ＝シチリア王女で、公妃《マリーア＝アマーリア・テレーザ》の洗礼名を与えられたという。

「パリにはいつ到着されたの？」

「たった今」

「まあ、どちらにご滞在されるの？」

カヴァレッティは音楽好きで知られる伯爵の名を挙げた。だが、当の伯爵はランブイエ公爵と共にヴェルノンへ出掛けてしまい、すっかり当てが外れて困り果てていた。

「でしたら、今夜からでもトゥールーズ伯邸にお泊まりなさいよ。すぐに料理人や洗濯屋の手配をするわ」

遠慮するカヴァレッティを置き去りに、すぐに近侍のロベールが呼ばれ、トゥールーズ伯邸の使用人らへの指示が与えられた。

「湿気や鼠だらけのヴェルサイユの屋根裏部屋がどうしてもお好みだと言うのなら、引き留めないわよ。リッカルド」

少々強引ではあるが、公妃なりの心遣いを理解したカヴァレッティは、感謝の言葉と共に素直に受けることにした。早速、左手に羽根ペンを持ち、件の伯爵宛に私信を綴り始めた。

公妃は、すっかり置き去りにしたジャン＝ジャックにようやく気付いたのか、だが、悪びれもせず「リッカルド、こちらはパリ王立士官学校の教官ボーフランシュ大尉よ」と私信を書き終えたばかりのカヴァレッティに紹介した。

ジャン＝ジャックは慌てて右手を差し出した。当然、カヴァレッティからも同様の仕草が返され、軽い握手が交わされるだろうとの彼の予想は大きく裏切られた。

カヴァレッティは公然と無視し、上着のポッシュから取り出したレース付きのハンカチに、ガラスの小瓶の液体を数滴垂らすとそれを鼻に当て、胡散臭そうな眼差しをジャン＝ジャックに向けながら吐き棄てるように言った。

「先程からこの美しいサロンに不釣り合いな臭いがすると思っていたら、粗野な軍人が同席していたのですね」

公妃の香りにも似た、華やかな花の香りが辺り一面に広がる。

ジャン＝ジャックは手持ち無沙汰になった右手を持て余しながら、カヴァレッティを軽く睨んだ。

「王女、まさかあなたの新しい恋人だなんて不吉な事は仰いませんよね。ああ……美と芸術の最大の理解者であるあなたの傍に、こんな輩が侍《はべ》るくらいなら、まだあの音痴の若造が数倍マシでした。あやつの歌は血管が切れそうな代物でしたが、クラヴサンの演奏の腕前は及第点でしたし……」

　これ以上黙ってはいられないと、カヴァレッティの語尾を掻き消すように、ジャン＝ジャックは咆哮した。

「さっきから黙って聞いていれば好き勝手言いやがって。俺はこいつの恋人でも愛人でもない！　数日前からお守り役を無理やり押し付けられただけだ！」

　戦場で幾多の死線を越えて来た軍人の迫力に気圧されたのか、後退り怯んだ様子を見せたカヴァレッティであったが、生来負けず嫌いなのか、体勢を立て直すと大きく一歩踏み込んで来た。

「二人ともいい加減になさい！」二人の間に割り入ると、公妃が声を荒らげた。「仲良くしてとは申しませんが、せめて諍《いさか》いはやめて頂戴」

　近侍のロベールが冷えたシャンパンを運んできたので、ジャン＝ジャックとカヴァレッティは公妃によって渋々休戦を誓わされた。

　カヴァレッティは羽根ペンと同様に左手でシャンパングラスを品よく掲げると、透き通った黄金色を愛でながら、芳醇な泡を口に含んだ。

　なるほど、当代一のカストラートは左利きかと、平時でさえも敵の攻撃方向をつい読んでしまう武人の哀しき性《さが》に、ジャン＝ジャックは軽い失笑を漏らした。

「パリ・オペラ座の劇場支配人にご挨拶に伺ったら、新しい演出家が亡くなられたと聞き驚きました」

「手紙でも触れたように、その件であなたの協力がどうしても必要なのよ」

公妃の懇願に気を良くしたカヴァレッティは、彼女の腕を取り、優雅にエスコートしながら楽器が置かれた音楽室に移動した。

「そこの野蛮な軍人よりは断然お役に立てるかと存じます。楽譜を持参しましたし」

公妃は音楽室に大きなテーブルを入れさせ、カヴァレッティが持参した五線譜を広げた。

「ブリュネルの死亡推定時刻はオペラの第三幕が上がった時点から……」

第三幕のダイアローグをカヴァレッティが担当し、公妃がクラヴサンで前奏を弾き始め、テノール・ベルモンテのアリアの旋律へと移った。

「このベルモンテとコンスタンツェの二重奏〈何という運命……君は僕のせいで死ななければならないのだ〉を聴き逃した事を、今でも後悔しているわ」

「……なんとまあ、皮肉なタイトルだな」

ブリュネルはこの二重奏の最中に事切れたのだろうか。

後宮からの逃亡計画は、番人オスミンによって気付かれてしまい、コンスタンツェ、ベルモンテ、ペドリルロ、ブロンデの四人は捕らえられてしまう。
信頼を仇で返したと激怒するパシャ・セリム。あの手この手で切り抜けようとするが、全て裏目に出てしまい、遂にコンスタンツェとベルモンテは、運命に身を投じて共に死ぬことを決意する。これが二人にとって最高の幸せだと信じて。

あなたなしでは苦しいだけ
これ以上　この世に生きていられません
喜んで耐え忍ぼう
喜んで死んで行きます
あなたのおそばにいるのだから
あなたのために
喜んで命を捧げましょう
おお　何という幸せ
愛する人と共に死ねるとは　この上ない喜び
歓喜に満ちた　まなざしで
この世を　あとにするのです

おお　何という幸せ

ジャン＝ジャックは士官学校時代に語学を叩き込まれたおかげで、イタリア語、ドイツ語、英語、ラテン語――これは長らく修道院にいたからでもあるが――を並程度は話し、聞き、書くことも出来る。だからこのオペラの歌詞も難なく聴き取れるが、聴けば聴くほど内容に違和感を覚えていた。

パシャほどの権力者が、奴隷にした女に真実の愛を求め、心を開くまで待てるものだろうか。大体このベルモンテもペドリルロも一番の懸念は恋人の貞節だし、同性でありながら全く共感出来ない不満を溜めていた。むしろ、ヨーロッパの女に歩み寄ろうとして百合の花を贈ったオスミンのいじらしさや、パシャの懐の深さに感嘆した。

何という運命　ああ　何と心が痛むことか
何もかもが　僕を裏切った
ああ　コンスタンツェ　僕のせいで死んでしまう
何という　苦しみだろう

君は僕のせいで　死ななければならないのだ
まだ目を開けていることが
僕にできようか？
君を死なせてしまうのに

恋人の奪還作戦が見つかってしまい、万策尽きて死罪を免れなくなった時も、なぜかベルモンテは他人事だ。恋人の死を嘆きつつも自身は助かるつもりなのだろうか。この状況下でそれはあり得ないだろう。まさかそれが理解出来ないくらいお頭《つむ》が弱いのか、それとも能天気なのか。

ジャン＝ジャックが低俗な事に思いを巡らせている最中も、カヴァレッティと公妃は、あれこれと討議を続けていた。

「この第十八曲目のダイアローグ〈窓が開きましたよ！〉からはコンスタンツェ役のソプラノは終幕まで出番がありますね」

カヴァレッティは譜面に目印を付けた。

「では、第三幕の開幕から、このロマンツェ〈ムーアの国に捕らえられた〉までは、ロラン嬢には現場不在証明《アリビ》がないという事ね」

公妃は自身を納得させるためか何度も頷いている。

「この間に舞台袖からそっと姿を消し、回廊を走って地上階のアパルトマンへ向かいブリュネルを殺す。それから私にぶつかって、それでも何食わぬ顔で舞台に戻り、歌う」

「そんな荒業が出来そうなのか？」

やっと彼らの会話に参加出来たジャン＝ジャックが訊いた。

「また明日にでもヴェルサイユの現場へ行って確かめてみるわ」と言いながら椅子に腰かけると、公妃は大きなため息を吐いた。

「どうなさいました？」カヴァレッティが心配そうに訊いた。

「いえ、ここ数日は本当に慌ただしくて少し疲れたの」

公妃は眉間を拳で押さえながら顔を上げると、「あなたは聖書の件をお願い出来るかしら」と言った。

ジャン＝ジャックは頷いた。

カヴァレッティは軽い咳払いをすると姿勢を正した。

「ところで王女、折角の再会です。私の歌声であなたの心労を少しでも和らげる事が出来るならば、幸いですが」

公妃の瞳が瞬時に輝きを取り戻した。

「ええ、是非聴かせて頂きたいわ」

音楽室の扉側に控えた侍女のブルワー嬢に手招きすると、公妃が笑顔でジャン＝ジャックに告げた。

「大尉は幸運ね。当代一のカストラートの歌声を、今宵は私たちだけで独占出来るのよ。ラージュ伯爵夫人が知ったら、ショックのあまり寝込んでしまうわよ、きっと」

　クラヴサンの椅子に腰かけたブルワー嬢だが、緊張からか唇は小刻みに震え、青ざめた顔をしている。

　カヴァレッティがブルワー嬢の耳元で何やら囁いた。途端に表情が柔らかくなり、頬には赤みがさした。暫し目を閉じて気持ちを整えると、大きく息を吸い、カヴァレッティの第一声と共に鍵盤に置いた指で軽やかな音色を奏で始めた。

　ヘンデル作のオペラのアリアだ。

　音楽に疎いジャン＝ジャックでも、その調べは知っている。囚われのヒロインが敵の権力者に求愛されるが、引き離された恋人を想い涙する。

　奇《く》しくも、昼間オペラ座の桟敷席で聴いたアリアと同じようなシチュエーションであるが、カヴァレッティの第一声は、ロラン嬢の甘やかな歌声にも似た可憐さで、ヒロインの哀愁を歌声に乗せる。

高音域に達すると、カヴァレッティの声は益々張りを増し、室内のガラス窓ががたがたと震えた。添えられた華やかなカデンツは、咲ききった薔薇が見事に散った……そんな光景さえ想起させた。

初めてカストラートの歌声を聴いたジャン＝ジャックは、身動き出来ず、両の眼を見開いたままだ。音楽室にまだ残響と余韻が満ちる中、意外な事に大喝采を送ったのは彼だった。皆の視線が否応なく集まった。

「俺は音楽にも絵画にも興味は無いし、良く分からないが、今カヴァレッティが歌ってくれた曲はなんと言うか……とても美しかった。そして……感動した」

あまりにも陳腐な感想しか言えない自分を恥じ、ジャン＝ジャックは俯いてしまった。馬鹿にされるだろうと上目遣いでちらりと見上げると、予想に反し、カヴァレッティは目尻に皺を寄せて嬉しそうに微笑んでいた。

夜の帳が降りた聖アントワーヌ通りを豪華な四輪馬車が軽快に駆けていた。

先程の興奮から冷めやらぬ中、車窓から夜空を見つめるジャン＝ジャックは、無意識にアリアのフレーズを何度も口にしている事に気付き苦笑した。また、今夜はいつになく星が煌き、天空にギリシャの神々の世界を再現している。

左手に聖ルイ教会の尖塔が見えると、慌ててガラス窓を叩き馬車を止めると馭者に伝えた。「行き先を王立士官学校ではなく、聖ジュヌヴィエーヴ修道院に変えてくれないか」

「かしこまりました」

鞭をくれる音と共に馬の嘶きが聞こえた。直ちにマリー橋を渡り、聖ルイ島を通る進路へ変えられた。昼間の喧騒から一転、この時間になると往来も途絶えて規則的な蹄と車輪の音だけが心地よく下腹に響いて来る。

幸いな事に明日の午前中は受け持ち授業が入っていない。事件を早期解決する為にも、そしてあの公妃のお守りから一日でも早く解放されるためにも、今晩は寄宿舎へは戻らずに修道院の宿坊に泊まり、明日、院長から「申命記」の謎を解説して貰おう。そんな思惑を胸三寸に納めた頃、馬車はジャン＝ジャックがかつて幼少期を過ごした聖ジュヌヴィエーヴ修道院の重厚な扉の前に到着した。

腰を屈めて馬車から降りようと、勢い良く扉を開けると、昇降段を取り付けようとした馭者の頭にぶつける寸前で、ジャン＝ジャックは平謝りに謝ったが、馭者は倍以上の詫びと丁寧な挨拶を残して公爵家へと帰って行った。

荒くれ者が多い辻馬車の馭者たちとはえらく違うものだ、と独り言《ご》ちて修道院を見上げた。

パリの守護聖女である聖ジュヌヴィエーヴ所縁《ゆかり》のこの修道院は、かなり荒れ果てていたが、前王ルイ十五世が病気平癒の感謝のしるしとして、豪華な教会の建設を命じたと言われている。工事に励む修道士たちに慈しまれた過去を懐かしみながら、工事櫓《やぐら》を見上げた。同じパリの空の下に住まいながら、避けるように過ごしたここ数年だったが、聖書の謎は積もり積もった不義理への良い口実となるだろう。そんな事をぼんやりと考えながら、修道院の裏口へと歩みを変えて向かった。

「ボーフランシュ大尉だな」

扉の戸鳴らしに手を掛けると、突然、くぐもった低い男の声が背後から引き留めた。

「ああ、そうだが」

振り向くと同時に額に鋭い痛みが広がり、目の奥には火花が散った。捕まえようと手を伸ばすが、膝に力が入らずその場に頽《くずお》れた。

男が逃げ去って行く足音を、冷たい石の上で聞きながら、ジャン＝ジャックは遠のく意識から逃れることは出来なかった。

一七八二年五月二十五日

パリ市街
聖ジュヌヴィエーヴ修道院

あの女性の夢を見た翌朝は、決まって枕が涙で濡れていた。

ジャン＝ジャックには両親の記憶が皆無だ。父は、彼が三つになる前に戦死した。母は父が亡くなると、ほどなく彼を修道院に置き去りにして、さっさと再婚してしまった。優しい言葉一つ、それどころか抱きしめられた記憶も無い。

いつしか、彼が母と慕うようになったのは、時折修道院を訪ねてくるあの女性だった。病を患っていたのか、若い頃はさぞかし美しかったであろうその顔は浮腫《むく》み、時折激しく咳きこんでいた。その度に背中を摩り、励まし続けた。

あの女性はいつも祭壇に跪き、祈りを捧げていた。修道士に案内されて礼拝堂へ赴くと、儚げな笑顔を浮かべていた。

彼女はいつも山のように本を届けてくれた。ラテン語の読み書きに困らないのは修道院にいたからだが、人文科学よりも自然科学に興味を持ったのは、貴重な書物のお陰だった。

——僕の母上があなただったら良かったのに……

ある日、幼いジャン＝ジャックは、躊躇いつつも積年の想いを吐露した。刹那、女性は幼い彼を抱きしめた。息も出来ぬほどの力強さで。彼女の横顔は涙で濡れていた。その胸の温かさ、柔らかさ。このまま時が止まればいい。そんな至福の時から数週間後のことだった。

彼女が亡くなったと聞かされたのは。

ジャン＝ジャックは寝台の上に身を起こすと、ぼんやりと室内を見渡した。そこが王立士官学校の寄宿舎ではなく、聖ジュヌヴィエーヴ修道院の宿坊である事にようやく気付いた。

何の装飾もない壁は小さな窓から微かな陽光が差し込み、粗末な寝台の枕側の壁には、キリストの小さな磔刑像《たっけいぞう》が掛けられているだけだ。

両手で髪をぐしゃぐしゃと掻き乱していると、額に激痛が走った。額だけではない。体のあちらこちらにも痛みやだるさを感じ、ようやく何者かに殴られたのだと思い至った。

その時、遠慮がちに扉を叩く音と同時に、まだ十歳にも満たないであろう誓願前の見習い修道士が顔を覗かせた。

「ボーフランシュ様。院長様がお呼びです」

朝の挨拶とお礼を込めて軽く会釈して微笑むと、容器に入れた水を手渡された。

「ボーフランシュ様は血塗れになって、修道院の扉の前に倒れていらしたんです。丸一日お目覚めにならないから心配していました」

そんなに長く眠り込んでしまったのかと我ながら呆れつつ、宿坊に備え付けられた洗面器に水を注ぎ、大雑把に顔を洗う。普段はそこまでだが、恩師との久方ぶりの再会に備え、上半身も併せてごしごしと拭いた。

見習い修道士はジャン＝ジャックの額の傷に顔を顰《しか》めた。貼られた綿布に血が滲んでいるらしい。取り替えるという彼の申し出を断ったが、そのままでは院長に対して失礼にあたると説得されれば否とは言えず、押し切られる形で傷の手当てを受けた。

厳かな聖歌が響く回廊に面する中庭には、修道士たちが栽培する各種の薬草が露に濡れて、朝の光を煌かせている。写字室を抜け出す常習犯だったジャン＝ジャックは、薬局の仕事に従事する修道士を手伝う傍ら、薬草の効用も空で言えるようになっていた。姫酸葉《ひめすいば》やさぼん草の根は炎症に、蕗《ふき》たんぽぽは咳に良く効く。上質の竜胆《りんどう》は消化を助け、庭常《にわとこ》の樹皮からは肝機能を助ける煎じ薬が出来る。

薬局を任されていたその修道士は数年前に亡くなった、と見習い修道士は告げた。

案内されたジャン＝ジャックが向かったのは、厨房の隣室に設《しつら》えられた小さな食堂で、主に院長や副院長が独りで食する場として使われていた。

「院長様、ご無沙汰しています」

その声に、聖ジュヌヴィエーヴ修道院長のトゥルネーが立ち上がった。朝日が差し込む窓を背にしたその姿は、記憶よりも随分年を重ねていたが、光輪を伴う聖人のようだとジャン＝ジャックは目を細めた。院長に促され、軽く会釈すると向かいの席へ腰かけた。

「戦場で傷ついたと風の噂で聞いておった。おまけに一昨夜は頭から血を流して扉の前で倒れていたと聞いた。どれ、見せてごらん」

皺だらけの院長の指が頬に触れた。かさついた指先からは、懐かしい温もりが伝わって来る。

「ここで祈りの日々を過ごしておれば、このような醜い傷を作らずとも良かったのに」

大きなため息と共に、院長の指先が頬から離れた。と同時に、先程の見習い修道士が、ジャン＝ジャックの目前に焼きたてのパンと菜園で収穫した野菜のスープを置いた。院長に促され、神に感謝の祈りを捧げて十字を切ると、備えられたスープの匙を握った。一掬《すく》い運ぶと、口一杯に懐かしい味が広がった。

食べ終わるのを見計らうと、「同じパリの空の下に住まうのに、もう何年も手紙一つ寄こさなかったお前が、わざわざ訪ねてきた理由は何だ？」と院長は言った。

院長の歯に衣着せぬもの言いにたじろいでしまったが、今までの不義理を素直に詫びると、事の経緯を簡潔に告げた。北米大陸の戦いで負傷したのは、情報がイギリス側へ洩れたせいではないのかと。その一翼を担ったと思われる徴税請負人で、パリ・オペラ座演出家に就任したブリュネルを追っていたが、彼はヴェルサイユ宮殿の王族のアパルトマンで何者かに殺害された事。偶然、その場に居合わせた自分に殺人の嫌疑が掛けられた事。

「院長様。私がここで祈りの日々を過ごしていれば、このような事件に巻き込まれなかったことは重々承知です。ですが、今やるべきは事件の真相を明らかにし、真犯人を突き止めることとなんです。ご覧下さい」

ジャン＝ジャックはすっかり皺だらけになった聖書の切れ端を取り出した。

「何だね？」訝し気な視線を院長は向けた。

「ブリュネルはこれを掴んで事切れていました。我々は、彼が残した犯人への手掛かりだと解釈しています」

トゥルネー院長は大きな食卓の上に置かれた眼鏡を掛けると、数回目を瞬かせ、「どれどれ……ほお、これは『申命記』の切れ端だね」と興味深げな声を上げながら切れ端を手にした。

「はい。おまけに彼は瀕死の中、床を這って『聖マタイ』の肖像画の前で事切れていました」

「ふむ。『聖マタイ』に『申命記』ねえ」

院長は椅子から立ち上がると、その眼差しを窓から見渡せる中庭へと向けた。その背中に懇願するように言った。

「院長様のお知恵と助言を頂けませんか」

暫し考えを巡らすかのように、無言で中庭を見つめていた院長がふうと息を吐くと、

「そもそも聖マタイは徴税人だった。なんとも皮肉な話だのう。殺された男も徴税人、今《いま》際《わ》の際《きわ》に縋ったのも元徴税人」と振り返りながら言った。

「では、殺したのはブリュネルと同じ徴税請負人という事ですか？」

「そうとは言っていない。だが、その仕事はとかく恨みを買いやすい。突《つつ》けば突くだけ怪しい人物には行き着くだろう。目当ての頁、もしくはその辺りに捲り着いたから残った力

で破き、握り締めたのだろう。どれどれ……『申命記』二十二章　屋根の欄干、混ぜ合わせてはならないもの、衣服の房、処女の証拠、姦淫について。そのブリュネルとやらは妻子持ちか？」

「いいえ。独り身で親兄弟もいないと聞いています」

「ふむ……。会衆に加わる資格、陣営を清く保つこと、逃亡奴隷の保護……。どれもしっくりこないのう」

同感だと胸の中で呟いた。

「そもそも『申命記』とは、モーセ五書の一つでな。ジャン＝ジャック、モーセ五書は言えるな？」

「あ、はい……。『創世記』『出エジプト記』『レビ記』『民数記』そしてこの『申命記』です」

「宜しい。お前が今申したとおり、聖書ではモーセ五書の五番目の文書として『申命記』がおさめられている。そもそも『申命記』とはギリシャ語『デウテロノミオン』の訳で、『デウテロ』とは『第二の』という意味の接頭辞で『ノミオン』は『律法』という意味だ。つまり、『デウテロノミオン』とは『第二の律法』ということになる」

「第二の律法……」

「聖書における設定では、モーセが死ぬ前にシナイ契約の精神をもう一度民に説き聴かせるという形になっており、『告別説教』の体裁をとっているが、内容は契約の文書の形になっているのだ」

ますます訳が分からなくなった。ジャン＝ジャックの心情を察したのか、院長は軽く咳払いをすると、「この件に関しては、儂《わし》よりもパングレ教授に尋ねると良い。国際天文会議に出席の為に留守だが、相変わらず時間がある時は、この修道院の図書館にいらっしゃる」と告げた。

パングレ教授。この懐かしい名に、ジャン＝ジャックの胸には温かなものが込み上げてきた。修道院時代にラテン語やギリシャ語の読み書きを強要され、逃げ出す度にパングレ教授ことアレクサンドル・パングレが庇《かば》い、彼の科学的知見を事細かに教授してくれた恩師だ。

「お話し中失礼します。お客様がいらしています」

遠慮がちな小声に振り返ると、戸口には案内をしてくれた見習い修道士のまだあどけない顔があった。

「ボーフランシュ様に急用だと仰せです」

その客が気にかかるのか、心ここにあらずといった風情で、見習い修道士は何度も背後を振り返っている。

「早朝からいったい誰だ。修道院まで追いかけられるような借金はないぞ」

苛立ちを帯びた声が終わらないうちに、戸口から聞き覚えのある涼やかな声が被さった。

「お取り込み中のようだけれど、急いで下さるかしら？」

この静謐な場所には全く不似合いなパンティエーヴル公妃が姿を見せた。

紺青のローブ・ルダンゴットに身を包み、左手には鹿革の手袋を握り締め、襟元には手袋と同色のスカーフが大きく結ばれているが、頭上にはルダンゴットと同色・同素材の帽子だけでなく大きな造花と羽根が飾られている。

「こ、公妃。あんた何しにこんなところへ来たんだ」

その言葉にむっとした表情で、公妃は返した。

「先程から急用だと申し上げているでしょう。士官学校へ使いを出したら一昨夜から戻っていないし、馭者のギョームがこちらで降ろしたと言っていたから、わざわざお迎えに来て差し上げたのよ。ロラン嬢がブリュネル殺しの容疑で捕まったわ」

「な、なんだって！」

驚愕するジャン＝ジャックの額に貼られた綿布に気付くと、公妃は訝し気な眼差しを向けた。

「その傷はどうなさったの？」

「大したことはない。一昨日、この修道院の前で何者かに殴られたんだ。多分あんたの館から後を尾けられていたんだと思う」

何か言いたげに、その澄んだ瞳の視線を漂わせていたが、「ともかく、グラン・シャトレへ行きましょう。馬車でお待ちしているわ」それだけを告げると、公妃は踵を返した。

見習い修道士は過ぎ去っていく公妃の背中と茫然としたジャン＝ジャックの顔を交互に眺めていたが、院長の視線を察すると、速足で公妃の後を追った。

「さあ、お前も早く行きなさい。儂が入口まで送ろう」

院長は急かすように促した。恐縮するジャン＝ジャックと厨房の戸口で暫し押し問答が続いたが、観念し恩師の申し出に有難く従う事にした。

老いの為か、幾分遅くなった院長の歩調に合わせて修道院の回廊を行く。素っ気無く振る舞いながらも、育て子の訪問に喜びを隠せない院長は、建設途中のパンテオンの中を案内すると言い出した。待たせている公妃が気掛かりではあったが、滅多にない機会をジャン＝ジャックは優先する事にした。

一昨夜は闇に包まれ、全体像が朧《おぼろ》げにしか見えなかった大ドームを見上げた。丸天井を囲むように設けられた窓からは、陽の光が眩《まばゆ》いばかりに差し込み、幻想的な佇まいを醸し出している。

「これは見事ですね。それ以外の言葉が見当たりません」

ジャン＝ジャックは大ドームを見上げたまま、感嘆の声を上げた。

「廃兵院の天井ドームを模しているとスフロ（王国建築物監督官）が言っておった。スフロは何度もお前の事を尋ねておったが、二年ほど前に亡くなった」

「そうですか……」その声には、頑なだった自身への後悔の響きがあった。

いつも丸めた設計図を片手に、既存の教会建築とギリシャ・ローマ建築を融合させるのだと熱く語っていたスフロ。全体の完成まではまだ数年掛かるが、恩師の存命中であることを願わずにはいられない。

幾つもの工事櫓を抜けて正面のファサードに辿り着くと、ギリシャの神殿を想起させるようなコリント式の列柱が立ち並び、まるでアテネの学堂の登場人物にでもなったかのような、晴れがましい気分に浸った。

ファサードの階段下には、ブルボン家の紋章を付けた公爵家の四輪馬車が停まっている。馭者は笑顔で会釈した。

別れ際、ジャン＝ジャックは、未だ胸の奥に淀む澱《おり》のような想いを吐露した。

「院長様、お願いです。真実を教えて下さい。私の本当の母親はあの方ではないのですか？」

「あの方とは誰だ」

「いつも私を訪ねて来て下さったあの女性です」

だが院長は、縋るような育て子の眼差しを頑なに否定した。

「お前の母親は前国王陛下の愛人で、夫の戦死後、ここにお前を預けて再婚した。それが全てだ」

「では、オーヴェルニュ出身の私が、なぜパリにあるこの修道院に預けられることになったのか、その経緯を教えて下さい」

「偶然じゃ。儂も詳細は知らん」

「ここは救護院ではありません。由緒あるこの修道院が、理由もなく養育を引き受けるとは思えませんが」

尚も引き下がらない育て子の態度に苛立ちを募らせたのか、院長は声を荒らげた。「ならばどのような答えならお前は満足するのだ。前王の落とし胤《だね》か。それとも実は大貴族の御曹司であったと答えれば良いのか」

ジャン＝ジャックの表情が曇り、院長は言い過ぎたと悟ったのか声音を和らげた。

「もう過ぎ去った事だ。お前を訪ねていらした女性も亡くなったと聞いて随分となる。今更どうやって確かめるのだ」

　あの方が亡くなった。

　そう知らされた時、日々の礼拝も食事さえも放棄して、自身の粗末な寝台で泣いた。何日も何日も。涙が涸れ果てる頃、いつもは峻厳な院長が慈愛に満ちた表情を浮かべて何度も何度も頬を撫でて慰めてくれた。

　あの時と同じような温かい掌で、院長はすっかり目線が上になってしまった育て子の前髪をそっと掻き分けた。

「月を求めてはいけない《イル・ヌ・フォ・パ・ドマンデ・ラ・リュンヌ》。ジャン＝ジャック」

　つまりは不可能なものを要求してはいけないということだ。

　ぎゅっと拳を握り締めたジャン＝ジャックは、院長に一礼し、振り切るように公妃が待つ四輪馬車へと駆け出した。

パリ市街
グラン・シャトレ

かつては大橋（のちの両替橋）を監視するための要塞であったグラン・シャトレは、十二世紀末に裁判所に転用され、一六八四年には改築されて現在に至っている。

ジャン＝ジャック、公妃そして同乗していたラージュ伯爵夫人は、グラン・シャトレのアーチ門を潜った。前回の訪問で心付けを弾んだせいか、門番は二つ返事で馬車の通過を許可した。暗く厳めしい建物の中を小走りで進む。湿気と血の臭いが、地下室へと続く階段を一段下りる度に濃厚になっていく。

事の次第に気付いたであろうラージュ伯爵夫人は、健気にも悲鳴一つ上げずに女主人の一歩後ろから従っていた。だが、さすがに拷問室と思しき薄暗く、湿った部屋の前で、壁に掛けられた拷問器具を見て、口を押さえたまま小さな叫び声を上げた。

ジャン＝ジャックは灯りが漏れる拷問室の隣の扉を蹴り開けた。

「ランベール、どうしてこんな勝手な真似を！」

そこでは、歌姫ロラン嬢ロズリーヌが粗末な柏材の椅子に座り、捜査官をはじめとする男たちが微動だにせずに取り囲んでいた。

ランベールはジャン＝ジャックの顔を見るとほっとした表情を浮かべ、彼の肩を抱くと部屋の隅へと誘い、耳元で囁いた。

（まずいことになった。お前その傷はどうしたんだ）

（一昨夜何者かに殴られた……んだ）

突然襲われて、手掛かりになることは何一つ覚えていないと思っていたが、煙草があった。一瞬だが、この地下と同じように血と汗が混じった煙草の臭いを感じ取っていた。だが、脳裏に浮かんだ事を払拭するように頭を振った。

（それよりも、まずいこととはどういう意味だ）

訝しがるジャン＝ジャックに、ランベールは背後にいる漆黒のルダンゴットに身を包んだ長身かつ痩身の男を視線で示した。

（あいつ……デカールと言うんだ。元はロワール地方の連隊所属の軍人だったが、今ではパリ警察総監ルノワールの片腕だ。検挙率九割を誇る凄腕の捜査官だが、要は奴に捕まったら最後、拷問室から出る時は屍か、処刑の時だという事だ）

このデカール捜査官はランベールと対極の印象と言っても過言ではない。無駄なものを一切削ぎ落としたような細身の体軀は切れ味の良い刃物を思わせ、猛禽類のような鋭い漆黒の眼に睨まれると全てが凍りつくような、そんな冷酷さを全身から漂わせている。

「こいつはブリュネルに恨みを持っていた」

ジャン＝ジャックの抗議に応えるように、デカールもロズリーヌを指した。静かな抑制のきいた声は、狭い拷問室の石の壁に重く響いた。

「こいつの親父は貿易商だったが、今から十数年前、航海中に地中海で海賊に襲われて、両親をはじめとする大人たちは皆殺し。残ったこいつと兄貴は奴隷として市場に売られたんだ」

「恨みだと？」

「まるでオペラの筋書きそのものね」半分呆れたように公妃が呟いた。

ジャン＝ジャックはデカールに詰め寄った。

「それとブリュネル殺害に何の関係があるんだ」

その問いを待ち構えていたかのように、デカールが口の端を上げてにやりと笑った。

「ブリュネルが全部裏で糸を引いていたとしたら？」

「なんだと？」ジャン＝ジャックは訝しむように言った。

「こいつの親父の船が襲われたのも、こいつらが奴隷として売られたのも、全てブリュネルが仕組んだ罠だったとしたら？」

デカールはジャン＝ジャックの反論を待っていた。だが意外なことに、口を開いたのはずっと沈黙を続けていたロズリーヌだった。

「勿論、殺したいほど憎んでいたわ」

「ロラン嬢……」

「私と兄は十歳になるかならない時に両親を殺され、市場で売られてオスマンの奴隷にされたの。どれだけ屈辱を味わってきたか……」

奴隷商人たちは、女たちが身に着けていたもの全てを脱がせ、薄汚れた一角の中庭のような空間に、売り払われる奴隷たちを集めた。人前で身体の隅々までさらされる。そこは同情も憐憫の情もない場所だ。なぜなら、彼女たちは既に人ではなく、物として扱われていたからだ。

「最後に献上されたパシャが亡くなると、私たちは恩赦で解放された。ヴェネチアの商船に運よく乗れて、ヨーロッパを転々として歌の修行を積んで、やっと、やっとパリに戻って来たのに……」

「ブリュネルに再会したのね」

その声に、ロズリーヌは公妃へ視線を移すとこくりと頷いた。

「納得したか？　人、一人殺すには十分な動機だ」

デカールが言った。どんな反論でも論破してやる、と彼の顔には自信が満ち溢れている。

「この短期間で良く調べ上げたわね。お見逸れしたわ」公妃はデカールに微笑みかけると

「それなのに重要な点を見逃しているわね」と続けた。

「なに？」デカールが睨んだ。

ジャン＝ジャックも公妃を援護した。

「彼女はブリュネルが殺害された時間、舞台上で歌っていた。パンティエーヴル公妃をはじめ国王陛下やヴェルサイユの面々が目撃者だ」

「歌っていたといっても、出ずっぱりじゃないだろう」

デカールの言葉に、公妃は答えた。

「その点については昨日ヴェルサイユで検証してきたわ。ラージュ伯爵夫人、譜面を広げて頂戴」

「は、はい。公妃様」

ラージュ伯爵夫人は胸の前に抱えていた譜面を、古びた机の上に広げた。天井から水が滲み出したのだろう。真上から落ちてきた雫に、伯爵夫人は小さな叫び声を上げたが、堪えるように唇を噛み締めて譜面を捲った。

「まず、ダイアローグの〈心配だな〉から〈嬉し涙が流れるとき〉はベルモンテ、つまりテノール歌手のアリアだからロラン嬢の出番はないわ。これが約六分」

ラージュ伯爵夫人が譜面を捲った。

「その次のロマンツェ〈ムーアの国に捕らえられた〉が約五分。仮にロラン嬢が舞台を抜けて、ブリュネルを殺し、また舞台へ戻るとしても」

「合計十一分がリミットか」ジャン＝ジャックが答えた。

「それを昨日ラージュ伯爵夫人と共にヴェルサイユ宮殿で確かめてきました」

ラージュ伯爵夫人が頷いた。

「舞台裏から楽屋口を抜けて回廊を走って地上階のアパルトマンへ向かいブリュネルを殺す。そしてまた回廊を走り抜けて何食わぬ顔で舞台上に戻って歌う……」

「で、何分掛かったんだ？」

「結論から言うと、計測は不可能よ。男性ならともかく、女性の脚でこの距離を休憩も無しに時間内に駆けるのは無理だったわ。ましてやロラン嬢は衣装をつけていたし、息が上がった状態で舞台上に戻ってもまともに歌えないわ」

公妃の傍らで、ラージュ伯爵夫人が大きく頷いた。その顔には疲労が濃く出ている。女主人に代わり、何度も王室オペラ劇場からアパルトマンへ続く回廊を駆けたのだろう。

「なら、こいつだったら可能だな」

デカールは取調室の入口を睨み付けた。彼の視線を皆が追うと、そこには、警邏に背中を押され、転がるように入って来たロズリーヌの兄ルネの姿があった。

「兄さん！」

驚いて椅子から立ち上がったロズリーヌが兄の傍へと駆け寄り、その華奢な身体を抱きしめた。殴られたのか、ルネの唇は切れて血が滲み、左頬は赤く腫れている。

「殺されたブリュネルは、アパルトマンの玄関広間の絵画に血の伝言を残したそうだな」

デカールはブリュネルの検死調書を机に叩きつけ、「こいつの名前は！」と吠えるように言った。

「……そうか、René《ルネ》」ジャン＝ジャックは引き下がるしかなかった。

重苦しい沈黙が漂う中、ルネが血を拭いながらぽつりと呟いた。

「僕らはずっとブリュネルから脅されていました。ロズリーヌを気に入っているブルジョワか貴族の囲い者にならないのなら、僕たちをまた奴隷商人に売りつけると。これは本気だって」

「それで殺したの？」

公妃の問いにルネは無言のまま、こくりと頷いた。

「違う！　兄さんはブリュネルを殺してはいない！　私があいつの脇腹を刺したの。そして……」

「黙るんだ！　ロズリーヌ」

ルネの権幕に、ロズリーヌは肩を震わせながら口を噤《つぐ》んでしまった。

ジャン＝ジャックもロズリーヌと同じように、ルネを弁護したかった。だが、彼女に完全な現場不在証明がある以上、ブリュネルに恨みを持つルネに疑いの目が向けられるのは当然だろう。それに、自分が追い、公妃が地上階でぶつかった黒いドミノの輩は、体格に鑑みても、小柄で華奢なルネである可能性も十分にあり得る。

「凶器はどこだ？　お前が殺したというのなら凶器があるだろう？」

「逃げる途中でヴェルサイユの大運河に捨てました」

「部下たちが今血眼になって捜している。やがてこいつが隠した凶器も見つかるだろう」

二人を守るように間に立ち、ジャン＝ジャックはデカールに対峙した。

「凶器も見つかっていないのに、ただ動機だけで逮捕したというのか？　それにアパルトマンには鍵が掛けられていた上に、鍵は公妃の女官と侍女の二人だけが持ち歩いていた。それはどう説明するんだ？」

「大方、そいつらの思い違いだろう」

双方、全く譲らぬ姿勢で睨み合いが続いたが、割り込むように間に入ったランベールがどうにか仲裁役を果たした。

自白した以上、ルネの身柄の拘束は止むを得ないとしても、拷問は行わないという念書までデカールに書かせ、彼らはグラン・シャトレを後にした。

ロズリーヌは馬車の中でずっと泣いていた。肩を抱くラージュ伯爵夫人の腕の中ですすり泣いた。突然両親を殺され、言葉も分からぬ異国で肩を寄せ合い、兄妹たった二人で生きて来たのだ。今晩からはラージュ伯爵夫人が付き添い、パンティエーヴル公妃の館に泊まらせることになった。

伯爵夫人の知らせを受けたブルワー嬢の計らいで、邸内にはロズリーヌの部屋が用意され、昼食を拵《こしら》えたジャンヌと二人で門の前で待ち構えていた。

「まあまあ。オペラ座の歌い手さんはやっぱり別嬪さんだね」と言いながら、ジャンヌは馬車から降りたロズリーヌを抱きしめ、「泣き疲れてお腹もすいたでしょう」と自身のふっくらとした温かい手でロズリーヌの手を取ると、食堂へと案内した。

ジャンヌは料理の腕をめきめきと上げていた。

聞くところによると、館に出入りする軟弱そうな洒落者たちよりも、鬘も着けない無骨で野性味溢れるジャン＝ジャックが大層好みだという。

オーヴェルニュ地方出身のジャン＝ジャックのために、シェーヴル（山羊の乳で作ったチーズ）を手に入れたジャンヌは、それを丸々と太った鶉《うずら》に詰めてこんがり焼いたものを、野菜のテリーヌとともに一品に加えていた。

ジャン＝ジャック自身、故郷に住んだのは四年ほどで、それまでの修道院暮らしとパリ王立士官学校時代を合わせると、パリに住んでいる年月が圧倒的に長かった。ましてや、オーヴェルニュ時代は貧しい領民とさほど変わらぬ生活を強いられ、郷土料理など口にしたことは皆無に等しかった。それでも、ジャンヌの心遣いともてなしは、彼の心に温かく沁みた。

「お兄さんの事は心配でしょうが、そんな時こそいっぱい召し上がれ」と言いながら、ジャンヌは大きめに切り分けた鶉をロズリーヌの皿に盛りつけた。

パンティエーヴル公妃、ジャン＝ジャック、そしてロズリーヌがジャンヌの料理に舌鼓を打っていたが、サロンに場所を移して食後酒やデセールが運ばれる頃には、ロズリーヌの涙の痕はすっかり乾いていた。

「ボーフランシュ殿、その額はどうされました？　あらら、血が滲んでるじゃない」

「一昨夜、足を踏み外して階段の角にぶつけただけだ。心配ないよ、ジャンヌ」

公妃に目配せしながら答えた。母性の塊のようなジャンヌに、要らぬ心配を掛けたくなかったからだ。

「今から綿布と包帯を取り替えるから、ちょっと待ってて」大きな胸と体を揺らし、ジャンヌはサロンを後にした。

そんな一連の様子を、目を細めて眺めていた公妃は、珈琲を飲み干すと、「ロズリーヌ、あなたも今日の舞台はお休みしたら良いわ。部屋は用意してあるし、ブルワー嬢に案内させるから」と言った。

「お心遣い感謝します、公妃様。ですが今からオペラ座へ向かえばリハーサルに間に合います」

「でもあんな事があった後だし」

「たとえ兄が死んでも、それで舞台に穴をあけたら、きっと兄は許してくれません」

頑として首を縦に振らないロズリーヌに根負けした公妃は、ラージュ伯爵夫人かブルワー嬢を当面の間付き添わせるという条件で妥協したのだった。

オペラ座へ向かうロズリーヌの背を見送りながら、「くそっ！」とジャン＝ジャックはやり場のない怒りをぶつけるように言った。デカールの狙いは初めからルネだったのだ。

ロズリーヌを囮《おとり》にすれば、必ずや自ら罪を告白すると。

先程からただ黙していた公妃が、その重い口をようやく開いた。

「大尉、ブリュネルの殺害にあなたは無関係だと分かったし、これで晴れてお守り役は終了よ。陸軍省や宮内府には私から報告しておくわ」

突然の成り行きにその青い瞳を大きく見開き、公妃の瞳を覗き込んでいたジャン＝ジャックだったが、「だからと言って、ルネをあのままにしておけるか！」と苛立ちを露わにした。

「そうは言っていないわ。ルネを救い出す為にも最大限手を尽くすつもりよ。ともかく、あなたはこの件から手を引いて頂戴」

「数日前は無理やり俺をお守り役に任命して、今度は突然に解雇か」

感情を持て余しながら拳を握り締め、公妃の真意を探ろうと射るような眼差しを向けたが、真っ直ぐに見つめ返して来た水色の瞳には、何ら動揺の色は無かった。

観念したジャン＝ジャックは、「あんたが望むなら、俺は構わない」と降参を告げるように小さく呟いた。

公妃からは、「これであなたも解放されてすっきりするわね」といつも通りの皮肉が返ってきた。

「ああ。王族の気まぐれには飽き飽きだ」と吐き捨てるように言い放つと、乱暴な足取りでサロンの扉へと向かった。

普段は近侍のロベールが扉の傍らで控え、流れるような動作で預かった剣と外套を渡すのだが、生憎所用で出掛けていたので、本日はブルワー嬢が代役を担った。だが、慣れない為か焦るブルワー嬢をジャン＝ジャックは鋭い眼差しでじろりと見遣り、振り返ると公妃を睨み付けた。まるで近侍の不在が、彼女たちのせいだと言いたいかのように。

銀の燭台で足元を照らすブルワー嬢の目には、屈辱の涙がうっすらと浮かんでいた。

階下で待つジャンヌは、上機嫌でいつも通り焼き菓子の包みを渡してくれたが、別れの言葉を口にする気にはなれず、軽く挨拶を交わすと馬車へと乗り込んだ。

馬の嘶きと共に公爵家の馬車が走り出すと、視線を窓に映る館の二階へと向けた。窓辺には、走り去る馬車を見つめる公妃の姿があった。

その顔がひどく淋しそうに見えたのは、単にジャン＝ジャックの思い違いだろうか。


お守りの役目は終わったはずなのに、ジャン＝ジャックの脳裏には、常に公妃の姿が過《よぎ》り、離れなかった。いとも簡単に突き放され、自分が価値のない存在だと突き付けられた焦燥、怒り。自分でも整理がつかない感情に苛まれ、持て余した時間を、必要以上に剣術や銃の稽古に割いてみたが長くは続かず、突然課題を増やしてみては生徒たちを混乱させていた。

こうなると残った道は酒と女しかないと、久しぶりに馴染みの店へと向かった。

パレ＝ロワイヤルの歓楽街とは一線を画した、市門近くの酒場《ギャンゲット》。華やかさも淫靡さも鳴りを潜めた風情だが、職場から近いというただそれだけの理由で、彼はこの店を贔屓にしていた。

普段は男たちの熱気で溢れ返り、あちらこちらで威勢の良い乾杯の音頭で騒がしいが、開店前でひっそり静まり返っている。女将はジャン＝ジャックの来店に驚いたが、開店前にもかかわらず笑顔で迎え入れた。まだ化粧の途中だったのか頬紅も塗られていない。

火酒をグラスに注ぐと一気に呷《あお》った。二杯目を注ごうとした彼の手を、荒れた肉厚な手が遮り、腐った肉のような体臭が漂った。

「随分ご無沙汰じゃないか」

鼓膜に絡み付くようなねっとりとした声で女給は科を作ると、ジャン＝ジャックに豊満な胸を押し付けるように酒瓶を持ちあげた。次の瞬間、何が起きたのか。女給の劈《つんざ》くような声が辺りに響いた。

「なんだい！　あたしの注ぐ酒は飲めないって言うのかい」

頬に差した紅よりももっと赤く、怒りに顔を染めた女給はスカート《ジュップ》をたくし上げると、すたすたと去って行った。

女給の体臭に不快感を覚え、ジャン＝ジャックはついその手を払いのけてしまっていた。公妃の周りは、悪臭とは無縁のいつも花の香りで満ちていたからだ。館は季節の花がふんだんに飾られ、馬車の中でさえ、彼女自身のその香りが満ち溢れていた。

戦場では風呂どころか満足に水浴びさえ出来ない状況下、悪臭には慣れっこなのに、ほんの数日ですっかり特権階級に毒されてしまったのか。戸惑いを振り払うかのように、彼はグラスの液体を呷った。五杯目を注ぎかけたところでグラスが横から取り上げられた。

抗議の視線を向けると、そこには呆れて首を振る悪友ランベールの姿があった。

「なんだ、なんだ。こんな明るいうちから飲んだくれて。せっかくの色男が台無しだな」

ジャン＝ジャックはむっとすると、ランベールからグラスを力任せに取り返した。

「ほっといてくれ。容疑者が逮捕されたから、お守り役御免になって暇なんだ」

ランベールは両手を広げ、肩を竦めながら隣の席に腰かけた。常連客も徐々に姿を見せ、既に店内の六割方は埋め尽くされている。客の冷やかしを笑い声でかわす女将に、「同じ物を」と片手を挙げて合図した。

すぐさまランベールの前に火酒が運ばれ、彼は自身とジャン＝ジャックのグラスにも注ぐと軽く掲げた。

「捜査状況は？」注がれた火酒をジャン＝ジャックは一気に呷った。

「一言で言うと芳しくない。凶器は未だに見つからないし、デカールも我慢の限界だ。明日にでも約束を反故にして、拷問をやりかねん怒り具合だ」

「そうか……。しかし俺にはもう関係ない話だ」

ランベールは大きく嘆息すると、再び悪友のグラスを取り上げた。

「お前にあの方の真意は全く伝わっていないようだな」

「なんだと？」ジャン＝ジャックはランベールを睨んだ。

「なぜお役御免になったか考えてみろ。たかだか徴税請負人殺しに突然パリ警察総監ルノワールの片腕のデカールが乗り込んで来たのは、どう考えたって上から何かしらの圧力が加わったからだろう。お前が襲われたのだって明らかな脅しだ。これ以上関わるなとの」

予想もしなかった成り行きに、ジャン＝ジャックは言葉が見つからなかった。

「さすがに公妃に手は出せないから、今後もお前に危険が及ぶ事を危惧されたんだよ」

「そんな気遣いをするような女じゃない」吐き捨てるようにジャン＝ジャックは言った。

「確かに人使いは荒いし、容赦はないが薄情な御方ではないぞ。現にルネを釈放するために奮闘されている。フランス国王ルイ十六世陛下の従妹で、ナポリ＝シチリア国王の妹、スペイン国王の娘が、パリ・オペラ座の一団員の為にだぞ」

ジャン＝ジャックはグラスを片手に茫然とすることしか出来なかった。

「俺は嫁いで来られた頃から公妃を存じ上げているが、あの方の亡くなった旦那パンティエーヴル公は相当な放蕩者でね。身分の上下は問わず、いかがわしい店の女たちや城壁辺りに屯《たむろ》する女にも手を出して。最後は変な病気を移されて、ご苦労なさったんだ。その時、公妃は嫁いでまだ一年も経っていなかったはずだ」

ランベールの話が終わらぬうちに、ジャン＝ジャックは立ち上がり、駆け出そうとした。その時背後から、「ボーフランシュ、ニコルの消息は相変わらずだ。これといった新情報はない」とランベールの野太い声が飛んで来た。

咄嗟に振り向いた彼に、ランベールは、「初めてだな。お前が俺に尋ねなかったのは」と苦笑を漏らした。

戸惑うジャン＝ジャックを軽く見遣り、にやりと笑いながら、「今気にするべきは誰なのか。お前自身がよく分かっているだろう」と顎をしゃくり、早く行けと促した。

礼を言いかけたが、思い直したかのように口をきりりと結び、ジャン＝ジャックは頭を深く下げると辻馬車を拾う為に大通りへと駆け出していった。

ランベールと懇意になったのは、かつての恋人ニコルの消息を追い、絶望し、この酒場で酔ってくだを巻いていた時であった。意気投合して以来、ランベールは捜査官としての情報網を駆使してニコルの行方を捜してくれていた。

そんなことに想いを巡らしていると、馬車は懐かしい瀟洒な館の門に着いた。門番からは久方ぶりの訪問を歓迎され、館の中からは近侍とジャンヌが現れた。

「ボーフランシュ殿！　最近お越しにならないから、ご病気かと心配してましたよ」

皆のあたたかい心遣いに、ジャン＝ジャックの心は和んだ。

「仕事が立て込んでいて、時間が取れなかったんだ」

「それなら良かった。公妃様はあいにく聖歌隊の稽古を聴きにパリ・ノートル＝ダム大聖堂に行かれてお留守だ。なんだか酒臭いけどご飯は食べた？　残りもので良ければすぐ用意しますよ」

公妃の不在を知り、落胆しつつも一方で安堵するジャン＝ジャックであったが、途端に腹がぐるぐると鳴った。

「ありがとう。ジャンヌの料理は天下一品だ」

食堂に運ぶというジャンヌの申し出を丁重に断り、彼女の職場であり戦場でもある厨房の一角で、仔牛の頭肉の煮込みに舌鼓を打った。晩餐の準備までの小休止といったところだろうか。竈《かまど》の火はちろちろと静かにリズムを刻んでいる。

食べ終わる頃を見計らって、ジャンヌは珈琲とデセールを運んできた。砂糖漬けされた杏を使ったタルトだった。

「公妃様は今朝早くヴェルサイユへ行かれたんです。でも王妃様はロシアの大公妃様やラ

・ポリニャック（ラ(La)＋名・姓で軽蔑のニュアンスを込めている）だけを引き連れてプティ・トリアノン離宮へお出掛けになってしまって、取り残された公妃様は、目を真っ赤に腫らしてお戻りになられたんです」

　込み上げる感情を抑えきれず、ジャンヌはおいおいと泣き出した。

「王妃様もあんまりです。公妃様はラ・ポリニャックと違って金も地位も要求されないで、ただ献身的にお仕えされてきたのに」

「でもなジャンヌ。お前のご主人様は、王妃の寵愛をよい事に、総女官長の職と莫大な俸給を要求し、国庫の金を湯水のように散財していたと言われているんだよ」

　かつて王妃は国王の就寝後、毎夜パンティエーヴル公妃のアパルトマンへ出向き、そこでは朝まで賭けトランプや高額な賭け勝負に興じていた。王妃の兄である皇帝ヨーゼフ二世が訪仏した際、妹たちの狂乱ぶりに、「ここは賭博場か」と呆れ果てたと伝えられている。

「そんなのただの噂です。だいたいランブイエ公爵様はフランスで一、二を争う大金持ちです。公妃様がおねだりすれば、ローブでも宝石でも公爵様は二つ返事で支払って下さいます。それに贅沢がしたければ前王様の寵姫になるお話だってあったんだから」

　ジャンヌは女主人が侮辱された怒りと哀しみが綯《な》い交ぜとなって、余計に声を上げて泣いた。「臣民の不満の矛先が自分に向いていれば、王妃様が悪く言われないだろうって」

「なぜ、そこまで王妃を庇うんだ」

ジャン＝ジャックには理解出来なかった。あの軽薄で移り気な王妃に、そこまで滅私奉公する意味があるのかと。

「後悔しておいでなのです。ご自分が総女官長だった頃、もっと上手く立ち回っていたら、ガブリエル・ド・ポリニャックとディアーヌ、そしてその取り巻きたちの言いなりには決してさせなかったと」

いつの間にか、厨房の二人の背後には、ラージュ伯爵夫人の姿があった。伯爵夫人は静かに言った。

「異国から嫁いでこられた公妃様には、王后陛下だけが心を許せる唯一の存在だったのです」

人は誰しも手放せない過去の残像に焦がれ、あるいは雁字《がんじ》搦《がら》めにされているのだろうか。そんな燻《くすぶ》りを胸に抱き、ジャン＝ジャックは黙り込んでしまった。

ノートル＝ダム大聖堂

薄暗い大聖堂の中には、少年聖歌隊が奏でる厳かな歌声だけが、聖水のように流れていた。

祭壇前に跪き、祈りを捧げるマリー＝アメリーの目前には、ルイ十四世の命によってクストゥーが製作したピエタと金の十字架が一際光彩を放っている。

幾多のピエタを目にしたが、マリー＝アメリーはこのパリ・ノートル＝ダム大聖堂のピエタが好きだった。両手を広げたマリアが、我が子の死を嘆き、哀しみ、その理不尽さを天に訴えかけているような。ここでは「聖母」ではなく、一人の母マリアが表現されている。その人間臭さが、心を捉えて離さないのだった。

背後からの気配にふと顔を上げると、そこには引きつった笑みを浮かべたボーフランシュ大尉の姿があった。

「あんたの館に行ったら、ここだと聞いたから」

大尉のいつもの毒舌は鳴りを潜めている。察しはついていた。ヴェルサイユでの事の顚末を、大方ラージュ伯爵夫人かジャンヌあたりに聞かされたのだろう。だが今は、素直に大尉の気遣いが心に沁みた。

「彼らの歌声を聴くと、心が洗われるのよ。嫌な事を全て忘れさせてくれるの」

カトリック教会では、五月は聖母《ノートルダム》マリアに捧げる月であり、パリ・ノートル＝ダム大聖堂の少年聖歌隊のお披露目公演も控えている。カヴァレッティの力強い響き渡る声とも、ロズリーヌの可憐な歌声とも異なる天使たちの歌声。

大尉もマリー＝アメリーの隣に跪き、二人は暫し少年たちの歌声に酔いしれた。


ほの暗い大聖堂の聖母マリアの扉口《ポルタイユ》から教会広場へ出ると、すっかり日は暮れていたが、まるでおとぎの国に迷い込んだような華やかな光が、二人の視界に飛び込んできた。広場では屋台が軒を連ねている。春とはいえ、夜の帳に包まれた大聖堂の中は、吐く息も白く手足も悴《かじか》む。

二人は、熱い《ヴァン・ショー》ワインで身体を温める事にした。店主が慣れた手付きでカップにワインを注いだ。受けとった陶器のカップは、火傷するように熱い。だが干し葡萄や柑橘類の皮やスパイスに加え、熱いワインの芳醇な香りと甘さは、冷え切った身体に染み渡ってきた。

「公妃」

ジャン＝ジャックは、星空を見上げながらも、どこか遠くを見つめる公妃の眼差しに気付いた。そして、その心が何を想い、何と重ねているのかも。

「パンティエーヴル公が亡くなった時、スペインかナポリに帰ろうとは思わなかったのか？」

「帰ったところでまた顔も知らない適当な王族に嫁がされるか、修道院に入るか。それしか選択肢がないなら、このままフランスに留まっても何も変わらないと思ったのよ」

「他にも選択肢があったと聞いたが……」

奥歯に物が挟まったようなもの言いに、訝しげな眼差しをジャン＝ジャックへ向けた公妃だが、察しがついたのか、歩みを止めて彼の瞳を見つめた。

「前王陛下のお相手のことかしら。確かに、デュ・バリー伯爵夫人の対抗勢力からそういうお誘いもあったけれど、さすがに孫と同い年の寵姫はいかがなものかと前王陛下ご自身が反対されたわ。それに、早くに夫を亡くした私の事は、実の孫娘のように気に掛けて下さっていたし」

「そ、そうだったのか」

やっと笑顔を見せた公妃に、ジャン＝ジャックは安堵の吐息を漏らした。

「ナポリはどんなところなんだ」

「太陽が燦然と輝き一年中温暖で、海と空がどこまでも青く、人々は陽気で明るくて、いつも歌っているわ。だから、パリやヴェルサイユの長くて暗い冬には気が滅入るわ」

二人が振り返ると、松明の灯りで大聖堂が幻想的な姿を浮かび上がらせている。

「ナポリの守護聖人聖ジェンナーロを祀《まつ》ったドゥオーモが、市内の中心にあるの。その中央祭壇にある被昇天の聖母像が、とても見事なのよ」

「そうか。いつか見てみたいな」

「私の代わりに見て欲しいわ」

その言葉に、慌てたジャン＝ジャックは、公妃の淋し気な微笑みを見つめた。

「私はもう二度と見る事は出来ないから」

一度嫁した王族は、たとえ親や兄弟が今際の際にあろうとも、二度と故郷の土を踏むことは許されない。離縁されるか、嫁いだ国が無くなるか。不名誉な理由以外には。

二人は目的も無く歩みを進めた。普段よりも饒舌になるのは、街灯が灯されたとはいえ、お互いが朧げに見えるせいだろうか。

「俺は母親に捨てられたせいか、昔から女が信用できなかった。特にあんたみたいな……

……」

「モリエールの『クレームタルト（モリエール作『女房学校』の中で、脚韻ゲームをしていて「何を入れますか？」と訊かれて韻を踏む語を答えなければならない場面で、「クレームタルト」と答えるような無知な女のこと）』のような？」

「ああ。確かに出会った時はそう思った」

「そうね。かつては王后陛下やルイーズとローズ・ベルタンの新作モードに夢中になって、呆れるほどのローブを拵えた時期もあったし、ヴェルサイユを抜け出して、朝までパリ・オペラ座の仮面舞踏会で踊り明かした日もあったわ」

「今のあんたはクレームタルトじゃないよ」

「むしろ、今の私は『才女きどり』と呼ばれているそうよ。でも本物の才女は、シャトレ侯爵夫人のような方を言うのよ。ご存じ？　あの方は英語の科学文献をフランス語に訳しながらすらすらと読み上げられたそうよ。それも一言一句間違えずに注釈まで入れて」

「そんな離れ業、俺にも無理だ」

二人は顔を見合わせ、声を立てて笑った。

「私には一生かかっても、シャトレ侯爵夫人のような真似は出来ないから、援助だけは続けていたいの。それに……」

公妃はジャン＝ジャックへと向き直ると、悪戯っ子のような表情を浮かべ、「大嫌いなシャルトル公爵に全て相続されてしまうくらいなら、お義父様もご自分が生きているうちに全ての財産を使い果たして良いと仰せなのよ」と笑顔を見せて言った。

公妃の夫である故パンティエーヴル公は、嗣子《しし》を残さなかったため、ランブィエ公爵の財産は、娘であるシャルトル公爵夫人ルイーズとシャルトル公爵が引き継ぐからだ。

二人はいつの間にか新橋《ポン・ヌフ》の上まで来ていた。

「お母様はどんな方だったの？」石造りの頑強な橋の上から漆黒の水面を見下ろしながら、公妃が訊いた。

「あんただって知っているんだろう？　俺の母親が〈鹿の苑〉にいたことを」

「ええ……」

「一度だけ修道院を抜け出して母親を訪ねて行ったことがあるんだ。再婚先に。ひどく無下に追い返されたよ。もう二度と来るなって。これをまるで投げ捨てるかのように渡されて」

ジャン＝ジャックはクラヴァットの裏側にひっそりと着けているダイヤモンドのブローチを外すと、掌に置いた。小振りな作りだが、石の輝きから一目で高価な品だと分かる。

「何度もセーヌ川へ投げようと思ったが、これだけが俺と母親を繋ぐ唯一のものかと思うと、捨てきれなくて」

ダイヤモンドのブローチが載せられたジャン＝ジャックの掌を、公妃はそっと両手で包み込んだ。

「いろんな事情があったのでしょう。でも、これは決して手放さないで」

ケロイドが覆う手の甲から、公妃の心地良い温もりが伝わってくる。

「俺は本来、血筋や家柄云々を盾にする奴は大嫌いだが、あんたはもっと堂々とするべきだ。王妃やその取り巻きに無視されたくらいで、傷つくような性格じゃないだろう。子どもじゃないんだし」

「大尉……」

「フランス国王ルイ十六世の従妹で父親はスペイン王、兄はナポリ＝シチリア王。今頃ヴェルサイユでラ・ポリニャックやマリー＝アントワネットを侍らしていたのはあんただったかもしれないんだから」

ジャン＝ジャックの辛辣さが、逆に公妃の傷ついた心を癒やし、気持ちを奮い立たせたのか、水色の瞳は輝きを取り戻していた。

「あんたが俺の身を案じてくれているのは正直嬉しい。だが、俺は軍人だ。自分の身くらい自分で守れる」

「でも、現にあなたは襲われたじゃないの」

「あの時は油断していたんだ。それに、事件はまだ解決していない。死んだアンリもこのままじゃ浮かばれない。ルネや諜報員の件もこのまま放り出せというのか？　俺はあんたが何と言おうと、この事件の真相を全て明らかにするまでお守り役は絶対に辞めないからな」

セーヌ川の水面を映したかのように、公妃の瞳が揺れている。暫しの静寂の後に意を決したのか、顔を上げてジャン＝ジャックに真摯な視線を向けるときっぱりと告げた。

「……分かったわ。納得行くまでとことん調べましょう」

第3章　この身を生贄として　Prenez votre victime

一七八二年六月三日

パリ市街
王立士官学校　第四学年講義室

ジャン＝ジャックは黒板に描いた放物線を指しながら、背後を振り返った。

「弾道の軌道計算については、前回までの授業で説明したな」

黒板を見つめる生徒たちの顔に、一斉に緊張が走った。

「では、この問題を解いてみよう。解き終えた者から食堂へ行く事を許可する」

軌道を描く物体が、最高点で二つに破裂した場合の相対速度や落下地点の座標を求める問いだった。

彼は窓辺に腰かけ、問題と格闘する生徒たちを端から端まで眺めていた。手付かずのまま茫然としている生徒は一人もいない。皆、忙しそうに紙の上でペンを走らせている。

一七五六年にパリ王立士官学校が開校された当初は、こんな光景とは無縁であったと今では語り草になっている。当時入学は八歳から十一歳、孤児は十三歳まで許可された。また入学に際し学力を問う選抜試験は行われず、読み書きの可不可さえも問われなかったのだ。

重要視されたのは父系の四代前からの貴族の証であり、生徒たちは、その困窮度に応じて八つのクラスに分類された。

王立士官学校の教育プログラムはかなり包括的に組まれ、語学においては生徒たちの将来を見据え、多岐に亘っていた。

開校当初の教育プログラムは、歴史、地理、語学（ラテン語、イタリア語、フランス語、ドイツ語、英語）、製図、基本そして応用数学、物理、築城学、水力学。また、馬術やフェンシング、ダンスや音楽も取り入れられていた。戦術については開校後数年経過してから取り入れられた。しかし、多くの生徒の学力が追いつかず、絶えずカリキュラムの変更を余儀なくされ、授業の多くが初歩的なところからの開始となった。

理想と現実の乖離であった。

ジャン＝ジャックと同様に、田舎の領地で領民たちと土埃に塗れ、家畜を追い回していた大半の生徒は、アルファベの読み書き教本から始め、両指を使って計算問題と格闘していた。やがて彼らは黙って学校を去って行った。

　このような状況をふまえ、十分な基礎学力を身につけさせてからパリ王立士官学校に進学させようと一七六四年、ラ・フレーシュ（フランス中部のトゥーレーヌ州に位置し、フランス国王アンリ四世とも所縁が深く、イエズス会によって設立された学校）のコレージュを士官学校の幼年学校とする改革が行われた。

　整備された校舎と寄宿舎、練兵場としても使用可能な広大な敷地を有していたこの学校は、清潔な飲み水の供給に配慮し、食堂入口には手洗い場が設けられ、当時としてはまだ珍しかった衛生観念が徹底していた。

　一七六五年、改革された翌年にジャン＝ジャックはラ・フレーシュ幼年学校に入学した。豊かな環境の中、今は亡き女性のおかげで芽生えた自然科学の素地を存分に養った時期でもあった。理系科目や剣術においても優秀な成績を収め、一七七〇年にパリ王立士官学校へ進学した。

　彼が進学する前年、生徒の学力向上のため新しい教育プログラムに変更され、あらためて数学教育の重要性が確認された。数学教授陣の人事にも配慮され、語学（ラテン語、イタリア語、ドイツ語、フランス語）、歴史、地理、製図、要塞学、ダンス、馬術、兵器の取り扱いの教授のために常に三十名の教官が配された。

　一七七一年からラテン語はカリキュラムから排除され、代わって数学と物理学の教官が増やされ、年始には試験が開催されて成績上位者には賞が与えられた。

成績上位者の常連であったジャン＝ジャックは、受賞の度にあの女性を思い出さずにはいられなかった。


――院長様はもっとラテン語の勉強に励めと仰せです。僕みたいに毎晩星空を見上げたり、数学に興味を持っても、将来、なんの役にも立たないと。

――そんな事は決してありません。私は専門家ではありませんが、高等数学や物理の知識は、決して無駄じゃない。微分積分を使えばゆくゆくは天体運動の計算も出来るようになると友人が言っていました。


事実、微分積分は弾道学において、砲弾の速度や弾道曲線の計算に用いられる。また、大砲の強度計算や、火薬の爆発や挙動の計算にも微分積分は必須であり、大砲や銃器といった火器の発展に数学は不可欠だった。

問題演習を終え、生徒たちはそれぞれ食堂へと向かった。

ジャン＝ジャックが問題用紙を回収し、確認し終えた時に一人の従卒が教室を訪れた。

「ボーフランシュ大尉、あの方が大尉に御用があるとかで呼んでおられます。お断りしたのですが、お知り合いだと仰るので」

窓の外を見ると、門の向かいには一台の辻馬車が停まっている。驚いた事に、その隣には窓から覗く悪友を見つけて手を振るランベールの姿があった。

友の突然の来訪に驚き、慌てて階段を駆け下りると門へと急いだ。

「どうしたんだ、ランベール。こんなところまで押しかけて」

全力で走ったジャン＝ジャックは、まだ思うように声が出ない。深呼吸をして息を整えると、まくし立てる様に吐き出した。

「こんなところって、お前の母校であり、目下の職場だろう。しかし、亡きポンパドゥール侯爵夫人が贅の限りを尽くしたと言われるだけあって、圧巻だな。隣の廃兵院と比べてなんら遜色ない施設だ」

ランベールは称賛を込めた眼差しで王立士官学校のドームを見上げた。

「何を言う。お前の母校のルイ・ル・グラン学院は歴史もある上、卒業生も錚々たる連中を揃えているじゃないか」

「まあな。俺は及第点すれすれの落ちこぼれだったが、二つ下に凄い奴がいた。名前は確か……ロベス……ピエール。そうだ、マクシミリアン・ロベスピエールだった」

「マクシミリアン・ロベスピエールと言えば、国王陛下がランスでの戴冠式の帰路、学院へ立ち寄られた際に、流暢なラテン語で祝辞を読んだとかいう奴か」

「そうだ。あまりの素晴らしさに、パリ大学の神学部の教授から熱烈な誘いがあったが、それを断って法学部へいったというおまけ付きだ」

「それでいったい何しに来たんだ」

王立士官学校の雄姿に圧倒されたランベールは、本来の目的をすっかり忘れていた事に頭を掻いて詫びた。

「ブリュネルの財産目録を公証人に作成してもらっている。引き続き奴の自宅を調べているんだが、楽譜の山で俺たちにはさっぱりだ。助っ人がいる」

「わかった」

了承したものの、楽譜についての知識などランベールと大差ないだろう。彼の真意を摑みかねていたら、今、思い出したかのように悪友が言った。

「パンティエーヴル公妃の館にも使いを出したから、授業が終わり次第ブリュネルの館へ来てくれ」

その含み笑いを隠そうとする表情に、ジャン＝ジャックは直ぐにランベールの真意を読み取り、「妙な小細工しなくとも、お守り役には返り咲いたよ」と苦笑しながら告げた。

午後からの授業を早々に切り上げたジャン＝ジャックは、ブリュネルの館があるというライ村へと向かった。

講義の為に王立士官学校を訪れていたル・ブラン少尉が、「お力になれそうですので、同伴をお許し下さい」と申し出てくれたので、遠慮なく受けることにした。

大方、多くのブルジョワたちが住まうサン＝トノレ街辺りだと踏んでいたジャン＝ジャックの予想は、大きく裏切られることとなった。

「ブリュネルは随分辺鄙な所に住んでいたんだな」

フォンテーヌブロー門を抜け、南へ向かって馬を駆け足で進めていくと、彼が生前纏っていた金糸銀糸の豪華な刺繍の上着からは想像も出来ない侘しい風景があたりに広がっていく。

「そんな事はございません。大尉、この道はソー城に続いております」と馬上のル・ブラン少尉が南の方角を指し示した。

「ソー城というと、あのコルベールの」

国王ルイ十四世の宰相であったコルベールは、パリからもヴェルサイユからもほど近いこの地に、館と広大な庭園を築いていた。

「左様です。ですが、ご子息のセニュレー侯爵からメーヌ公爵（ルイ十四世とモンテスパン侯爵夫人との庶子。兄弟であるトゥールーズ伯と共に王位継承権を持っていた）が買い取られたので、その後どなたが相続されたのか……」記憶を辿るル・ブラン少尉が、眉間に少し皺を寄せた。

繊細な印象は相変わらずだが、それでも逞しい軍人へと成長したかつての教え子の姿に、ジャン＝ジャックは目を細めた。

「思い出しました、大尉。メーヌ公爵のご子息のウー伯爵は生涯独身で、お子様がいらっしゃらなかったので、従弟であるランブイエ公爵を相続人に指名されたのでした」

「は？　ということは……」

「パンティエーヴル公妃のお義父上の領地のお一つですね」

フランス一、二を争う資産家だとは知っていたが、いったい、ランブイエ公爵は幾つの城と領地を持っているのか。ジャン＝ジャックは眩暈を感じながら首を振った。

既に到着していたのか、指定された目的地の前には、豪華な四輪馬車が停まっている。馬車の前には、絶え間なく扇を揺らすパンティエーヴル公妃とラージュ伯爵夫人の姿があった。

「凄まじい悪臭が漂っていて、中へ入るのを躊躇していたのよ」

言われてみると、確かに酷い臭いがする。麾下の警邏らに大声で指示を与えながら、館を囲む高塀の陰からランベールが姿を見せた。

「ランベール。何だこの臭いは？」

「周辺の住人からの苦情が相次いでいて、目下この悪臭の元を調査中なんだ」

ランベールもこの悪臭に耐え切れなかったのか、普段は首に幾重にも巻かれたストックを、鼻から口元にかけて移動させていた。

「大方、ブリュネルが大量の肉でも買いこんで腐らせたんだろう。厨房を調べろ」

「今、警邏たちが調べている最中だ。お前たちは二階にあるサロンへ行って、楽譜や書類を調べてくれ」

ル・ブラン少尉が二人の馬を敷地の大木へ繋ぎ止め終わると、四人は館の玄関扉を開けた。錆びた蝶番《ちょうつがい》が軋んだ音を立て、扉の脇には三腕の燭台が置かれ、獣脂蠟燭が燃え尽きていた。

公爵家の館との比較には到底値しない代物で、しかも手入れが行き届かない粗雑さが目立っている。剝き出しの梁の上には大小の蜘蛛の巣が隙間なく張り、いたるところに積もった埃が、カーテンの隙間から差す陽光を受けて、緩やかに舞っている。

「ブリュネルは使用人の一人も抱えていなかったのか」

ジャン＝ジャックは呆れたような声を上げて、荒れた玄関広間を見渡した。悪臭は濃度を増し、床一面に沈殿しているかのようだ。

「酷い有様ね」

花の香油を滴らせたハンカチを鼻に押し付けた公妃がくぐもった声で言い、目の前に垂れてきた蜘蛛の糸を払い、恐々《こわごわ》といった様子のラージュ伯爵夫人を従えた。

「二階へ続く階段はあちらのようですね」

ル・ブラン少尉が、埃塗れの肘掛け椅子の背後を指し示した。

公妃が右手をすっとジャン＝ジャックの前に伸ばした。足元が見え辛い階段を上る際、エスコートしろとの合図だ。だが、彼は平然と無視したが為、慌ててル・ブラン少尉が公妃の右手を取り、ラージュ伯爵夫人が介添えした。

埃が積もった階段を上る一行の背後から、ランベールの声が急に呼び止めた。

「ボーフランシュ、急いで厨房へ来てくれ！」

その緊迫した悪友の声音から、事態の深刻さを聞き取り、ジャン＝ジャックは軽く頷くと階段を駆け下り厨房へと向かった。

「やけに鼠の鳴き声がするから、床に敷かれた敷布を捲ってみると――」

ワインや食品の貯蔵庫なのか、厨房の床下には地下へ続く階段が設けられ、人が一人入れる程の扉が付けられていた。一人の若い警邏が照らすランタンの灯りを頼りに、ランベールとジャン＝ジャックが後に続いた。地下の貯蔵庫は暗闇に覆われ、暗さに目が慣れないせいか、初めは薄ぼんやりとしか見えなかったが、入口の狭さに反して、中はかなり余裕を持たせた造りのようだ。

彼らの足音と話し声に反応したのか、鼠が走って四散する音が響いた。その騒々しさからかなりの数だと覚悟し、ジャン＝ジャックは無意識にごくりと唾を呑み込んだ。

「ボーフランシュ、これを見てくれ。悪臭の正体はこいつだったんだ」

ランベールがランタンの炎で照らした。

突然の眩しさに左腕で目を覆ったが、その光景に言葉を失った。そこには、三人の子どもが互いの背を支え合うように座り込んでいた。いや、この場合、子どもらしき亡骸と言った方が正しいだろう。

既に肉の大半は骨から腐り落ち、内臓も鼠たちの恰好の餌となったのか、生きていた頃の痕跡は頭蓋骨に残った頭髪と、着衣――これも鼠たちに齧られて既にぼろぼろではあるが――だけであった。

あまりの凄惨さと悪臭に息をすることさえ躊躇われる中、ちゅうちゅうという鳴き声と共に、一体の頭蓋骨の眼窩から子鼠が這い出して来た。その悍《おぞ》ましい光景に嘔吐を堪え切れなくなったのか、一人の警邏が口元を押さえながら這うように階段を駆け上がって行った。それが口火となって、数人の警邏が這うように彼の後に続いた。

凍りついたように動けないジャン＝ジャックの脳裏には、骸骨の眼窩から這い出す蛇を描いた絵画がぼんやりと浮かんでいた。あれは確か「死を忘れるな《メメント・モリ》」の連作だったと記憶している。薄気味悪い絵だと胸糞が悪くなったが、実物は絵画の比ではなかった。

意識が肉体から切り離されたような感覚に陥ったジャン＝ジャックの鼻腔に、嗅ぎなれた春の花畑のような香りがふわりと漂うと共に、「やはり大量の肉を腐らせていたのかしら？」と、この惨状を一番見せたくはない女性の声が背後から聞こえた。

驚愕と同時に振り返りながら叫んだ。「見るんじゃない。公妃！」

ブリュネルの刺殺体を見つけた時も、彼の検死に立ち会った際も気丈に振る舞っていた公妃が、初めてジャン＝ジャックの腕の中で頽れた。

緩やかな風を頬に感じたマリー＝アメリーは、ゆっくりと瞼をこじ開けた。彼女の水色の瞳には、扇を手に心配そうに見下ろすラージュ伯爵夫人と、腕を組み、神妙な面持ちで窓の外に見入るボーフランシュ大尉の姿が映った。

「公妃様、気が付かれましたか」

その声に、大尉の視線がマリー＝アメリーの姿を捉え、「良かった」という声と共にル・ブラン少尉の姿が視界に入った。伯爵夫人に背中を支えられて長椅子から起き上がる。

「思い出したくもないだろうが、あんたは厨房の地下貯蔵庫の中で倒れたんだ」

大尉の言葉を聞きながら、まだぼんやりとする頭を数回振りつつ背筋にぞわりと冷たい物を感じた。あの悪夢のような光景は、決して夢ではなかったのだ。

気付け用なのか、大尉がワインの瓶を目の前に差し出した。

「近所で分けてもらったワインだ。さすがにこの家の水や貯蔵庫の酒は飲みたくないだろう」

グラスは、と言いかけたが、地下の惨状を思い出すと同時に口を噤み、手渡された瓶から直にワインを口にした。香りも味さえもお粗末な代物だが、お腹の奥がじわりと熱を帯びそれが全身に行き渡って行くのを感じた。悍ましい記憶を振り払うように辺りを見渡すが、正直ここがどこであるのか直ぐには見当が付かなかった。

「ここは……？」

「二階のサロンですよ」

荒れ果てた地上階の部屋とは一転、白を基調としたサロンは、明るい陽光が差し込み、埃も払われて清潔に整えられている。壁の羽目板には繊細な白いアラベスク模様が描かれ、サロンの中央にはクラヴサンが置かれ、天井に届くような書架は、本や楽譜でびっしりと埋め尽くされていた。

ブリュネルが音楽に傾倒し、心酔しているのは十分理解していたつもりだ。だがこの落差は狂気染みた彼の一面を露呈し、むしろ薄気味悪ささえ感じさせた。

マリー＝アメリーがようやく落ち着きを取り戻したのを見計らったように大尉が告げた。

「地下には既に白骨化した亡骸が三体あった。骨格からみて全て子どものものだろう。残っていた頭髪と衣服から身元を割り出すそうだ」

緊迫したランベールの様子から、大体の予想は出来ていた。だが、最悪の事態を想像することは無意識に避けていたのだろうか。

「そう……。やはり聖歌隊の少年たちが行方不明になった件に、ブリュネルは関わっていそうね」

「ああ、まだ断定は出来ないが。それから、警邏が寝台の下を調べたらこいつが見つかった」大尉はまだ真新しい薄い冊子を手渡した。

マリー＝アメリーはそれを無言で受け取ると、ぱらぱらと頁を捲った。

「……パリ・ノートル＝ダム大聖堂少年聖歌隊が使っている教本よ。恐らくアンリのものよ」

「だが、そのアンリとかいう王妃の養い子の遺体は、ランブイエの森で見つかったんじゃなかったのか？」

「ええ、そうよ。でもアンリの教本がここで見つかったという事は、アンリが行方不明になった事件にも、ブリュネルは何かしら関与している可能性が高いわ。それに、アンリの遺体の傍には馬の蹄鉄の跡が残っていたの」

「じゃあ、何者かがアンリをわざわざここからランブイエの森に運んだという事か」

「パンティエーヴル公妃、ボーフランシュ大尉、お話し中大変申し訳ございません。今のアンリとかいう少年の件ですが、詳しく教えて頂けますでしょうか」

「そうね。少尉にも知っておいて頂いた方が宜しいわね」

大尉の同意を確認すると、マリー＝アメリーは事の経緯を告げた。

元々この事件は、義父の領地ランブイエの森で王妃の養い子であるアンリが、獣に襲われて無残な遺体となって見つかったことが発端だった。森に遊びに行ったまま行方不明になったアンリは、二週間後、菫の花が咲き誇る小川の畔で見つかった。

「獣に襲われるなんて、そんな……」

余程衝撃的だったのか、少尉は右手の掌で口元を覆ったまま動かない。

「それにしても、ブリュネルは少年らを誘拐して何をしようとしていたの？」

答えは出なかった。ルネやロズリーヌたち同様に、奴隷として売り払うならまだ納得もできるが。

「ともかく、遺体や少年たちの事はランベールたちに任せて、俺たちはこの楽譜の整理をしよう」

机代わりにクラヴサンの上に広げた楽譜を、ラージュ伯爵夫人が一枚、一枚確認している。その楽譜には、五線譜が綺麗な正円を描き、その上に音符が書き込まれていた。

勢いよく先導したまでは良いが、音楽の素養がない大尉は手持ち無沙汰で、伯爵夫人が仕分ける楽譜を横から覗き込んでいた。

「それは楽譜なのか？」

「これは円形譜というのですよ、大尉」

ジャンルはバラッド、ヴィルレ、ロンドといった世俗歌曲であるが、大変複雑で技巧的な音楽様式だ。特にこれらの音楽様式が発展したシスマ（一三七八年以後、ローマと南仏アヴィニョンにそれぞれ教皇が立ち、互いに正統性を主張。一四一七年のコンスタンツ公会議で再統一されるまでの分裂状態）の時代は、社会情勢も不安定であった為、こうして綺麗な状態で残されていることは奇跡に近い、と伯爵夫人はやや興奮気味に説明した。

「こういう状況で顰蹙なのは重々承知しておりますが、ブリュネルのコレクションは素晴らしいですね」

伯爵夫人は書架一杯に収められた大量の楽譜を、称賛を込めた眼差しで見渡していた。ラージュ伯爵夫人が手に取った円形譜と同様に、マリー＝アメリーも奇妙な楽譜を手にしていた。

「それも楽譜なのか」

「これは舞踏譜というのよ。五線譜が旋律で、下に描かれているのは踊り手の軌跡とステップを表しているの」

フランスの宮廷では、舞踏の存在は極めて重要であり、国王ルイ十四世の治世下で頂点を迎えた。こうした舞踏譜のおかげで、振付やステップが後世に伝えられている。

譜面を片手に、マリー＝アメリーは旋律を口ずさみながら優雅なステップを踏み、軽やかに踊った。いつしかル・ブラン少尉も無理やり付き合わされ、ブリュネルの館のサロンは、さながら舞踏会場へと様変わりしていた。つい先刻、大量の鼠と腐乱死体を目にして卒倒したばかりとは思えないと、大尉が二人を見遣り苦笑していた。

数曲踊り終えたマリー＝アメリーは頬を染め、息を整えながら、真剣な眼差しを向ける大尉の譜面を横から覗き込んだ。「舞踏譜がそんなに気になるの？」

「いや、職務柄か俺にはどうしても艦隊の布陣にしか見えないんだ。だが、気にしないでくれ」

「ちょっと見せて頂戴」マリー＝アメリーは一瞥し、大尉から無理やり舞踏譜を取り上げた。

「ラージュ伯爵夫人、どう思う？」

オペラの楽譜を整理していたラージュ伯爵夫人は、手渡された楽譜の五線に描かれた音符の羅列を何度も目で追った。

「アルシードのメヌエット、四分の六拍子と記載されておりますが、拍数が合いませんね。それに音階も変です。奇妙な旋律にしか再現できません」

自身の読譜を確認するために、伯爵夫人はクラヴサンの鍵盤を指先で叩き始めたが、耳障りな音色が奏でられるだけであった。

「これは暗号じゃないかしら。幼い頃、ピッチンニ先生が教えて下さったの。勉強に飽きると、お兄様やお姉様と作曲中と称して、暗号文を作ったものだわ」

「暗号？」

「そうよ」

音名はイタリア語では〈La,Si,Do,Re,Mi,Fa,Sol〉で、フランス語だと〈La,Si,Ut,Re,

Mi,Fa,Sol〉で表されるが、英語は〈A,B,C,D,E,F,G〉、になる。

マリー＝アメリーたちはイタリア語の音名にアルファベを充てる方法を使用したが、これだけだとアルファベ七文字だけの狭い世界になってしまうため、置換出来る語彙も限られる。よって、以降のアルファベも順にイタリア語音名の〈Do,Re,Mi,……〉に置き換えることで、暗号作成を可能にしたのだ。

「お姉様やお兄様たちは、もっと高度なやり方を先生から教わっていたようだけれど、私やガブリエル兄様、弟のアントーニオは専らこちらを使ったわ。アルファベのAからGまでを二分音符、HからNまでを四分音符、OからUまでを八分音符、VからZまでを十六分音符に、アクサン・テギュ（é）は付点二分音符、アクサン・グラーヴ（à、è、ù）は♯、アクサン・シルコンフレクス（â、ê、î、ô、û）は♭、トレマ（ë、ï、ü）は八分休符、セディーユ（ç）は♮に変換したの。では読み上げるわよ。ラルダン、レヴェイレ、ルレフレシ……」

得意気な面持ちで読み上げるマリー＝アメリーに対し、大尉の表情は次第に険しさを増していった。

「公妃、そこまででいい」大尉の重い声音がサロンに響いた。

「どうなさったの？」突然中断されて、マリー＝アメリーは訝しんだ。

「フランス軍の艦隊の艦名だ。恐らく拍子は積んでいる砲弾の数六十四砲だ」

大尉の言葉に、視線を合わせたル・ブラン少尉は大きく頷いた。

「やはりブリュネルはフランス軍の情報を手に入れて、それをイギリス側に流していたのね。彼はもしや口封じに殺されたのかしら」

「その可能性も大いにあり得るな。書架を片っ端から調べて、伯爵夫人は旋律がおかしい楽譜を選別して、公妃はそれが暗号で書かれていないか、少尉は暗号が軍事機密かどうか確認しろ」

皆の瞳に緊張が走った。トマ・ブリュネルという一人の徴税請負人の死に、幼児誘拐と国家機密漏洩が絡むことになるとは。

直ちに手分けして、膨大な量の楽譜を確認し始めた。


腐乱死体に加え、鼠と格闘したランベールが額の汗を拭いながらようやくサロンへと姿を見せた頃、空には一番星が瞬いていた。

「職業柄、屍体を見るのは慣れっこだが、これほど陰惨な例は無かったな」

腐臭を漂わせながら、ランベールは遠慮がちにサロンの隅の椅子に腰かけた。

大尉がワインの瓶を悪友に手渡した。マリー＝アメリーの飲み残しだが、そんな事を気にするような男ではない。実際、大喜びで受け取ると豪快な音を立てて咽喉を潤していた。

「こちらも大収穫だ。ブリュネルは楽譜を使って軍事機密を暗号化していた」

大尉はマリー＝アメリーらによって選別された楽譜を指した。中には軍港であるブレストやトゥーロンに停泊する艦隊と指揮系統が詳細に記されていた。

「では、俺が以前奴に職務質問した時に持っていた楽譜は……」

「恐らく、フランス軍の機密情報が書かれた暗号文だったんだな」

「音楽家が楽譜を持ち歩いていても不思議じゃないし、そこに暗号が書かれていても、音楽の素養が無いと解読できない。ブリュネルは巧妙な手口を考えたものね」

ランベールは口惜しさからか、呻き声をあげて両手で髪の毛を掻き毟《むし》ると、残りのワインを飲み干した。

階下から駆け上がるような足音が響き、猛烈な勢いでサロンの扉が開かれた。

「ランベール捜査官、大変です！」

息を切らした一人の警邏が、凄まじい形相で飛び込んで来た。

「なんだ。騒々しい」ランベールはワインが滴《したた》る口元を袖口で拭いながら、警邏の声がする扉の方へ振り向いた。

「地下の独房に繋いでいたブリュネル殺しの容疑者ルネですが、奴が自殺しました！」

パリ市街
グラン・シャトレ

初夏とはいえ、夜の牢獄は凍えるような寒さだ。羽織ったドミノの襟元を直しながら、マリー＝アメリーはグラン・シャトレの書記室で、ランベールと共にボーフランシュ大尉の到着を待ち続けた。

報せを受けたロズリーヌは、舞台を終えたその足でグラン・シャトレにラージュ伯爵夫人と共に駆け付けた。

藁だけの寝床に置かれているルネの死顔は、まるで眠っているようだ。だが、蠟のように白すぎる頰と唇が、既にこの世のものではないことを物語っていた。

ロズリーヌは変わり果てた兄の亡骸に縋りつき、泣き叫んだ。

ようやくボーフランシュ大尉とル・ブラン少尉がサンソンと共に姿を見せた時、その顔には疲労の色が濃く現れていた。

「ルネが自殺したのは確かか、ランベール」

「ああ。看守が昼飯で席を外したすきに、首を吊っていた」と言いながら、ランベールは床に記された炭字の跡を指した。

「床に『ごめんなさい《パルドン》。さようなら《アデュー》』と残してある。遺書と考えて良いだろう」

「いったいどうやって首を吊ったんだ」

収監される際に、凶器になりそうなものは事前に没収される。

「看守の話だと、首に巻いたストックだけはどうしても外したがらずに大暴れしたらしい」

「ストックを檻の鉄棒に結び付けて首を吊ったというのか」

罪の意識からか、あるいは拷問の恐怖に耐えきれず命を絶ったのか。どちらとも捉えられる状況に、皆黙してしまった。

その沈黙を破ったのは、デカールと彼が引き連れた看守と警邏たちだった。

デカールはルネの亡骸を忌々しそうに見遣ったが、サンソンの姿を認めると「丁度ムッシュー・ド・パリもお越しのようだ。早速奴の屍体を拷問にかけて、グレーヴ広場に晒して貰おうかな」と愉快気に言い放った。

まるで嬉々とした面持ちのデカールに、大尉は沸々と煮えたぎる怒りを隠そうともせず、固く握られた拳を振り上げた。

「ムッシュー・サンソンはブリュネルの館で見つかった遺体の検死の為に来て貰ったんだ。ルネの拷問の為ではない！」

「ボーフランシュやめろ！」ランベールは大尉が振り上げた拳をどうにか制した。

カトリック教徒において、自殺は大罪だ。亡骸は、拷問にかけられた後に市中を引き摺り回され、絞首刑台に晒された上で、教会の墓地へ埋葬されることは許されず、そのまま廃棄される。

泣き疲れたのか、ラージュ伯爵夫人に肩を抱かれたまま茫然と座っていたロズリーヌが、突然、地を這うような声を絞り出した。

「違う……。兄さんは絶対に自殺なんかしない」ロズリーヌはマリー＝アメリーの足元に縋りつくと懇願した。「お願いです。パンティエーヴル公妃様。兄さんの体を調べて下さい。兄さんは自殺なんかしません。誰かに殺されたんです。調べて頂ければ明らかになります」

マリー＝アメリーは跪くとロズリーヌの両手をそっと握り締め、諭すように言った。

「ロズリーヌ、亡くなったお兄様を想う気持ちは十分に理解できるわ。でも、あなたの意に沿うには、大切なお兄様の体に鋼を入れて、場合によっては切り刻むことになるわ。それでも耐えられる？」

りはましです」

だが、ロズリーヌは頑なだった。「兄の遺体が民衆の前に引き摺り出され、晒されるよりはましです」

自殺者の刑を直接見た事はなかったが、以前、サンソンから、「前王陛下の弑逆を企てたダミアンの拷問と処刑の次に辛い」と聞かされていた。残された遺族に、二重の哀しみを与えることが耐え難いからだ。

「……分かったわ。あなたがそこまで言うのなら、今から検死解剖を行いましょう。デカール捜査官、異存はないわね？」

「検死なんかやっても時間の無駄だとは思うが、家族の希望ならば致し方ない」

「ムッシュー・サンソン、お願いします」

マリー＝アメリーの瞳がサンソンに向けられる。大いなる信頼を受け止めて、彼は頷いた。

早速、ルネの亡骸は、拷問室の柏材の机上に移された。ボーフランシュ大尉とランベール捜査官が助手代わりを務めるので二人は手分けして器具を並べ始めた。大小のはさみに切れ味良く砥がれた手術刀。既に痛みは与えないと分かっていても、これらの刃がルネの体を切り裂く事を想像すると、背筋には緊張が走った。

彼らの背後では、ル・ブラン少尉が瞳を潤ませて足元をふらつかせている。マリー＝アメリーは訝し気に尋ねた。「少尉、どうかなさったの？」

「気分が……気分が悪くなって。本日のところはこのまま失礼しても宜しいですか」

確かに顔は蒼白で、今にも倒れそうだ。

「ああ。勤務以外の事を頼んで悪かったな」大尉が労いの言葉を掛けた。

「いえ、あまりお役に立てずに申し訳ございませんでした」

「少尉、公爵家の馬車を使って頂戴。ラージュ伯爵夫人、馭者に……」

だが、ル・ブラン少尉は気遣う声に被せるように、「パンティエーヴル公妃、ラージュ伯爵夫人、ご心配には及びません」と丁寧に固辞すると、牢獄の石壁を伝う様な足取りで帰って行った。


既に検死の用意を済ませたサンソンだったが、「これは……」と普段の沈着冷静な彼には珍しく、動揺した様子を見せた。

「どうかなさったの？　ムッシュー・サンソン」その声に、マリー＝アメリーは振り返った。

柏材の大机に横たわるルネの遺体は、既にサンソンによって衣服が脱がされていたが、その体は成人男性にしてはまるみがあり、乳房はほんのりと膨らんでいる。下肢の間には、性器が剝き出しになっている。マリー＝アメリーはジュスティニアーニ侯爵のカラヴァッジョ・コレクションの一つを脳裏に浮かべた。裸体姿の少年天使だったが、目の前に横たわるルネのそれよりもまだ立派だった記憶がある。

「パンティエーヴル公妃、ボーフランシュ大尉、ランベール捜査官、デカール捜査官、これをご覧下さい」

サンソンはルネの遺体の膝を持ち抱えて脚を曲げると、それを両方に割った。

「こ、これはいったい！」

そこにひっそりと隠されていた真実に、居合わせた面々は言葉を失った。

成人男性の陰茎と陰嚢には程遠い小ぶりな性器の間には、女性性器が姿を現した。

「ルネは両性具有者《アンドロギュノス》だったのね……」マリー＝アメリーは信じられないと頭を振った。

「プラトンの『饗宴』の世界だな」大尉がぽつりと呟いた。

――人間というものの本来の姿は今と同じではなく、かつては別の姿をしていた。太古の昔には、アンドロギュノスと呼ばれるものが一つの種族をなしていて、その種族は、形の点でも男女の両性を等しく備えつつ存在していたのである。

サンソンはルネの陰嚢に手術刀をあててすっと切り込むと、手を入れて中を探った。まだ死後数時間の遺体からは、鮮やかな血が流れ出た。

「陰嚢の中に小さな睾丸らしきものが存在していますが、精管が見当たらないので生殖機能は果たせないでしょう。これは恐らく先天的なものだと考えられます」

マリー＝アメリーはこの事実を知っているであろうロズリーヌに視線を向けた。

「事情を説明して頂けるわね、ロズリーヌ」

ロズリーヌはこくりと頷いた。

「兄さんは誕生時には男子として洗礼を受けました。幼い時は普通の男子と変わりなかったそうです。でも、十歳を過ぎた頃から少しずつ異変が生じてきました」

この頃の男子は当然のように身長が伸びて、体格的にも女子を追い越し、逞しくなっていく。だが、ルネの手足はひょろりとしたまま然程《さほど》身長も伸びず、ずっと少年のような容姿だったという。変声期は訪れず、アダムの林檎（咽喉仏）が無い事を気にした彼は、いつも首回りに布を巻いていた。

「これで謎が解けたわ。ロズリーヌ、あのブリュネルが殺された日にヴェルサイユのオペラ劇場で歌っていたのはあなたではなく、ルネだったのね」

ロズリーヌは目を伏せたまま、こくりと頷いた。

「どういう事なんだ？」予想もしなかった現実を見せつけられ、大尉とランベールは混乱していた。彼らの問いへの答えは、サンソンが引き受けた。

「ルネは誕生時、男性として生を享けたと思われていましたが、成長するに従い乳房が膨らみ、女性のような特徴が顕著になってきたのでしょう。精巣が機能を果たしていないのなら当然、声変わりもしません」

偶然にもパリ・オペラ座で聴いたルネの高音。あれは変声期を経ておらず且つ鍛えられた咽喉が発した声だった。

「私の咽喉の調子が悪いときは、兄さんが時々舞台に立ちました。兄さんは華奢で小柄だったから、化粧をして衣装を着れば十分にごまかせたし。でもそれだけで兄さんは満足だったのです。大好きな歌を歌えるだけで。オペラ座の団員たちも見て見ぬふりをしてくれました。でも……ブリュネルがオペラ座の演出家に就任してから一変しました。彼は兄さんの体の秘密に気付くとカストラートとしてデビューさせて、公妃様に後見をお願いするつもりだったのです。兄さんが嫌だというと、あの手この手で嫌がらせをしてきて……」

「だからあの日、ブリュネルは強引に話を取りつけたかったのね」

ロズリーヌは頷いた。

「でも、私たちが一番恐れていたのは、兄さんが両性具有者であることが、いつ世間に発覚するかでした」

「両性具有者は、修道女と悪魔が契って生まれたと思われていた時代もあったし、実際、魔女だと火あぶりにされた時代もあったからな。ルネが脅えたのは無理もないな」ランベールの声音には憐れみが籠もっていた。

続けて、サンソンも言った。「聖シュルピス教会で、女性として洗礼を受けたマリー＝オージェ嬢は、偶然、両性具有者である事が発覚すると大騒ぎになり、画家をはじめとする大勢の人々の好奇の目に晒され続けました。おまけに、一生のうちに何度も性別を変える羽目になり、仕舞いには精神に異常を来してセーヌに身を投げました」

「だから、ブリュネルを殺そうとしたのね」

ロズリーヌはこくりと頷いた。

「辛かったわね」

涙を浮かべたロズリーヌは、マリー＝アメリーの足元に跪いた。

「ブリュネルを殺したのは私です。パンティエーヴル公妃様、ごめんなさい。あなたにぶつかって謝りもせずに逃げてしまって。兄さんは私の身代わりに自首したんです」

それは、清らかな涙だった。ロズリーヌはゆっくりと視線を上げ、気丈にも自分の罪を淡々と告白した。

「あの日、兄さんをヴェルサイユの舞台に立たせたブリュネルは、早速パンティエーヴル公妃様に売り込み、多額の援助を受ける算段でした。アパルトマンの扉を開けると、奥のサロンの窓際にブリュネルが一人佇んでいて、私は隠し持っていた小刀で彼の脇腹を刺しました」

手には舞台の小道具なのか、オスマン風の宝剣が握られている。その宝剣を見て、マリー＝アメリーは確信した。

「さあ、ロズリーヌ。涙を拭いて、立ち上がって頂戴。あなたはブリュネルを殺してはいない。そうよね？　ボーフランシュ大尉」

「そうだ。君がいかに剣の達人でもそんな舞台の小道具で人は殺せない。ブリュネルの死因は左胸部を刺された失血死だ。脇腹を刺した後、左胸も刺して逃げたのか？」

その問いかけに、ロズリーヌは瞳を見開くと同時に困惑した表情を浮かべた。

「あなたはブリュネルを殺していない。ましてや舞台上で素晴らしい歌声を聴かせてくれたルネには殺せない。二人とも無実よ」

信じられないといった風情で暫し茫然と佇んでいたロズリーヌだったが、ようやく呑み込めたのか、再びマリー＝アメリーの足元に縋りつくと懇願した。

「兄さんは、この体を忌み嫌っていました。でも自殺なんかしたら、公衆の面前に引き摺り出されて晒しものにされる。それでは死んでも死にきれないって、いつも言っていましたから……。だから、だから絶対に殺されたんです」

「こちらをご覧下さい。前、側頭部に指跡のような皮下出血があります」

サンソンはルネの口を開くと、口内を丁寧に観察した。

「舌骨と甲状軟骨が折れています。ルネは何者かに扼殺《やくさつ》され、自殺に偽装されたのでしょう」

「兄さんは、いつもこの丈の長いストックを首に何重にも巻いて、アダムの林檎が無い事を隠していました」

「オペラ座で初めてお会いした時、しきりに咽喉に手を当てていたから、不思議に思っていたのよ。ルネはずっと気にしていたのね」

「丈長のストックを首に何重にも巻いていた事が、かえって仇になってしまったのか。犯人はこれを使って、ルネが、さも自殺したかのように偽装したんだな」

大尉の見解を証明するように、サンソンはルネの手元も調べ始めた。

「ルネの爪の間に何か挟まっています。……皮膚片でしょうか。多分、首を絞められた時に犯人と揉み合いになり、抵抗した際に傷つけたのでしょう」

事実を突き付けられた怒りからか、先程から小刻みに震えるロズリーヌの肩をラージュ伯爵夫人がそっと抱き、小声で呟いた。

「監視の厳しいこの地下牢に、外部から侵入者が簡単に入り込めるとは思えません」

「ルネが殺されたと思われる時間、俺とボーフランシュ、ル・ブラン少尉。ついでに加えるならパンティエーヴル公妃とラージュ伯爵夫人はブリュネルの館にいた」

今回は現場不在証明があって良かったなと言わんばかりに、ランベールは大尉をにやりと見遣り肩を抱いた。だが、大尉は無言でその手を払い除けると、不機嫌な表情を変えぬまま、拷問室の一点を凝視しながら言った。

「俺はさっきから看守殿が押さえている袖が気になって仕方ないのだが。その染みは血か？　怪我でもしたのか」

ボーフランシュ大尉が発した一言で、牢内の視線が一斉に小柄な看守に注がれた。酒焼けした赤い鼻と乱杭歯が目立つ顔には、明らかな動揺が見て取れた。

「ね、猫に、飼い猫に引っ掻かれたんだ」

「お前、その袖を捲って見せてみろ」

デカールの射貫くような鋭い視線が看守へと向けられた。逃げようとした看守をデカールの部下たちが力ずくで取り押さえた。看守は喚き、有らん限りの力で抵抗したが、体格差の明らかな男二人の前には無力であった。

喚き続ける看守は、両脇から警邏にがっしりと掴まれ、柏材の机に横たわるルネの遺体の傍へと引き摺られた。血が滲んだシャツの袖は警邏によって引き千切られ、痩せた枝のような腕が露わになった。

「ルネの爪の形と一致しますね」

看守の腕にはルネの両爪の形とぴたりと合う傷と、加えて嚙み痕までくっきりと付けられていた。

「こ、殺すつもりはなかったんだ。や、奴があまりにも抵抗するもんだから、つ、つい……」

看守はルネの成人男性とは思えぬ華奢な体型と容姿に興味を駆り立てられた。加えて、オペラ座の歌姫を彷彿とさせる顔立ちだ。人気《ひとけ》のない時間を狙って独房へと近づいた。

ルネは膝を抱えて藁床に座り、歌を口遊んでいた。男の声とは思えない高く澄んだ響き。その横顔は妙に艶めかしくて、女旱《おんなひでり》も手伝い、看守は彼を押し倒した。驚いたルネは大暴れで抵抗した。看守の腕に嚙みつき、股間を蹴り上げた。逆上した看守はルネの首に手を掛けて力任せに絞めた。

「で、でも俺がやったのはそこまでだ！」

動かなくなってしまったルネを見て、事の重大さに気付いた看守は慌ててその場から逃げた、と弁明した。

「お、俺はこいつを吊るしてなんかいない！　本当だ！　信じてくれ！」

「よくも……よくも兄さんを殺し……」

普段はナイチンゲールのような可憐な歌声を奏でる口から、獣が呻くような声が絞り出されたと同時に手術刀を摑むと、ロズリーヌは看守に襲い掛かった。

手術刀を持った右腕を高々と上げたロズリーヌの姿に、一同は慄然とした。

「止めろ！　ロズリーヌ」

ボーフランシュ大尉は咄嗟に大声を上げ、背後から飛び掛かると全身で遮り、ロズリーヌの手から手術刀が零れ落ちた。

「くっ！……」

「ボーフランシュ大尉！」

左肩を押さえる大尉に、マリー＝アメリーとサンソンが駆け寄った。

「問題無い。かすり傷だ」

揉み合った衝撃で、手術刀の刃先が大尉の左肩の肉を切り裂いた。平静を装いながらも顔を顰めた大尉の軍服の肩と右手の指先は、血で赤く染まった。

傷口の応急処置を施すと、大柄なサンソンは膝を曲げてロズリーヌと向き合い、目線の高さを合わせた。

「あなたの無念はお察しします。ロラン嬢。しかし、この看守を殺せば、あなたも間違いなく死刑になります。兄君の無実を晴らそうとされたパンティエーヴル公妃やボーフランシュ大尉、この方たちの努力を無駄にしないで下さい。ましてや、私にあなたの……」

サンソンの語尾は震え、その先の言葉は大尉が紡いだ。

「そうだ、ロズリーヌ。ムッシュー・サンソンは、ルネが自殺では無いと証明してくれたのに、あんたはそれを無駄にするつもりか？　あんたの首に縄を巻いて、刑の執行役を負わせるつもりか？」

ロズリーヌは項垂れたまま、首を何度も振った。

宥めるようにロズリーヌの肩を軽く叩くと、ランベールがデカール捜査官の前へと進んだ。

「デカール、看守殿の身柄はあんたにお任せする。煮るなり焼くなり好きにしてくれ。それで良いな、ロズリーヌ」

ロズリーヌは顔を上げると大きく頷いた。

今後の展開はこの場に居合わせた誰しも容易に想像出来た。

「隣の拷問室へ連れて行け」

デカールの地を這うような声が拷問室に響いた。

「お、俺はやってない！　嘘じゃない！　信じてくれ！」

看守は絶叫するとそのまま気を失った。頷いた警邏二人に両脇を抱えられ、引き摺られる靴の音だけを残し、看守は去っていった。彼が再び目覚めた時には、この世の地獄を嫌という程味わうことになるだろう。

一連の流れを忌々しそうに見つめていたデカールが、マリー＝アメリーらに向き直った。彼は吐き捨てるように言った。

「今回は素直に負けを認める。だが、犯罪捜査は一介の軍人やましてや女どもの暇潰しではない。今後も首を突っ込んでくるつもりなら容赦はしないからな」

負け惜しみとも言えるデカールの言葉に、マリー＝アメリーとボーフランシュ大尉は顔を見合わせて肩を竦めた。

「心配するな。殺人事件の捜査なんて二度と御免だ。なあ公妃」

「ええ。今後あなたの領域に踏み入ることは決してしないとお約束するわ。デカール捜査官」

デカールは退出しようとしたが、思い直したように立ち止まると、柏材の机に横たわるルネの短い髪をそっと撫でた。やがて彼は、想いを振り切るように踵を返した。

ボーフランシュ大尉を始めとする面々は、デカールの思わぬ一面に言葉を失っていた。

閉められた扉の音だけが、石壁に重々しく響いた。


ルネの検死解剖が再開される前、マリー＝アメリーはもの言わぬルネの顔を見つめていた。ただ眠っているようにしか見えないが、もう二度とこの愛くるしい緑の瞳が輝くことがないのだという残酷な現実も、同時にかみ締めていた。今でもヴェルサイユで大喝采を浴びたルネの迫力ある歌声が鮮明に甦る。リッカルド《カストラート》にも引けを取らなかったあの歌声は、確かにルネが二つの性を有している証だった。

向かいに佇むロズリーヌが、亡き兄の短い髪を撫でながら言った。「兄さんは幼い頃、少年聖歌隊員で、公妃様の結婚式でも歌わせて頂いたんです。公妃様のことを覚えていて、とても懐かしんでおりました」

「そうだったのね」

涙が込み上げてきた。パリ・オペラ座で再会したあの日、ルネはその事を告げたかったのだろうか。訊きたくともルネは既に逝ってしまった。「ルネ、お礼も申し上げなくてごめんなさい。あなたの無念を晴らす為にも、必ず犯人を見つけ出すと約束するわ」マリー

＝アメリーは心から詫びた。

ルネの検死解剖を進める中、隣の拷問室では看守の拷問が行われていた。想像を絶する叫び声と呻き声、拷問器具が肉と骨を容赦無く砕く音に、身を寄せ合うように一つの椅子に座ったロズリーヌとラージュ伯爵夫人は目を固く瞑り、両手で耳を塞いだ。ふとした拍子に無音になるが、それは看守が気絶しただけで、再開を告げる怒声と頭から掛けられる水の音に耐え切れず、遂には中止して欲しいと女性陣が懇願する程であった。

全ての検死を終えた頃、パリの空は漆黒の闇に包まれていた。ルネの遺体は、ロズリーヌとラージュ伯爵夫人に付き添われ、葬儀の為に教区の教会へ運び出された。

マリー＝アメリーとボーフランシュ大尉、二人は重く苦しい胸の裡《うち》を抱え、無言のままアーチ門の下で馬車の到着を待っていた。吐く息も真冬のように白く、震える肩に、大尉は自身の外套をマリー＝アメリーに掛けようとしたが、小さな呻き声を上げると右手で左肩を押さえた。

「やせ我慢しなくても良いわよ。まだ傷が痛むでしょう」

「今日、明日あたりは仕方ない。ムッシュー・サンソンが綺麗に縫合してくれたから心配ない」

　ちらりと窺うように、斜め上の大尉の顔にマリー＝アメリーは視線を向けた。

「ボーフランシュ大尉、あなたも既に気付いているのでしょう？」

　だが、顔色一つ変えず、平然としたまま大尉は言い放った。

「何の事だ」

「白々しい。ロズリーヌがオスマン風の宝剣を鞘から取り出した時、ムッシュー・サンソンが不可解な表情を浮かべて何かを言いかけたけれど、あなたが目配せで遮ったところを見ていたわ」

　ロズリーヌの宝剣は豪華な装飾を施されてはいたが、ブリュネルの左胸を刺すどころか、脇腹さえも刺せない代物だった。

「なら話は早い。ロズリーヌはブリュネルを、少なくとも奴の脇腹を刺した人物を知っている。そしてそいつを庇っている」

「ええ。そのようね」マリー＝アメリーも大きく頷き、同意した。

「あの歌姫は決して口を割らないだろう。ともかくブリュネルが残した謎を解こう。今のところ、それしか真犯人を見つける手立てはなさそうだ」

だが現状は、事件の犯人どころか袋小路に迷い込み、身動き一つ取れなくなっている有様だ。抱える胸の裡を吐き出すように、空を見上げて大尉は呟いた。

「アリストファネス（古代ギリシャの喜劇詩人。プラトンの『饗宴』の中で両性具有者について言及している）はこう言ったそうだ。男は太陽を、女は地球を、そして両性具有者は月を起源に生まれたと」

「では、彼の説によれば、ルネの起源は月にあるのね」

「ああ。そうなるな」

だが見上げる空は、暗黒の雲に覆われ、月の気配は微塵も感じさせない。

昼間の穏やかな陽気とは一転、ルネの死を悼むかのように、暗い夜空からは霙《みぞれ》交じりの冷たい雨が、グラン・シャトレの堅牢な壁に容赦なく叩きつけていた。

一七八二年六月十日

ヴェルサイユ宮殿

パンティエーヴル公妃のアパルトマン

翌週、パンティエーヴル公妃から届いた招待状を手に、ジャン＝ジャックはヴェルサイユの彼女のアパルトマンへと向かった。

すっかり顔馴染みになった近侍のロベールに案内され、ジャン＝ジャックは公妃のアパルトマンの扉を開いた。

「ようこそ、ボーフランシュ大尉。傷の具合はどう？」

「すっかり塞がったたし、問題無い。ところで、今からどんな茶番が始まるんだ？」

接吻のために差し出された手を、彼はいつものように無視した。

公妃は優雅に扇を動かしながら、「余計な事を言わずに、しっかり見張っていてよ。今日はロシアのパーヴェル大公ご夫妻をはじめ、ヴェルサイユのオペラ劇場にいた方たちは殆どお招きしたの。あなたは彼らの様子を観察して頂戴」と眉間に皺を寄せるジャン＝ジャックを軽く睨んだ。

途端に彼の顔に緊張が走り、玄関広間を見渡した。

「事件はここから始まったんだな」

「ええ。私とあなたの出会いもここだったわ。とんでもない出会いだったけれど」

この玄関広間でブリュネルは事切れていた。壁に飾られた『聖マタイと天使』を睨むように見上げる。血が染みた絨毯は取り替えられ、死を匂わす痕跡は既に無い。だが、血の伝言は残されたままだ。

ブリュネルはなぜこの「聖マタイ」の絵画に血の伝言を残したのか。何を告げようとしていたのか。謎は未だ闇に包まれたままだ。

客たちの到着にはまだ時間がある。二人はブドワールへと場所を移し、珈琲を飲みながら暫し寛ぐことにした。

「ロズリーヌはどうしている？」

「ランベール麾下の警邏が見張っていて、今のところ誰かと接触した様子はないわ」

珈琲を置き、退出しようとした近侍を公妃が呼び止めた。

「トゥールーズ伯邸に洗濯係を手配して下さったかしら。泥汚れが酷かった筈よ」

「それが公妃様のお申しつけ通り手配しましたが、泥汚れが酷い洗濯物は見当たらなかったそうです」

「そう、変ねえ……」

首を傾げているところに、少々慌てた様子のブルワー嬢が小走りでやって来た。

「公妃様。注文していたお菓子がまだ届かないと申しております」

ラージュ伯爵夫人はずっとロズリーヌに付き添い、パリの館とパリ・オペラ座を往復している。ブルワー嬢だけでは手に余るのか、来客らに供される飲み物や軽食の最終確認に公妃も立ち会うことになった。

手持ち無沙汰になったジャン＝ジャックは、椅子から立ち上がるとブドワールの中を見渡した。パリの館と同様にセーヴル焼の花器には、季節の花がふんだんに飾られている。形ばかりの書架に並べられているのは、マリヴォーの戯曲に数冊の旅行記と刺繍の手本くらいだ。

「ヨーロッパ貴族の紋章……？」

シノワズリの引き出し箪笥に置かれた一際豪華な装丁を施した革張りの本にジャン＝ジャックは目を奪われた。普段は決して手に取らないような一冊に、今日は何故か心惹かれた。題名よりもむしろため息が出るような装丁に心惹かれたからだ。索引を眺めると、驚いた事にカストラートのリッカルド・カヴァレッティは貴族の出で、ナポリでは古くからの名家であった。カヴァレッティ家の薔薇の紋章は、美丈夫な彼の容姿には繊細すぎる印象だが、彼の気位の高さを思えば、なるほどと納得する側面もあった。

思いがけず読み耽っていると、やや呆れた口調のブルワー嬢が背後から声を掛けてきた。

「ボーフランシュ大尉、公妃様が早くお出で下さいと仰せです」

既に大勢の招待客でサロンは犇《ひし》めき合っていたが、まるで蝶のような軽やかさで、女主人は客をもてなしていた。

見渡せば、ロシアのパーヴェル大公夫妻をはじめ、シャルトル公爵夫妻、王弟アルトワ伯爵と伯爵夫人、天敵とも言えるディアーヌ・ド・ポリニャック伯爵夫人の姿も見受けられる。元スペイン駐在フランス大使のオッサン侯爵は、シャルトル公爵の元愛人で現在は良き友人になったと言われるイギリス人のエリオット夫人と会話が弾んでいるようだ。

もう一人の王弟プロヴァンス伯爵と夫人の姿は見当たらない。兄王同様、社交的ではないとの噂は本当のようだ。

ロワイエールが、弟である近侍と談笑しながら入室して来たが、落ち着かない所作であたりを見渡している。だが、ジャン＝ジャックに気付くと、驚いたように眼を見開き、途端に笑顔を向けて目礼した。今日は品よく鬘を被っているが、南仏出身で褐色の髪と瞳が印象的な、生命力溢れる闊達な生徒であった。彼はシャルトル公爵の書記官ラ・トゥーシュ＝トレヴィル侯爵の姿を見つけると、大袈裟な仕草で近づいて行った。

ル・ブラン少尉が年配の女性をエスコートしてやって来た。途端に辺りは強烈な体臭に包まれた。女性たちは一斉に扇を忙しなく動かし、優雅な仕草で鼻にハンカチをあてている。皆、悪臭を紛らわす為の香水を垂らしているのだ。

このご婦人が少尉にご執心の侯爵夫人かと、気の毒に思いながらジャン＝ジャックは苦笑した。

目立たぬように隅に控えているが、トゥールーズ伯邸に宿泊中のカヴァレッティは、ジャン＝ジャックに気付くとあからさまな渋面を向け、眉を吊り上げた。舌打ちしそうな勢いで、その整った顔に不満を浮かべている。


どの時代にも、そしてどの国においても、王族や大貴族といった庇護者に支えられ、芸術や文学が宮廷文化として栄えた。有力な庇護者たちは芸術家たちを保護し、その代価として文化、芸術は宮廷の壮麗さに華を添えたのだ。

サロンは、公妃のような身分ある女性たちによって主宰された知的組織だ。このような非公式な集いは、高貴な出自よりも本人の才能が重要視され、フランス王国の知的エリートの水準向上に貢献した。

むせかえるような香水と絶え間ないお喋り声の中、虚ろな眼差しで彼らを見つめ、欠伸を堪え続けていたジャン＝ジャックだったが、彼の背後でショコラを優雅につまむ宮廷人たちの噂話で目が覚めた。


（まあ、ではあのオペラが催された夜にここで殺されたと仰せですの？）

（ええ。確かですわ。王弟殿下から伺いましたもの。殺された演出家は、左手には「中命記」を握っていたそうですわ。おまけに、このアパルトマンの玄関広間に飾られたカラヴァッジョの絵画に、血で伝言を残したそうですの）

（なんて、恐ろしい。そうそう、殺された演出家の自宅には、国家機密に関する重要な書面が隠されていたとか）

いつの間にかジャン＝ジャックの隣には、公妃の姿があった。噂話に興じる招待客を尻目に、彼女は扇の陰で目配せを寄越した。

なるほど、箝口令は解除して、噂を広めて犯人を炙り出す心積もりかと。この分だと、今日中にはヴェルサイユの隅々にまで噂が広まるだろう。

管弦楽の調べが優雅に流れる中、楽譜を抱えた男性と若い女性が、仰々しいお辞儀と共に公妃の前に進み出た。

ハープ奏者で作曲家のジャン＝バティスト・クルムフォルツと妻のアンヌ＝マリーであった。彼らもヴェルサイユ宮殿の王室オペラ劇場で、ブリュネルが殺害された当日のオペラを観劇していた。

オペラ座の歌姫ロズリーヌとさして変わらぬ年頃に見えるクルムフォルツの妻は、まだ十六歳で、二年前に結婚したと聞き、ジャン＝ジャックは驚きを隠せなかった。

「ところで公妃様。あなた様へ献上したい曲がまもなく全て完成します。本日は妻も参っておりますし、触りだけでもお聴き下さい」

「ええ、是非聴かせて頂きたいわ」

ジャン＝ジャックに公妃が言った。

「ハープの為のソナタを作曲して下さっているのよ。奥様は、当代一のハーピストなの」

「ハープのソナタ？」

そんなものが存在したのかと彼は首を傾げた。

クルムフォルツの妻が、ハープへと移動した。金の細工が見事なハープの製作者はジャン＝アンリ・ナデルマンで、彼の息子はクルムフォルツに師事している。

アンヌ＝マリーがハープの脇に腰かけ、フルートを手にしたクルムフォルツがその隣に並んだ。二人は構え、頷くと同時にハープから透明で伸びやかな音が奏でられた。その音にクルムフォルツの軽やかなフルートの音色が重なる。

ジャン＝ジャックの脳裏には、ヴァトーが描く世界が広がった。庭園には人々が集い、小さな湖では舟遊びを楽しんでいる。どこまでも淡く、小さな花々が咲き乱れる庭園に、ハープが奏でる音色が大輪の薔薇となって咲き誇る。初夏の緑、薔薇の芳香と溶け合うような眩い光景。

曲調が変わった。芳醇な秋の香りが始まると、哀愁を帯びた音色は、薔薇の花びらとなってはらはらと散っていった。

拍手と歓呼の声が響く中、「カヴァレッティはパリ・オペラ座で女神ディアーヌを演じられるそうですね」と場を圧するような女性の声が上がった。

シャンパングラスを片手に立ち上がったのは、一際豪華な衣装を纏ったディアーヌ・ド・ポリニャック伯爵夫人だ。決して美女の部類ではないが、全身に活力が漲っている。

「またとない機会ですもの。アリアをご披露して頂きたいわ」

招待客の視線は否応なしにカヴァレッティに集まった。ガブリエルの愛人ヴォードルイユ伯爵は、既に扇動の拍手さえ送っている。

カヴァレッティは両の目尻を下げて、困ったように微笑んだ。

ヨーロッパ中の王侯貴族や民衆までも魅了して止まないカヴァレッティであるが、彼の真の魅力は「声」と「演技力」にあると公妃が教えてくれた。

彼の声は並外れて高く、澄んだ高音域を出せる上にアルトの音域までも自在に操れた。

歴代のカストラートは、明快で華やかだが、羽毛や豪華な金襴の「ローマ風」衣装で飾り立て、舞台は独壇場と化していた。自身が登場するアリア以外は興味がなく、「オペラ」全体の構成などお構い無しだ。だが、カヴァレッティは「オペラ」全体の構成と調和を最優先し、「主役」にも「脇役」にも徹するのだという。気位と美意識の高さは、全て完璧な舞台を作り上げる情熱の結晶であり、必要とあらば自身の出演料を削ることも厭わず、そんな彼の姿勢は、作曲家はもとより、ライバルに当たる歌手たちにも敬われる所以だという。

公妃への気遣いだろうか。丁重に断り続けていたカヴァレッティが意を決し、彼の隣でシャンパングラスを傾けている初老の男性と共に、クラヴサンの前に歩を進めた。男性の指が鍵盤に触れると同時に、カヴァレッティの第一声が大サロンに響いた。

月の女神ディアーヌという役柄ゆえか、朗々と歌い上げる場面も、さざ波のような三連符も無いが、招待客の心を鷲掴みにするには十分すぎるほどであった。背後で絶え間ないお喋りを繰り広げていた連中も、いつの間にかオペラの世界に浸り、身を乗り出して真剣な眼差しで聴き入っている。

伴奏が一際高まり、カヴァレッティの歌が終わった。

あれだけ騒がしかったサロンは、水を打ったような静けさを湛えている。

ポリニャック伯爵夫人が割れんばかりの拍手を送り、静寂が破られた。

嵐のような拍手喝采が大サロンを埋め尽くす中、ジャン＝ジャックの隣にはシャルトル公爵が佇み、近侍に追加のショコラ・ショーを求める仕草をしていた。その立派な体格には不似合いな大の甘党で、特にショコラには目が無いとの噂は本当のようだ。

シャルトル公爵は周囲の興奮を余所に、冷めた目付きで唇の片方だけを上げて皮肉っぽい笑みを浮かべている。幾度となく公妃から聞かされた、これが公爵の癖かとジャン＝ジャックは目の端で追っていた。

「ふん。この玉無しが」

シャルトル公爵の口端から漏れた一言に、ジャン＝ジャックはこの上ない不快感を募らせた。

憤りを無理やり裡に封じ込めながら、大サロンを後にした。

「ボーフランシュ！　我が友《モナミ》よ」

玄関広間の扉を出て、数歩進んだところで聞き慣れた陽気な声が呼び止めた。

「ランベールじゃないか。こんなところで何をしている」

思いがけない友の登場に、ジャン＝ジャックは沈殿していたどす黒い心の澱が浄化されていくのを感じた。

「俺もパンティエーヴル公妃からの正式な招待客だ」百合の紋章入りの封筒を誇らしげに見せながら、「大貴族らに囲まれて、文学談義や音楽鑑賞なんて退屈な事この上ないからな。滅多にない機会だし宮殿内を見物していた」とランベールは言った。

公妃には後で散々嫌味を聞かされるだろうが、このままランベールとパリへ戻り、酒場へ繰り出すのも一興だ。我ながら妙案だと悪友の肩を抱こうとした時、玄関広間の扉が開きシャルトル公爵が書記官と共に愚痴を言い合いながら退出してきた。

「ディアーヌも調子に乗り過ぎだ。宦官歌手の金切り声を何曲も聴かされるこちらの身になってみろ」

ジャン＝ジャックとランベールは、シャルトル公爵と公爵の書記官ラ・トゥーシュ＝トレヴィル侯爵に路を空けるように壁側に並列し、軍隊式の背筋を伸ばしたまま頭を垂れる礼をした。シャルトル公爵の靴音が目前で止まった事を気配で感じた。

「この将校は、確か義姉上のサロンで見かけたようだが……」

顔を上げたジャン＝ジャックの瞳には、淫靡な笑いを浮かべたトレヴィル侯爵が、シャルトル公爵に耳打ちする姿が映った。公爵は納得したかのように頷くと、摑んでいた自身の顎を数度撫でながら、値踏みするような視線を向けてきた。

「なるほどね、義姉上の新しい愛人か。父親は英雄だったが、淫売の血はしっかり母親から受け継いでいる証だな。今回はかなり毛色が違うようだが、せいぜい飽きられないように頑張るのだな。かつて一日で棄てられた御仁もいたからな」

今度ばかりは怒りを抑えられず、奥歯をぎりりと噛み締めながら公爵の胸倉を掴もうと一歩踏み出した矢先、ジャン＝ジャックの正面を黒く大きな背中が塞いだ。

「シャルトル公爵閣下。先程からルノワール総監が閣下を捜しております」

聞き覚えがある低音の声に顔を上げると、そこにはデカール捜査官の姿があった。

シャルトル公爵は軽く頷くと、高笑いを響かせながらトレヴィル侯爵を伴い踵を返した。その背を睨みつけているジャン＝ジャックにデカールは言った。

「ルネの遺体はどうなった」

思いがけないデカールの問いかけに、ランベールも彼を凝視した。

「パンティエーヴル公妃が教区の教会に掛け合って、ミサをあげて手厚く葬ったよ」

そうか、と唇が動き、安堵したかのように一瞬だけ頬を緩めると、デカールは公爵らに従いそのまま立ち去って行った。

ジャン＝ジャックは次第に遠ざかっていくデカールの背を茫然と見送りながら動けなかった。あれが死神を体現した冷酷な捜査官なのか。明らかにジャン＝ジャックを庇った上、ルネを気遣っていた。

戸惑う友の心情を察したのか、ランベールが告げた。

「俺も気になったから捜査官仲間に訊いてみたんだ。ボーフランシュ、ウェサン島（ブルターニュ地方西端の沖合い二十キロに位置する島）の海戦を覚えているだろう」

「ああ。確かシャルトル公爵がフランス海軍総司令官を務めた戦いだったな」

一七七八年。アメリカ独立戦争におけるウェサン島の海戦において、フランス海軍総司令官としてシャルトル公爵は華々しく凱旋した。フランス艦隊とイギリス艦隊が激突した熾烈な砲撃戦で、数年ぶりに勝ち取った勝利にフランス全土が歓喜に沸いた。

しかし、操船ミスから起こった命令違反を重くとらえた国王は、将校の一人を軍法会議にかけさせ、シャルトル公爵をはじめとする指揮官の特認官職の任を解いたのだ。

「軍法会議にかけられて処断された将校が、デカールの息子だったそうだ。その時デカールも軍籍を剝奪されている」

ルネの遺体を前に見せたのは、息子を亡くした父の顔であったのか。

「そうだったのか……」

一七八二年六月十三日

パリ市街
兵器廠

三日後、ジャン＝ジャックとパンティエーヴル公妃は、ラヴォワジェ夫妻の招待を受けて、彼らが住まう兵器廠を訪れた。トゥルネル通りと聖アントワーヌ通りがぶつかる場所に位置するので、実はご近所とも言える距離だ。

馬車の中で豪快な欠伸を何度も繰り返すジャン＝ジャックに、公妃は扇を翻しながら呆れ顔で言った。

「先日のサロンはどうだった？　怪しい人はいたかしら」

「怪しいかはさておき、いけ好かない奴ならシャルトル公爵が一番だったな」

「それについて全く異論はないけれど、大尉、ちゃんと観察していたの？」

公妃は、その澄んだ水色の瞳でジャン＝ジャックを睨み付けているが、どこ吹く風といった様子で欠伸を繰り返した。

向かいに座る公妃は腹立たし気に手袋を投げつけてきたが、ジャン＝ジャックは器用に受け止めると、「あんたと決闘する気はない」とにやりと笑いながら上等の鹿革のそれを持ち主へと返した。納得がいかないのか、公妃は形の良い唇を悔し気に尖らせた。

「昨日は練兵場《シャン・ド・マルス》で閲兵式だったんだ。おかげで先週から休みも返上だ」

兵器廠の頑強な門の前にラヴォワジェ夫人マリー＝アンヌの姿が見え、馬車を確認すると同時に少女のように手を振り出迎えた。

「お招きありがとう、マリー＝アンヌ」

「こちらこそ嬉しいわ。今日はお約束通り、晩餐まで召し上がっていらしてね」

馬車から降りる公妃を待ちきれぬように抱擁すると、ラヴォワジェ夫人は頬に接吻の雨を降らせた。最新流行だというシュミーズ・ドレスを纏い、絹製の青い幅広サッシュを締めている。

「ボーフランシュ大尉。アントワーヌはまだ実験室にいるのよ。サロンでお茶にするから呼んできて下さると嬉しいわ」

職業柄、この兵器廠へは何度も訪れていたが、ラヴォワジェの実験室に入った経験は無い。門の脇には歩哨が配されている。ここはあくまでフランス軍の一施設である証明だ。

兵器廠の一画を占めるラヴォワジェ専用の化学実験室は、天井が高く、ヨーロッパ随一の実験器具が中央に置かれている。壁一面の棚には薬品類が置かれ、彼を慕う弟子たちが真剣な眼差しで実験結果を記していた。

入口で様子を窺っていたジャン＝ジャックに気付いたラヴォワジェは、笑顔を向けた。

「ボーフランシュ大尉、良く来たね！　待っていたよ」

ラヴォワジェは一日の大半を実験に費やしているにも拘わらず、鬘の背面に付けたソリテールと呼ばれる幅広の黒いリボンをストックの周りにまわし、正面を洒落たピンで留めるという、現在ヴェルサイユで大流行している粋なスタイルで、彼の端正な容姿を一層際立たせている。

「ラヴォワジェ先生、これは何の実験装置ですか？」

早速、ジャン＝ジャックは実験室の中央に置かれた装置に目を輝かせて近づいた。

「水上置換装置だよ。大尉、『脱フロギストン空気（酸素気体）』についての講義は覚えているかい？」

「勿論です。補足しますと、先生が一七七七年に出された『燃焼一般について』、『酸の本質についての一般考察』という論文も拝読しました」

「あはは……。それは光栄だな。なら話も早い」

ここでラヴォワジェは、「脱フロギストン空気」というのは、酸素と火の粒子が結合したもので、燃焼の際に酸素気体が分解して火の粒子が遊離し、残った酸素自身は、燃焼物と結合して重量が増加すると考えた。しかしながら、この段階ではまだ証拠が十分でないことを彼自身自覚しており、あくまで仮説であることを強調していた。

「私の燃焼理論はまだ説得力に欠けるようで、支持者がなかなか現れなくてね」

俄にラヴォワジェの表情が曇り、思ったような結果を出さない実験器具へと視線を向けた。

「私の理論に従えば、水素が燃焼すれば酸素が生じる筈だから、この水上置換装置の中の水に酸の指示薬を混ぜて実験を繰り返しているのだが……」

気の利いた言葉の一つも言えない不甲斐なさに憤りを感じながら、ジャン＝ジャックは恩師と同じ視線の先を見据えた。

そこにあるのは単なる実験道具ではない。恩師が見据えているのは、化学の発展であり、必ずや到達出来ると信じる未来なのだ。

「そろそろサロンへ行くとするか。大尉、覚えておくと良いよ。女性を待たせるよりも、辛抱強く待つ方が、男にとっては何倍も美徳なのだと」

突然こんな事を言い出したラヴォワジェの真意を測りかねて、ジャン＝ジャックは首を傾げた。その様が滑稽だったのか、かつての恩師はサロンへ向かう道すがら、ずっと笑い通しだった。

薬品や金属臭が充満する実験室とは一転、ラヴォワジェ家のサロンは、パンティエーヴル公妃の館にも劣らない華やかな内装だ。だが、花模様をふんだんにあしらった女性らしい公妃のサロンとは趣が異なり、金箔が施された家具の脚も直線的だ。壁にはシャンティイ城の「シノワズリの間」を模したパネルが貼られている。

テーブルの上にはお茶の用意が調えられ、マリー＝アメリーが持参したジャンヌお手製の焼き菓子も皿に盛られ、甘い香りを漂わせている。

ラヴォワジェは珈琲を一口啜ると、サロンの隅に控える召使の一人に手招きした。

「今、手に入るだけのものを掻き集めてみたんだが」

テーブルの上には、書類が山のように積まれていく。

「それは？」ボーフランシュ大尉が訊いた。

「ブリュネルの本業は徴税請負人でしょう。だから、解決の糸口になればと彼の取引に関する書類を集めたの」と言いながら、ラヴォワジェ夫人が大尉に数冊手渡した。

テーブルに広げられた資料の中から、無造作に一冊を選んだマリー＝アメリーが丹念に頁を捲った。

「薔薇投機？」

「ああ、その資料だね。公妃と大尉は『チューリップ狂（十七世紀のオランダで起きた異常な投機ブームのことで、取引の対象となったのはチューリップの球根だった。小さなチューリップの球根一個が、豪邸よりも高い値段で取引されたが、何の前触れもなく突然下落した）』は知っているかい？」

思いも寄らないラヴォワジェの問いに、皆が一斉に彼を凝視した。

「言葉だけは。でもチューリップ狂とは、百年以上前の、それもオランダで起きた事ではないのですか？」

「それが、フランスでも同じようなことが起こっていたのですよ。それもほんの十五年程前に」それに、と続けると「知られていないのは、瞬く間に流行りが過ぎたおかげで、損失を出した者が僅かだったせいでもあるんです」とラヴォワジェ夫人は言った。

そもそも、何故たかがチューリップの球根に人生を狂わされてしまうのか。

ラヴォワジェが一冊の画集を捲り、ある頁を開くとマリー＝アメリーに手渡した。

「当時のオランダでもっとも美しいと言われた〈無窮の皇帝《センペル・アウグストゥス》〉。このチューリップは、もともと北フランスの花屋が持っていた球根から発芽したそうだ」

皆の視線は、一斉に画集の絵に集まった。ほっそりとしなやかに伸びた花茎に、花冠は白く、花弁は赤く鮮やかで、花弁の中央には細い炎状に紅色が入り、さらにはもっと深みがある紅色が花弁の縁を飾っている。

「愛と美の女神アフロディテと喩えられたこのチューリップは、球根一個で邸宅が二軒分の値段がついたそうだ」

「家二軒分！」

ジャンヌの焼き菓子を頬張っていた大尉が、信じられないといった口調で声を上げ、欠片を咽喉に詰まらせたのか咳き込んだ。

「その理由は、この品種は極めて稀少で、殆ど存在しなかったからなのです」

「まぼろしのチューリップなのね」貴重な品種にうっとりとした眼差しを向けながらも、「フランス宮廷では花と言えば薔薇なのに」とマリー＝アメリーは呟いた。

「公妃が今、仰せになられたことはとても重要なんだ。フランスではチューリップに代わり、新種の薔薇への投機が十年程前に起こったんだが、これが所謂『薔薇投機』なんだ」

「十年程前と言うと……」

「王后陛下がフランスへ嫁いでこられたあたりね」マリー＝アメリーは当時を振り返る。

「まだ前王ルイ十五世陛下がご存命で、当時のヴェルサイユは王のご寵愛を受けたデュ・バリー伯爵夫人が牛耳っていました。しかし、ヨーロッパ随一の家柄から嫁した王后陛下は、その存在を決して認められないがゆえ、何かと張り合うようになられた」

「投機家たちはそこに目を付けたのね。新種の薔薇を、ゆくゆくはヴェルサイユに売り込む事を考えた」

空になった珈琲茶碗に気付いたラヴォワジェ夫人は、自ら珈琲を注いでくれた。サロンは再び、香ばしい珈琲の香りで満たされた。

「片や今生陛下の寵姫、片や未来のフランス王妃。どちらに転んでもうま味はありますものね」

大尉は夫人に目礼し、珈琲を啜った。

「なぜ瞬く間に投機熱が去ってしまったのですか？」

大尉の問いはもっともだと頷きながら、ラヴォワジェが答えた。

「薔薇はチューリップのように球根栽培ではないからね。病気にも弱いし輸送費用も掛かる。チューリップは鉢植えでも栽培出来たが、薔薇となるといずれは相応の土地が必要だ。つまりは初期投資に見合う見返りが無くて、あっという間に流行りが去ってしまったという訳だ」

「でも大損をして人生を狂わされた人たちがいるのは確かなのね」

「ブリュネルは『薔薇投機』を熱心に勧めていた第一人者でした」

「では、『薔薇投機』で大損した人物がブリュネルを恨み、殺害したというの？」

「その可能性は十分考えられますね。おまけに、『薔薇《Rose》』はRを含んでいるし」

「それも理由の一つだが、私が気になったのは、以前、徴税請負人を集めた会合の場に、一人の男性が怒鳴り込んで来た事なんだよ。ブリュネルが持ち掛けた投機話で大損をして、財産も家も全て失ってしまったと喚いていた。生憎、名前は覚えていないが」

ラヴォワジェから予想もしなかった情報を得られ、事件解決の足掛かりへと繋げたいマリー＝アメリーであったが、一方で胸の裡にやるせなさも広がっていた。

「薔薇といい、チューリップといい、何故人間に弄ばれて、運命まで変えられてしまうのかしら。ただ、その美しさを愛でるだけでは駄目なのかしら」

「確かにそうだね。ローマでは、『薔薇の下で』という言葉は、秘密厳守と同意語だったそうだが、それよりも、恋人のことを『私の薔薇』と呼んで、最初に咲いた薔薇を贈ったそうだ」

「なんてロマンティックなのでしょう」

ラヴォワジェ夫人がうっとりとした表情で宙を見つめている。才女と評判だが、なかなかのロマンティストだ。

優し気な眼差しで妻を見つめるラヴォワジェが、召使の一人に合図を送ると、花器に挿した一輪の薔薇を慎重に運んで来た。

「私の薔薇に。実験室の裏手に咲いた今年最初の薔薇だ」

「まあ……」感嘆の声を上げたラヴォワジェ夫人は、喜びのあまりそれ以上の言葉を言えなかった。瞳にはうっすらと涙が浮かんでいる。

そんな妻の様子に、満足そうな笑みを浮かべたラヴォワジェは、そっと肩を抱くと頬に接吻した。

友人夫妻の微笑ましい姿を、複雑な心境でマリー＝アメリーは見つめていた。神の前で誓った相手と相思相愛であり続ける事が、世間では野暮だと後ろ指さされ、罵られる事なのだろうかと。亡き夫とは一度も築けなかった関係性。振り切るように、努めて明るい声で言った。「大尉は何をご覧になっているの？」

ボーフランシュ大尉は一冊のデッサン帳を捲っていた。ラヴォワジェの友人の植物学者がその才能に惚れ込み、目を掛けているルドゥーテという新進気鋭の画家の作品だ。非常に正確に、また細かな繊毛一つ一つまで丁寧に描かれている。

「これは……？」

大尉の捲る手は、ある頁で止まった。

その声に、ラヴォワジェはデッサン帳を覗き込むと、「ああ、これは、ロサ・アルバ・フローレ・プレノだね。ボッティチェリの絵画にも描かれた薔薇だが、ヨークの薔薇と言えば分かるだろう」と大尉とマリー＝アメリーを交互に見ながら説明した。

「ヨークといえば、あのリチャード三世の？」

ラヴォワジェは満足そうに頷くと、「因みに、こちらがランカスターの薔薇、ロサ・ガリカ・オフィキナーリス」ぱらぱらとデッサン帳を捲り、「美しいことは勿論だが、この薔薇は香りが良く、古くは花弁を薬用に使用していたんだよ」と淀みなく答えた。

「ああ、だから名前に『薬用《オフィキナーリス》』が入るのですね」

「ヨークの薔薇がどうかしたの？」手にした扇を閉じて、マリー＝アメリーが訝しむように訊いた。

「いや……。知り合いの紋章に良く似ていたから」

「そう。最近では、フランスやイギリスで貴族以外の方も薔薇や一角獣、百合の花などの図柄を紋章に選ばれるそうだから」と興味無さげに答えた。


堅苦しい晩餐会とは違い、気心の知れた者たちとの語らいと食事は、時を忘れるほどの心地よさで、気付けばとうに日付も変わっていた。

ラヴォワジェ夫妻が住まう兵器廠からの帰り道、中央市場やヴァレー河岸の取引や検査も終わり、この時間に起きているのは泥棒か詩人くらいだ。

だがパンティエーヴル公妃の館は、部屋中の灯りで昼間のように明るい。中からは、住人たちのざわめきが聞こえる。館に近づくにつれ異変に気付いた二人は、馬車が到着するなり飛び降りた。

「騒がしいけれど何かあったの？」

女主人の帰宅に、安堵の表情を見せる者や、近侍のロベールやジャンヌのように、「公妃様」と言って泣いて縋る者、十人十色の様子を見せた。

「実は公妃様がご不在中、何者かが侵入して部屋中を荒らして行ったのです」

涙を浮かべたラージュ伯爵夫人が詫びを入れ、深々と頭を下げた。

「お義父様は？」

「ヴェルサイユに伺候されて、今夜はそのままお泊まりになられると使いが参りました」

義父の無事を確認した公妃とジャン＝ジャックは、急いで階段を駆け上がり、ブドワールへと急いだ。

扉の前には侍女ブルワー嬢が、泣きはらした目で俯いている。

ブドワールは全ての引き出しの中身がぶちまけられている。宝石箱も同様だ。部屋中がレースとチュール、絹のリボンに花飾りで溢れ、ダイヤモンドや真珠のアクセサリーが華を添えているという、奇妙な光景だった。

泥棒は窓から侵入し、窓から逃げ去ったのだろう。開け放たれた窓は、カーテンが冷たい風に揺れている。

公妃はブルワー嬢とラージュ伯爵夫人を呼び、すぐに宝石類の点検をさせた。二人は部屋中の宝石を拾い集め、目録を手にひとつひとつ確認した。

「宝石や金貨類は全て無事よ。高価な物は何一つ盗られていない」

「それにしてもこの荒らされ具合。何かを探していたんだな」

サロンも同様だった。全ての引き出しは開けられ、中身は床に投げ出されていたが、ここでも貴重な絵画や時計、東洋の花器や壺には見向きもしていない。

「公妃、あんたのアパルトマンと同じ香りだ。そうだ、間違いない。俺は殴られた時この香りを嗅いだんだ」

ジャン＝ジャックは目を閉じ、考えに集中した。犯人は高価な物でなく、何かを探しに来た。だが、見つけることが出来なくて窓から逃げ去った。

「楽譜だ！」ジャン＝ジャックは叫んだ。

ブリュネルのサロンから押収した楽譜は、このパンティエーヴル公妃の館に全て運び込んでいた。犯人は恐らく楽譜を取り戻しに来たのではないか。だが見つける事が出来なかった。

「楽譜はどこに隠したんだ」ジャン＝ジャックは訊いた。

「このフランスで一番安全な場所よ」公妃は得意げな顔で答えた。

「一番安全な場所？」

激務と睡眠不足で思考回路が完全に閉じてしまったジャン＝ジャックの腕を公妃が摑むと、「参りましょう！」と再び階下へと下りた。

「馬車の用意をお願い」と声を上げると、寝間着姿の馬丁は慌てて厩へと走った。

公妃はジャン＝ジャックの頭の上から靴の先までしげしげと眺めていたが、正式な謁見ではないから大丈夫だろうと、自身を納得させるように数度頷くと、「王立士官学校の宿舎へ立ち寄るから、暗号解読を纏めた資料を持って来て下さるかしら？」と有無を言わせない口調で告げた。

「こんな時間からどこへ行こうというんだ」

「ヴェルサイユよ。早朝なら謁見を申し込まなくとも国王陛下にお目通りが叶うから、この泥棒騒ぎと暗号を解読した件を今から陛下に報告するわ」公妃の瞳は、他に選択肢は無いと訴えている。

疲労と眩暈で、ジャン＝ジャックは目の前が真っ暗になった。


車輪が大きめの石を弾いたのか、馬車が大きく揺れて、その振動でジャン＝ジャックは覚醒した。既に車内の蠟燭の炎は消えて、蜜蠟の香りだけが仄かに漂っている。

ここ数日の激務が祟って、何度も睡魔に襲われて意識が飛ぶジャン＝ジャックに対し、パンティエーヴル公妃はじっと窓の外を見つめ、考え事をしているようであった。

パリの中心から約二時間はかかる道のりだが、早朝という事もあって七時半にはヴェルサイユ宮殿の〈王の中庭〉に到着した。

パリのパンティエーヴル公妃の館を出立した時分、まだ闇に包まれていたが、馬車を降りた二人の背後には、城門を彩る金色に輝くブルボン家の百合の紋章が、昇る朝日を浴びて鮮やかに映った。

起床の儀は十一時から開始されるので、この時間であれば国王は束の間の自由を満喫している。公妃はジャン＝ジャックを従え、国王の部屋付き侍従長ティエリーに詰問するように迫った。

「陛下はどちらに？」

「国王陛下におかれましては、只今錠前を作成中でございます」

一瞬怯んだ様子を見せた公妃であったが、覚悟を決めたのか「分かりました。今から参ります」と口を一文字に結んだ。

ティエリーは両肩を落としながら、目を伏せた。その顔には深い皺がくっきりと刻まれ、銀髪の鬘の脇からかなり白髪が見えているが、目立たないのがかえって憐れだ。

「どうかパンティエーヴル公妃からも国王陛下に申し上げて下さい。国王が臣民のような所作をなさっていますと、臣民が国王の職務を果たすようになってしまいますぞ！　と」

　侍従長ティエリーの言葉が終わるか終わらぬうちに、公妃はローブの襞を摑んで駆けだした。

　リシャール・ミック（アンジュ・ジャック・ガブリエルの後継者としてルイ十六世の主席建築家になる。「王妃の田舎風の家」は彼の設計）によって、国王のアパルトマン群は複雑に改造されており、〈牡鹿の中庭（国王のアパルトマンに囲まれた空間を指す。角の生えた鹿の頭部が装飾としていくつも飾られていた）〉の周囲に位置している。

　ローブを摑んで先を行く公妃の背後から、ジャン＝ジャックは回廊や迷路のように複雑な廊下、仕舞いには中二階の抜け道を共に小走りで進んでいった。

「よく迷わないな」ジャン＝ジャックは感嘆の声を上げた。

「子どもの頃、兄や弟たちとお城の探検をしていたから迷路は得意よ。一度通った路は忘れないの」

　二階の通路には地図が収納され、地理室には天球儀と地球儀がぎっしりと置かれている。三階には主に木工と轆轤《ろくろ》細工の部屋があり、もう一つの地理室があった。

　さすがに四階まで辿り着く頃には公妃の息は上がり、おまけに前王ルイ十五世の遺産である図書室や、物理関係と化学関係の書物に満たされた小部屋に、ジャン＝ジャックは目を輝かせ、ついふらふらと寄り道しそうな誘惑に駆られた。だが、公妃に引き摺られ、渋々後にすると、ようやく目的地である五階にある国王の錠前製作の部屋に辿り着いた。

衛兵が公妃の姿を認めると、扉を開けた。そこには額に汗して鋼を鍛冶する国王の姿があった。

「お邪魔します、国王陛下。謁見も申し込まず、突然の無礼をお詫びします」

「おお！ いとこ殿」

驚きと同時に笑顔で二人を迎えた国王ルイ十六世とは対照的に、錠前作りの師であるガマンは鷹のような眼差しで邪魔者を一瞥したが、無言のまま一礼すると部屋から立ち去った。

熱した金属を使うためか、室内はまるで真夏のようだ。部屋付きの召使の一人が鞴《ふいご》を使い、もう一人は鉄床《かなとこ》磨きに余念がなかった。

国王は珈琲を届けさせるように命じると、椅子に「どっこらしょ」と言いながら腰を下ろした。

灰色のラシャ布製の上着を脱ぎ、シュミーズにジレを羽織っただけの王は、腰に下げた綿布で額の汗を拭った。錠前に鑢《やすり》をかけていたせいで、爪は真っ黒に汚れている。

王妃は職人じみた国王の趣味を嫌い、宮廷人も公然と馬鹿にしていると聞いた。

先日の閲兵式で騎馬した国王は、威風堂々とした君主ぶりであった。だが、こうした素朴な一面を垣間見せる国王の方が、むしろ親しみやすく好感が持てるとジャン＝ジャックは思った。

そんな彼の視線に気付いたのか、国王は、「確か貴官は……」と記憶を手繰り寄せているのか、黙ってしまった。

ジャン＝ジャックは慌てて起立し、姿勢を正すと敬礼した。

「王立士官学校の教官職を拝命しておりますボーフランシュ大尉と申します。先日の閲兵式でご尊顔を拝しました」その声は緊張を伴い微かに震えた。

「思い出した。あの時の将校であったか」国王は、労うように片手を上げて笑顔を見せると、着席を促した。

「昨日はお義父上のランブイエ公爵が久方ぶりに宮廷へ伺候してくれた。あなたがパリへ移ってからというもの、王女も寂しがっている。もう少し頻繁に宮廷に顔を出しては貰えぬか」

答えに窮した公妃は苦笑いを浮かべたが、助け船を出すかのように近習《きんじゅ》によって香り高い珈琲が運ばれ、卓の上に静かに並べられた。

ジャン＝ジャックがふと視線を移すと、国王の背後に置かれた作業机の上には見覚えのある楽譜が積まれている。彼は目を瞠り、公妃に視線を向けた。

公妃はジャン＝ジャックの視線に気付いたのか、左の口角だけを上げてにやりと笑った。

国王の御前でなければ、降参とばかり額に手を当てて大笑いしていただろう。なるほど、確かにフランスで一番安全な場所だ。ブリュネルの館から押収した楽譜は、国王と共にフランス一手厚く警護されていたのだから。

気持ちを切り替えるように、ジャン＝ジャックが姿勢を正し国王に告げた。

「国王陛下の命により、パンティエーヴル公妃のアパルトマンで殺害されたブリュネルの殺害犯を追っていましたが、本日はそのご報告に上がりました。死んだブリュネルは自宅に幼児の屍骸を隠しており」

その続きは公妃が引き継いだ。「彼は楽譜を使った暗号で、フランス軍の情報をイギリスに流していたと思われます」

二人の話に耳を傾けていた国王の眼差しが、険しさを伴った。

「陛下、これをご覧下さい」

公妃は携えた資料を国王の作業机の上に広げた。そこには、ジャン＝ジャックと共に解読した暗号とその解読文の一覧が書かれている。

国王は奪うように手に取ると、紙面の左から右へと滑るように視線を動かした。

「西インド諸島に展開している我が軍の艦隊の布陣だ。艦載砲の数も合っている。こちらはトゥーロンとブレストに停泊中の艦隊だ」

ジャン＝ジャックは大きく頷いた。

「機密漏洩については疑う余地はないだろう。現に、チェサピーク湾の海戦に勝利したグラース伯爵は、先ごろの西インド諸島の海戦では敗れている」

グラース伯爵麾下艦隊所属だったジャン＝ジャックは、数か月前に齎されたその報に、地団駄を踏んでいた。

「……なるほど、徴税請負人が一人亡くなった事件だと思っていたが、そういう複雑ないきさつがあったのか」

「はい、陛下。ですが、これほどの機密情報を、一介の兵士、もしくは一将校が集めたとはとても考えられません」

公妃の言葉を受けて、国王の表情に険しさが増した。

「大尉といとこ殿は、軍の高官が機密漏洩に関わっていると申すのか？」

「あるいは、陛下や私に近い者が。現に犯人は機密情報が書かれた楽譜を取り戻そうと、私のパリの館に忍び込み、荒らしました」

珈琲に添えられた焼き菓子を手にした国王は、仰天し声を荒らげた。

「は、犯人がいとこ殿の館に押し入ったと申すのか！」

こんな危険な事からは手を引いて、警察に一任すべきだと言い張る国王をどうにか宥めたが、苦悶で歪められた国王の表情は、ずっと動かないまま一点だけを凝視している。

暖炉の上に置かれた金細工時計が刻む規則的な音だけが室内に響き、卓上に届けられた珈琲は、口も付けられぬまま冷めてしまっていた。

「たとえ軍の高官や王冠に近しい者がこの事件に関与していたとしても、あなた方に危険が及ぶのは本意ではない。くれぐれも慎重に事を運んでくれ」と二人を気遣う声だけが重く響いた。

「心得ております。陛下」

二人は深々とお辞儀をすると、国王のもとを後にした。

まだ人気《ひとけ》の無い宮殿の回廊には、二人の靴音だけが響いている。

「おそらく犯人は、楽譜を取り戻すために私たちに接触してくるわ」

ジャン＝ジャックは驚きの視線を向けた。囮に使うのか、公妃は数冊の楽譜を手にしている。

「危険すぎるだろう！　犯人は殺しだって厭わないんだ」

「これしか方法が無いのよ。私はルネに誓ったの。必ず犯人を捕まえて、無念を晴らすからって」

公妃の瞳には揺るぎない意志が宿り、その覚悟が嫌という程ジャン＝ジャックの心に突き刺さった。

一七八二年六月十七日

ヴェルサイユ宮殿
鏡の回廊

パーヴェル大公と大公妃の帰国の日取りも決まり、歓迎式典も終盤を迎えていた。

今宵ヴェルサイユ宮殿の鏡の回廊は仮面舞踏会《バル・マスケ》の会場となり、何万もの燭台が灯され、まるで昼間のような明るさだ。

正式な舞踏会《グラン・バル》の堅苦しさを嫌った大公夫妻の意向を汲み、カヴァレッティやロラン嬢をはじめとする歌やダンス、パントマイムやアクロバットまでもが演じられて、かなり贅沢な趣向になっている。女性たちは豪華な衣装が見えるように、「ショーヴスリ」と呼ばれる最新流行の前開きのドミノを纏い、スパンコールや色玉が塡め込まれた仮面を着けている。

「今宵はエスコート役を引き受けて下さってありがとう」

新作のメヌエットの調べに乗って軽やかに踊るマリー＝アメリーは微笑んだ。新調したドミノの下に、スペイン風のエキゾチックな衣装を纏っている。

「小官こそ、公妃にお声掛け頂き光栄です。てっきり、ボーフランシュ大尉とご一緒なさるとばかり思っておりました」

近衛隊に転属となったル・ブラン少尉は、赤を基調とした豪華な金モールが付いた礼服が惚れ惚れするほど似合っている。絵に描いたような彼の貴公子ぶりには、社交界にデビューしたばかりの初心《うぶ》な娘たちはもとより、妙齢の貴婦人たちもうっとりした眼差しを投げかけている。

その眼差しを心地良さげに受けて微笑む少尉に、マリー＝アメリーも笑顔を返した。

「こういう場所は虫唾が走るほど嫌いだそうよ。警護でもやっている方が落ち着くんでしょう」

「そうだと思っておりました。雅やかな事は苦手な方ですから」

二人は声を立てて笑った。だが、少尉の悪声に反応したのか、隣で踊る出来星らが明らかな渋面を向けてきた。少尉はマリー＝アメリーに余計な気遣いをさせぬ為か、わざと戯《おど》けるように言った。

「士官学校に入学したばかりの頃は、この声を随分からかわれて虐めの的にされたのですが、大尉は全力で守って下さったのです」

高雅な世界は似合わなくとも、大尉らしいエピソードだ。

「ただし、学問においては一切容赦ない方です。物理学の試験前日は、皆、ほぼ徹夜で数式を頭に叩き込んで反復したのに、肝心の大尉が寝坊で遅刻して、校長からこっぴどく叱られていましたよ」

これも大尉らしいエピソードだと、二人は顔を見合わせて笑った。

マリー＝アメリーは今一度、惚れ惚れするほど美しい少尉の顔を見上げた。ボーフランシュ大尉と同様に、ブリュネル殺害事件がきっかけとなり懇意にしているが、彼の出自や生い立ちは何一つ知らなかったのだと改めて気付いた。

「少尉のご出身はどちら？」

「……ブルターニュです」

穏やかな笑みを湛えていた少尉の顔が、一瞬翳りを見せたのは気のせいか。

「まあ、もしやご先祖はアイルランド貴族では？」

「よくお分かりになりましたね、公妃」

「お名前のル・ブラン（Le blanc. 白という意味）は、もともとはホワイトでしょう？」

「ええ。その通りです。訳あってアイルランドからブルターニュへ移り住んだようですが、かなり困窮し苦労したと聞いております」

それだけを言うと、少尉は口を噤んでしまった。ボーフランシュ大尉の教え子で、王立士官学校卒という経歴を踏まえると、裕福で恵まれた出自で無い事だけは明白だ。誰しも触れられたく無い過去の一つや二つ抱えている。

曲はカドリーユへ変わろうとしていた。


ジャン＝ジャックはあくびを堪え、仮面舞踏会の会場を虚ろな眼で追っていた。大体、孔雀のようにごてごてと着飾り、女ならまだしも男までもがくるくる回って何が楽しいのだろうかと心の中で悪態をつきながら。

曲目は国王が唯一踊れるというカドリーユに変わっていた。ロシアのパーヴェル大公は、踊りの輪へ入ろうともせずに〈戦争の間〉辺りで舞踏会を傍観している。

ジャン＝ジャックは鏡の回廊を見渡した。すると、絢爛たる回廊の中心から少し離れたアーチ状の窓枠の陰から、見覚えがある顔が近づいてきた。カヴァレッティの伴奏を担当した初老の男性であった。

「貴官は確か、アマーリア王女のサロンでも見かけたね」

大袈裟な身振り手振りで話す男に、ジャン＝ジャックは狼狽えた。

「ああ、すまない。私はナポリで王女、いやパンティエーヴル公妃や姉君の音楽教師をしていたんだ」

「もしや、ピッチンニ先生ですか？」

音楽指導は勿論のこと、「暗号作成」まで指導したあの音楽家のピッチンニかとジャン＝ジャックは、口元の綻《ほころ》びを禁じえなかった。

「ああ、そうだ。貴官は、パンティエーヴル公妃の護衛なのか？」

「そんなところです。非常に不本意ですが」

「しかし、ブリュネルの件は驚いたよ。死んだとは聞かされていたが、まさかこのヴェルサイユのそれも公妃のアパルトマンでだったとは。おっと、もう王后陛下が退場されるな」

今宵の王妃の衣装は一段と艶やかだ。黄金色に輝くショーヴスリは小さな赤い薔薇と葉で飾られ、フードにも同じ赤い薔薇が隙間なく飾られている。

王妃の脇には公爵夫人に陞爵《しょうしゃく》されたポリニャック夫人ガブリエルと義妹のディアーヌが控えている。

「ウィーンの宮廷はフランスを滅ぼす為に、わざと不出来な娘を送り込んで来たのかとパリ市民は怒っていますよ。いや、それ以上に、王妃の欠点は人を見る目の無さです」

ピッチンニはその辛辣な言葉に苦笑しながら言った。

「陛下の母上の故マリア＝テレージア様は、もともとは王后陛下の姉君で、現ナポリ＝シチリア王妃のマリア＝カロリーナ様をフランスへ嫁がせる心積もりだったとお聞きしている」

ジャン＝ジャックは顎先で、王妃マリー＝アントワネットの両脇に佇む婦人らを指し、吐き出すように言った。

「王妃の左側のポリニャック公爵夫人ガブリエルとその義妹ディアーヌが病巣です。あいつら、何かあったら真っ先に王妃を見捨てて逃げ出す口だ」

「パンティエーヴル公妃は違うのかい？」

不敬とも言える彼の発言を、窘《たしな》めることなく愉快そうにピッチンニは返してきた。

「あいつも昔は頭の中はからっぽの浮ついた阿呆だったが、少しはましになったようです。

少なくともポリニャック家の連中と違って国庫の金を濫用したりはしないし、立場も弁《わきま》えている。それに、王妃から受けた恩は決して忘れない律儀さも持っています」

公妃と王妃、双方の人となりを知っているであろうピッチンニは、ジャン＝ジャックの見解を頷きながら聞いていた。彼は、そうそう、と呟きながら尋ねた。

「ところで、ブリュネルが残した聖書の切れ端だが」

「先生は何かお分かりになられるんですか？　ブリュネルは『申命記』の数枚を握り締めて死んでいました」

ジャン＝ジャックは既にぼろぼろになり、破れかけた「申命記」の切れ端を軍服の隠しから取り出すと、ピッチンニに手渡した。

ピッチンニは「申命記」の切れ端を受け取ると一瞥した。

「なるほどね。思った通りだ。ブリュネルはきっとこれを残したかったんだろう」

ピッチンニが示した箇所を見て、ジャン＝ジャックは驚愕して息をのんだ。だがそんな彼を置き去りに、ピッチンニは言葉を紡いでいく。

「フランス歴代の国王、特にルイ十四世陛下は、カストラートの声は愛されても、臣民が去勢手術を行うことは決して許されなかった」

確かに、著名な歌手たちはヴェルサイユ宮殿に出入りし、歴代の国王から個人的な招待も受けてきたが、フランスだけが他国とは一線を画し、カストラートに対して敵意や侮蔑のこもった態度を取った。

「だから大尉がすぐに分からなかったのは無理もない。私が長年過ごしたナポリはね、カストラートとは切っても切れない歴史があるんだ」

ピッチンニは言った。ナポリの音楽院の歴史は、フランスの王立士官学校同様、貧困に喘ぐ子どもの救済を目的とした慈善活動から始まった。フランスの士官学校が、没落した貴族の子弟の救済を目的としていたのに対し、ナポリの音楽院は、下層階級の孤児や貧しい子どもたちの救済を目的にした。

この音楽院には「去勢者《カストール》」と呼ばれた少年たちも在籍し、やがてナポリはイタリアのカストラートを輩出する都となっていった。

ナポリにはパンティエーヴル公妃の父王が建てた世界初のオペラ劇場サン・カルロ劇場が存在する。八階まである内部には桟敷席が百八十もあり、巨大な王冠が飾られた国王専用の桟敷席で、彼女はファリネッリやカッファレッリら当代を代表するカストラートたちの歌声を聴いて育ったのだと。

「だから、リッカルド・カヴァレッティやブリュネルのような音楽院の卒業生には、この『申命記』の意味はすぐに分かるだろう」

ピッチンニにとっては当たり前のように発せられた一言だったが、ジャン＝ジャックを震撼させるには十分すぎた。

「先生、今ブリュネルはナポリの音楽学校卒だと仰いましたね？　カヴァレッティとブリュネルは知り合いだったのですか？」

「知り合いも何も音楽学校の同期だよ。知らなかったのかい？」

ピッチンニが訝し気な視線を投げたその刹那、ル・ブラン少尉が血相を変えてジャン＝ジャックを捜し、駆け付けた。

「大尉！　大変です」

「どうした！」

「小官が飲み物を取りにいっている隙に、パンティエーヴル公妃のお姿が見えなくなりました！」

少尉は告げた。踊り疲れた公妃と少尉は、控室へと移動した。少尉が飲み物を手に戻ると公妃の姿は既になく、ラージュ伯爵夫人やブルワー嬢たちにも行き先は分からないと。

「なんだと！　何をやっているんだ」ジャン＝ジャックは歯ぎしりしながら地団駄を踏んだ。「とにかく手分けして捜そう」

走り去ろうとする彼の背後から、ピッチンニは慌てて声を掛けた。「ボーフランシュ大尉、くれぐれも気をつけるんだ！」

ジャン＝ジャックは振り返りながら叫んだ。

「ピッチンニ先生、ありがとうございます。お陰で謎が一つ解けました。機会があったらまたお会いしましょう！」

カヴァレッティと初めて対面した日、彼は言った。

「新しい演出家が亡くなられた」と。その言葉は他人行儀で、旧友だとは一切告げなかった。長身の部類であるジャン＝ジャックよりも背が高いカヴァレッティであれば、ブリュネルの刺し傷の角度も説明がつく。それに彼の紋章は……。

だが、今はそれよりも公妃の無事だけを願い、ジャン＝ジャックはヴェルサイユの回廊を駆けた。

ヴェルサイユ宮殿
王室礼拝堂

ラ・フォッス、ジュヴネ、コアペルらによって描かれた父と子と聖霊のヴォートル画に見下ろされ、マリー＝アメリーは一人ヴェルサイユ宮殿内の王室礼拝堂《ラ・シャペル・ロワイヤル》に佇んでいた。

ここで亡き夫パンティエーヴル公と華燭の典をあげてから、十数年もの月日が流れていた。太陽が燦然と輝く遠いナポリから嫁いだマリー＝アメリーは、抱いていた甘い夢が、直ぐに打ち砕かれ儚く散ったことを知った。

絢爛豪華な鏡の回廊とは一線を画し、人気《ひとけ》が消えた夜の礼拝堂は、数か所の灯りだけがほのかに浮かび上がっている。背後には、懐かしい足音と香の匂いが近づいた。振り返らずに、彼女はその主に言葉を掛けた。「あなただったの。……リッカルド」

「どうして私だと？」その声に驚愕の響きは無い。

カヴァレッティは、静かにマリー＝アメリーの隣に並び立った。

「理由は三つ。一つはあなたのパリ到着日よ。あの日は前日からの大雨で道はぬかるみ、馬車と通行人が混乱する中、通行制限の為に一時パリの城門は閉鎖されていた。でも、あなたはその事には何も触れなかった」

一呼吸を置くと、マリー＝アメリーは続けた。

「それに仮にその日に到着していたのなら、馬車の中のあなたはともかく、馭者たちの衣類は泥に塗れた筈なのに、泥はねのついた洗濯ものは一切なかったと洗濯係は言っていたわ」

降参の合図のように、カヴァレッティは両手を軽く上げて微笑んだ。

「もう一つの理由は？」

「私のアパルトマンには龍涎香の香りが残っていた。はじめは、ロズリーヌの衣装の香りだと思ったわ。でも、龍涎香の香りの中に、微かに花の香りが混ざっていたの。ロズリーヌの化粧台に花の香水は無かった。これは……」

「そうだ。以前あなたが私に贈って下さったものだ」

「三つめは、同じ芳香が、荒らされた私のブドワールにも残っていたわ」

「気を付けていたつもりだったが、香りがすっかり染みついていたのだな。お気に入りだから」

「あなたの探しものは、国王陛下の私室へ運びこんだの」

「なるほどね……。泥棒の真似事をしても見つからないはずだ」

「理由はもう一つ追加だ」

背後からの声に、二人は振り返った。そこには、宮殿中を捜し回ったのか息を切らしたボーフランシュ大尉の姿があった。「ブリュネルは『申命記』の切れ端を握り締めて死んでいた。この謎がやっと解けたんだ」彼は軍服の袖で汗を拭い、肩で息をしながら進んで来た。

カヴァレッティはその顔に哀愁と諦めを纏い、静かに言った。

「ブリュネルが残した『申命記』は恐らく二十三章一節が該当するのだろう？　ボーフランシュ大尉。『申命記二十三章　会衆に加わる資格　一節　睾丸のつぶれた者、陰茎を切断されている者は主の会衆に加わることはできない』示しているのは、私たちのような……玉無《オナパドクィーユ》しだ」

――ふん。この「玉無し」が……

シャルトル公爵がカヴァレッティに向けて吐き出した嘲笑の言葉。

いかなる喝采と称賛を浴びながらも、カストラートたちは、人々の根底に深く潜む「差別」や「侮蔑」に常に晒されていたのだ。

「カヴァレッティ、教えてくれ。なぜあんたはブリュネルを刺したんだ」

ジャン＝ジャックの率直な物言いに戸惑いを隠せないカヴァレッティであったが、この二人に誤魔化しはきかないと悟ったのか、歩を進めると祈禱台の前に跪き、祭壇へと視線を移した。

「私とブリュネル……トマと呼んでいたが、私たちはナポリの音楽学校で共に学ぶ学友だった。多少は才能に恵まれた私だったが、元々貴族の生まれだし、音楽家になるつもりも、ましてやカストラートになるつもりも毛頭なかった」

では、なぜ。という言葉をジャン＝ジャックは呑み込んだ。それ以上は踏み込めないものを彼は肌で感じていた。

彼の心情を察したのか、カヴァレッティは苦悶の表情を浮かべながら言った。

「本来トマが受ける筈であった去勢手術を騙されて受けさせられたんだ……」

公妃は息をのんだ。「知らなかったわ……」

「王女、あなたには私の光の部分だけ知っていて欲しかった。滑稽にもほどがあるだろう？　朝食の牛乳に阿片が入れてあり、意識を取り戻したら去勢されていたなんて」

「だから……だからブリュネルを刺したの？」

「あんたのように才能に溢れ、富も名声も手に入れた音楽家が、なぜブリュネル一人に人生を狂わされなければならなかったんだ？」

「楽譜を取り戻す為だった。それ以上にルネとロズリーヌ、あの兄妹を救うためには致し方なかった」

「あなたはロズリーヌとルネを以前からご存じだったの？」公妃は驚きの声を上げた。

「彼女たちを見出したのは私だ。ルネの体の秘密も知っていた。だが、まさかこんな事になるのなら、ウィーンに留まらせておけば良かった」とカヴァレッティの声は震えていた。

「トマは彼の理想の音楽アカデミーを作るのだと夢を語っていたよ。だがそれには莫大な資金がいる。遂には金の為に間諜《かんちょう》にまで成り果てていた。トマは私に仲間に加わらないかと誘いをかけてきた。それがルネたちに今後関わらない条件だと。楽譜は保険の為に預かると」

「あんたのように、王侯貴族に愛されて広い人脈を持ち、頻繁にヨーロッパ中を行き来しているなんて、ブリュネルには理想の共犯者だな」

ジャン＝ジャックの言葉は、カヴァレッティには挑発に聞こえたのか、怪訝な表情を隠そうともせずに彼は答えた。

「興味など微塵も無かった。この体と引き換えに、金も地位も名声も全て手に入ったというのに、この上売国奴に成り下がれと言うのか？」

カヴァレッティは、天使セラフィムの彫刻を見上げ、縋るような眼差しを向けた。

「限界だった。トマを殺すしか私には道が残されていないとこの時悟ったんだ」

「あんたの剣がブリュネルを掠めた瞬間をロズリーヌは目撃し、悲鳴をあげた。そしてその悲鳴を聞いた俺が駆け付け、慌てたあんたは俺の頭を殴った」

あの日、頭を殴られて次第に薄れていく意識。その時包まれたのは彼から匂いたつ香りだったのだ。

「そのとおりだ、ボーフランシュ大尉。あの時は手荒な真似をしてすまなかった。逃げるロズリーヌを追おうとした大尉を引き留めるには、ああするしかなかった。許して欲しい」

真摯な眼差しを向けたカヴァレッティは、深く頭を垂れた。

「だが一つだけ分からない。カヴァレッティ、あんたは俺の目の前で、わざとらしくハンカチに香水を振りかけたが、あの時の香りは違った」

「大尉、それには理由があるのよ」

公妃は言った。香水とは香り立つ順番があり、軽い香りから香っていき、残香性が高い重い香りが最後に顔を出す。また、植物系の香りだけでは残香性が低い為、動物系の香りも併せて調合しているのだと。

「私は麝香や龍涎香といった動物系の香りが苦手だから、薔薇や菫、イリスやジャスミン等の植物系の香りを多めに、動物系の香りは極力少なく調合して貰っているの」

「では、アパルトマンやブドワールの残り香は……」

「同じ花の香りでも、残香性が高い動物系の龍涎香を多く調合して貰った私の香りだ」

そうだったのかと、ジャン＝ジャックの裡で全て合致した瞬間であった。

「警察に引き渡す前に、あんたの剣をこちらで預かる」

カヴァレッティは大きく頷くと、腰から剣を外し、ジャン＝ジャックに手渡した。

カストラートのカヴァレッティが、ナポリ貴族の子息リッカルドだという唯一の証だった。

ジャン＝ジャックは手渡された剣の柄を凝視した。そこには、ヨークの薔薇と同じ、「ロサ・アルバ・フローレ・プレノ」が彫られている。

「あんたの一族の家紋である『薔薇と蔦』だな。ブリュネルが残したRの伝言は、あんたの家紋《Rose》を意味すると思っていた」

鞘から刃を抜いたジャン＝ジャックは、ゆっくりと検分し、「だが、こんな儀礼用の剣では、ブリュネルの脇に傷を付ける事は出来ても、殺すことは無理だな」と安堵の笑顔を返しながら言った。

「ボーフランシュ大尉、何を言っているんだ」カヴァレッティは混乱しているのか、その声音には幾分怒気を孕んでいる。

「では再度訊く。カヴァレッティ、あんたはあの日、公妃のアパルトマンでブリュネルの右脇腹を刺した、いや正確には掠めたと言った方が正しい。左利きのあんたなら、対峙する相手の右半身を狙いやすい。当然の事だ。だが、ブリュネルの死因は左胸部、正しくは左胸部から腹部にかけての刺創による失血死だ」

カヴァレッティがジャン＝ジャックを凝視した。見開かれた瞳は激しく揺れて、突き付けられた事実が、まだ完全には呑み込めないようだ。

公妃が振り返り、礼拝堂の柱の陰に視線を移し手招きをした。

「ロズリーヌ、隠れていないでもう出てきても良いわよ」

ロズリーヌは頰を赤らめ、おずおずとした様子で柱の陰から姿を現した。

「あなたは恩人であるリッカルドを庇った。リッカルドを庇ったあなたをルネが庇ったのね」

ロズリーヌはこくりと頷いた。

「ロズリーヌ、済まない。君たち兄妹を救うつもりが、私自身が庇われて、ルネの命さえも奪ってしまった」

深く頭を垂れたカヴァレッティに近づきながら、ロズリーヌは何度も何度も首を振った。その大きな緑の瞳からは大粒の涙が幾つも零れた。

「カヴァレッティ先生。私と兄さんは先生のお陰で救われたんです。兄は先生に感謝こそすれ、決して恨んだりしていません」

奴隷から解放されてヴェネチアに降り立ったルネとロズリーヌだったが、生きていくのは容易ではなく、時には物乞いをしながら身を寄せ合って雨風に耐え、街角で歌っては僅かな日銭を稼いだ。そんな二人を見出し、舞台に立てるまでに育て上げたのがカヴァレッティであった。

訪れた沈黙を破るように、うっすらと涙を浮かべた公妃がカヴァレッティの隣に進みよると、楽譜を差し出し、彼を見上げた。

「リッカルド。あなたはどの楽譜を取り戻したかったの？」

カヴァレッティは中身を確認すると、迷わず一冊の楽譜を手に取った。

「これだよ」とカヴァレッティは儚く笑った。「これは、システィーナ礼拝堂に伝わる門外不出の曲なんだ。モーツァルトは一度聴いただけで写譜をして、自宅に保管していたが、そんな事とは知らない彼の奥方が、ブリュネルに高値で売りつけてしまった。慌てたモーツァルトは、ブリュネルから取り戻して欲しいと私に泣きついてきたんだよ」楽譜を一枚一枚確かめるように捲りながら、カヴァレッティは事の経緯を告げた。

彼の答えに安堵したのか、零れる涙を拭おうともせず公妃は微笑みを返した。「私も以前聴いた事があるから知っているわ」公妃は声を上げて泣いた。「良かった。あなたはフランスの軍事機密を売り渡した諜報員では無かった。それ以上に人殺しじゃなかった。ブリュネルを殺してはいなかった」

カヴァレッティは戸惑いながら、遠慮がちに公妃の背を撫でた。

それは、ジャン＝ジャックが初めて目にする公妃の涙だった。

一七八二年六月二十日

パリ市街
パンティエーヴル公妃の館

三日後、ジャン＝ジャックは再びパンティエーヴル公妃の館の門を潜った。

館の中からはブルワー嬢が顔を見せて、「公妃様はシャルトル公爵夫人と、パリ・オペラ座のロラン嬢とカヴァレッティの楽屋に差し入れの為に外出中です。まもなく戻られると存じます」と応対してくれた。

ラージュ伯爵夫人は度重なる疲労のためか、風邪をこじらせ寝込んでしまったらしい。

「サロンでお待ち願えますか」

通されたのは左翼と右翼を繋ぐ主翼の大サロンだった。人気《ひとけ》の無いサロンは妙によそよそしい。神妙な面持ちで長椅子に座ってはみたが、すぐに飽きて書棚の本を物色した。だが、ジャン＝ジャックが興味を抱きそうな題名は見つからず、代わりに目を引いたのは壁に飾られた肖像画だった。

ランブイエ公爵、公爵の母であるトゥールルーズ伯爵夫人、パンティエーヴル公と妹のシャルトル公爵夫人、そしてパンティエーヴル公妃マリー＝アメリー。描かれた公妃は、あどけなさと初々しさを持ったまだ十代の少女の姿だが、纏った豪華な衣装とは対照的な淋し気な瞳が印象的だ。

結婚して間もない、幸せの絶頂期であるはずなのに、彼女の夫パンティエーヴル公は既に妻を顧みず、放蕩に耽っていたのだろうか。

ジャン＝ジャックが肖像画の前に佇み想いを巡らしていると、一人の男性が突然サロンに現れた。

「儂の懐中時計を見なかったかね。前王陛下から頂戴したやつだが、ずっと見当たらんのだよ」

この館の主であるランブイエ公爵だろうか。だが彼は、ジャン＝ジャックの存在に気付くと、胡散臭そうな眼差しを向けた。

「貴官は誰だね？」

ジャン＝ジャックは姿勢を正し、慌てて敬礼した。

「ランブイエ公爵閣下、小官はボーフランシュ大尉。陸軍省所属で現在はパリ王立士官学校の教官職を拝命しております」

「ボーフランシュ……では、あのロスバッハの」

「はい」

これまでの年月、幾度この会話を交わしてきた事か。ジャン＝ジャックはランブイエ公爵に気付かれぬよう、小さなため息をついた。

父は、ロスバッハの戦いで戦死したが、その死は一種の伝説めいた愁いを残した。だが母に話題が移ると、目前の人々の顔に侮蔑の色が浮かんだ。

英雄である父と前王の淫売と卑下された母。

だが、ランブイエ公爵は明らかに違っていた。まるでピエタを崇めるかのように、淡いグレーの瞳を潤ませている。

「そうか……貴官がそうであったか」

着席を促されたジャン＝ジャックは、ランブイエ公爵にこれまでの経緯を告げた。ロシアのパーヴェル大公夫妻を招いたオペラ当日、演出家のブリュネルが公妃のアパルトマンで殺害されたこと。それが公妃との出会いであったこと。国王からの命を受けて、二人で捜査に乗り出したこと。

「なるほど。儂がヴェルノンへ療養に出掛けている間にそんな事が起きていたのか」

腕を組んだまま、ジャン＝ジャックの話に耳を傾けていたランブイエ公爵は、立ち上がり、「大尉。待っている間に厨房へ付き合ってくれないかね？」と言うと、大サロンを後にした。

「まあまあ公爵様。もうお起きになってもいいのですか？」

既に晩餐の仕込みに入っていたジャンヌは、二人の登場に驚いた。

「ジャンヌの手料理を食べればすぐに元気になると医者も言っていた」

「またそんな事仰って。ちょっと待ってて下さい。さっき竈に入れたミルリトン（ノルマンディ地方発祥のパイ生地にアーモンドクリームを詰めて粉糖をふって焼いた小さなタルト）がそろそろ焼き上がる頃だから」

ジャンヌがいそいそと竈の様子を見に行った隙に、ランブイエ公爵は調理台に置かれたボウルの中に指先を突っ込むと、白い雪のようなクリームを豪快に舐めた。

「うーん。今日の出来も上々だ。絹のように滑らかでコニャックが良く効いている」

満足そうなその笑顔は、まるで子どものようだとジャン＝ジャックも釣られて微笑んだ。

ランブイエ公爵に勧められ、遠慮がちにクリームを舐めたジャン＝ジャックだったが、ほっぺたが落ちるとはまさにこの感覚だと、思わず二掬い目に指が伸びていた。

三掬い目に行こうと指を伸ばした時、「公爵様、またつまみ食いなさって！　それは今夜の晩餐までお預けですよ」トレイに珈琲と焼きたてのミルリトンを載せて戻って来たジャンヌが、二人を背後から大声で咎めた。

だが、ランブイエ公爵は悪びれもせず、澄ました顔で三掬い目のクリームを舐めた。

「ジャンヌ、この大量の苺《フレーズ》とホイップクリーム《クレーム・シャンティ》は何に姿を変えるのかね？」

（儂の予想ではフレーズ・シャンティに化けると思うがね。嫁は苺に目が無いのだよ。あ、勿論儂もだが）

ランブイエ公爵はジャン＝ジャックに目配せしながら茶目っ気たっぷりに囁いた。

調理台の端では、ジャンヌの弟子にあたる若い料理女が、口を一文字に結んだまま、一心不乱に卵白を泡立てている。

「少しはここの暮らしにも慣れたかね？」

聞けばこの娘は、ヴェルノンの農家から厨房の見習いとして公爵が連れて来たらしい。

「さすがは公爵様のご推薦だけあって、気が利くええ娘ですよ。そろそろメレンゲを拵えてもいい時分だわ」

娘は緊張した面持ちでぎこちないお辞儀をすると、厨房に隣接する貯蔵庫へ菓子の型を取りに向かった。

ランブイエ公爵はジャンヌ手製のミルリトンをひとつ口に運ぶと、満足そうに笑みを浮かべた。

「大尉も遠慮せずに召し上がれ。当家のミルリトンはそこらの物とは格が違う。ストレール（モントルグイユ通りにある老舗の菓子店）に置いても遜色ないほどだ。やはり、ジャンヌをヴェルノンに連れて行かなかった事が一番の後悔だ」

焼きたての菓子を幸せそうな笑顔で頬張るランブイエ公爵は、フランス王族の一員として常に国王に忠実であるが、笑みを浮かべて菓子を頬張るその姿には、隠遁した田舎貴族の風情が漂っている。

「ジャンヌの代わりに料理長をお連れになったと伺っておりますが」

「ああ。お陰で宮廷料理目当ての狩猟仲間が押し寄せて、療養どころでは無かったし、毎日消化不良で散々だった」

「それはお気の毒でしたね」

「大尉、狩猟はやらんのかね」ランブイエ公爵が訊いた。

「銃の腕は悪くないと思います」

「それは結構。今度貴官を儂の城に誘うから、腕前を披露するといい」

「はあ……」

前線において、散々人間を的にはしてきたが、果たして森の中を素早く逃げまわる野生の動物相手にそれが通じるものなのか。それよりも、ジャン＝ジャックは首を傾げつつ、なぜ王族である公爵が、一介の将校にここまで親切で好意的なのか理解しかねていた。

既にランブイエ公爵は、三個目のミルリトンに手を伸ばしつつあった。

咎めようとしたジャンヌが馬の嘶きに気付き、厨房の窓から外を覗いた。

「公妃様がお戻りになりましたよ。公爵様、ここはそろそろ戦場になるので、司令官殿は司令官室へお戻り願います」

「ああ、さすがの司令官も曹長殿には敵わんよ。大尉、我々は退散しよう」

ランブイエ公爵は足取りも軽く、ジャン＝ジャックを伴い厨房を後にした。

「今日は久しぶりに娘のルイーズが、儂に会いに来てくれるんだ。あの嫌味ったらしい婿殿抜きで」

公爵の上機嫌ぶりは、そういった理由なのかと納得した。

だが、ランブイエ公爵は舞曲のステップを踏むかのような足取りをぴたりと止めると、振り返った。その眼差しは真剣だ。

「大尉。嫁は、マリー＝アメリーは気の毒な娘だ。王家に生まれながら、儂の馬鹿息子に嫁いだせいで、孤独な人生しか与えてやれなかった。だが、愚痴の一つも言わずに献身的に当家に仕えてくれている」

ランブイエ公爵から両手を固く握られ、ジャン＝ジャックは「はあ……」と言ったまま答えに窮していた。

「お父様！」

二人の背後から軽やかな声が聞こえたと同時に、大きな羽根飾りが付いた帽子と若草色のローブに身を包んだシャルトル公爵夫人ルイーズが駆け寄り、ランブイエ公爵を抱擁した。また、その隣にはすっかり打ち解けた様子のランブイエ公爵とジャン＝ジャックに、驚きの眼差しを向ける公妃の姿があった。

「大尉、お待たせしてごめんなさい。ルイーズがどうしてもオ・グラン・モゴル（王妃マリー＝アントワネットお抱えのデザイナー、ローズ・ベルタンの店。ベルタンを王妃に紹介したのがシャルトル公爵夫人ルイーズであった）に寄りたいと言い張って、遅くなってしまったの」

公妃はわざとランブイエ公爵にも聞こえるように声高く告げた。

ルイーズは悪戯が見つかった子どものように、ランブイエ公爵を上目遣いで見つめたが、久しぶりの愛娘の訪問に上機嫌の公爵は、「請求書は全て儂に回すようにローズ・ベルタンには伝えておくんだ」と娘の腕を取ると右翼のサロンへと向かった。

公妃は両手を広げて肩を竦めると、義父の親馬鹿ぶりに「やれやれ」といった風情で苦笑した。

「すっかりお待たせしてしまったわね」

「いや、公爵やジャンヌが相手をしてくれていたから大丈夫だ。ところで、ロズリーヌとカヴァレッティはどうしている」

待ち兼ねていたかのように、公妃はピッチンニのオペラの素晴らしさを雄弁に語り出した。「前評判以上に好評で、立見席も毎回完売よ。ロズリーヌの評価も日を追うごとに上がってきているし」

まるで彼女の体を借りて、ルネが甦ったような迫力を感じさせている、とうっすらと涙を浮かべて公妃は告げた。

「リッカルドもあなたに逢いたがっていたわ。一度くらいオペラ座へいらっしゃいよ」

「カヴァレッティが？　冗談だろう。奴は俺の事を毛嫌いしているし、むしろ逢いたくないだろう」

「リッカルドは気難しいし、嫌いな人は徹底的に無視する性分よ。だからこれだけあなたに突っかかるのは、きっと何かしら意識している証よ」

確かに、当代一のカストラート・カヴァレッティの歌声には何度も感銘を受けたが、オペラとなれば話は別だ。桟敷席とはいえ、何時間も拘束される気にはなれなかった。それに楽屋へ出向けばカヴァレッティから皮肉を浴びせられる姿を容易に想像出来、尚更辟易した。

「それはおいおい考えておくよ。それより公妃、新情報だ。ブリュネルが持ちかけた投機話で財産を失った連中の居所が分かった」

「まあ、それで？」公妃が瞳を輝かした。

「一人は既に亡くなっていたが、一人はサン・ジェルマン・アン・レイにいる」

「分かったわ。これから出掛けては夜になってしまうし、明日の朝早く発ちましょう。大尉、お義父様とはすっかり意気投合されたみたいだし、晩餐は召し上がっていかれるでしょう？」

これでランブイエ公爵お薦めのフレーズ・シャンティを堪能出来る。だがその幸運を喜んだと同時に、ジャン＝ジャックは自身の浅ましさを恥じた。

一七八二年六月二十一日

パリ郊外
サン・ジェルマン・アン・レイ城

翌日、二人は馬車に三時間ほど揺られてパリの北西に位置するサン・ジェルマン・アン・レイに到着した。広大なサン・ジェルマンの森を抜け、緩やかな並木道を上った先にはサン・ジェルマン・アン・レイ城が佇んでいる。

「どうした公妃？」

城の中庭で立ち止まり、物思いに耽るマリー＝アメリーをボーフランシュ大尉が振り返って訊いた。

「こんな静かで閑散とした場所なのに、この地を訪れると、なぜかいつも砲弾の音が脳裏を掠めるのよ」

それは、かつてこの城が砦であったからか。あるいは、その人生の大半を領土拡張戦争へと費やしたルイ十四世が生まれ、過ごした城であったからか。ルイ六世によって築城され、ルイ九世によって拡張されたこの城には、聖礼拝堂《サント・シャペル》が備えられている。当時こぞって建てられた大聖堂とは相反する小規模な教会ではあるが、華麗かつ繊細な装飾と花形のような窓を二人は中庭から見上げた。

空は灰色の厚い雲で覆われ、昼間だというのに凍えるほどの寒さだ。背筋にぞくぞくする震えを感じ、二人は城内へと向かった。

ルイ十四世はこの城で生まれ、ヴェルサイユに宮廷を構えるまでに歴代の王が住んだと言われるが、マリー＝アメリーには「ジャコバイト（一六八八年イギリスで起こった名誉革命によって追放されたスチュワート朝ジェームズ二世を支持した人々）」の宮廷という印象が根強かった。

ジェームズ二世がフランスへ亡命すると、ジャコバイトたちも追従した。

翌年の一六八九年に当時の国王ルイ十四世の援助を受けて、ジェームズ二世とジャコバイトはアイルランドへ上陸を試みたがボイン河畔の戦いに敗れた。

その後結ばれたリメリック条約とカトリック信徒排除政策は、アイルランドからのジャコバイトの流出を余儀なくさせた。アイルランドにおいて公職へ就くことや、軍隊内での昇進や土地の購入を禁止され、財産の相続権までも失った彼らに生きる術は無かったからだ。

彼らは大陸ヨーロッパ、特にフランスを目指した。

亡命してきたジェームズ二世とジャコバイトのために、ルイ十四世はサン・ジェルマン・アン・レイ城を提供し、ジェームズ二世はこの城で宮廷を開いた。


既にジャコバイトの子孫たちの多くは城を出て、中は閑散としている。

二人はバルコンに佇み、この城に住むオシールの到着を待った。城のバルコンからは、森に包まれたセーヌ川の流れと遥か彼方にパリの街が見えた。

「お待たせしました。主人は二か月程前まではどうにか歩けるほどは元気だったのですが、最近は食事もままならなくなって……」

二人の背後には、オシールの従僕を長年務めるという老人の姿があった。

サン・ジェルマン・アン・レイ城から北西に位置する施療院に移されたという彼を、馬車で数分足らずのその場所へ、二人は訪れる事にした。

「天気が良かったら、散歩ついでに歩ける距離だったのに残念だな《セ・ドマージュ》」

マリー＝アメリーは大尉の言葉に頷いた。馬車はゆるやかな坂を登る。

彼の言った「残念だな」には、「最近は歩くこともままならない状態なら、ブリュネル殺しは無理だな」の意味合いも含まれているのだろう。

その事については、既にマリー＝アメリーも若干気落ちしていた。犯人の手掛かりを摑んだと思っても、すぐに掌をすり抜けて行ってしまう。だが、彼女は敢えて明るく言った。

「話だけでも伺ってみましょう」

施療院の直ぐ手前で道は二つに分かれ、左は庭園、右は施療院へと続いていた。

〈小修道院《プリウレ》〉と名付けられたその施療院は、白い壁と日当たりの良い明るい病室が、清潔で小綺麗な印象を与えている。

静謐な空気が流れる中、修道女に案内されて二人はオシールの病室へと向かった。元は礼拝堂であった場所に寝台が等間隔に配置され、白い幕で仕切られている。壁には十字架が掛けられ、枕元には聖書一冊だけが置かれていた。

寝台で眠るオシールは、実際の年齢よりも十も二十も年をとって見えた。

修道女が耳元で声を掛けると、彼はゆっくりと眼を開けた。

「ムッシュー・オシール。突然押しかけた無礼をお許し下さい。私はパンティエーヴル公妃マリー＝アメリー。こちらは、ボーフランシュ大尉です」

オシールの顔が驚愕で固まった。

「パンティエーヴル公妃と仰せになられましたね。では、ランブイエ公爵の……」

「ええ、ランブイエ公爵は義理の父です」

オシールの声は驚きと喜びで震えている。ランブイエ公爵の父であるトゥールーズ伯爵はルイ十四世とモンテスパン侯爵夫人の子であり、この施療院はモンテスパン侯爵夫人が設立した歴史を持っていた。

「ルイ十四世陛下の御子孫が、私を見舞って下さるとは」

眼にうっすらと涙を浮かべたオシールは、起き上がろうと上半身に力を入れた。

「どうぞ楽な姿勢で」二人は慌ててオシールを止めた。

「徴税請負人のブリュネル、トマ・ブリュネルをご存じですね」大尉が訊いた。

「はい。勿論存じております。悔やんでも悔やみきれない、私の人生最大の過ちがブリュネルです。奴の甘言に乗らなければ、私ももっとまともな余生を送れたはず」

僅かな財産を全て失ったオシールは、妻にも去られ、彼のもとに残ったのは、老従僕ただ一人だった。

「ブリュネルは殺されました」マリー＝アメリーは告げた。

俄には信じ難いといった表情で、オシールはマリー＝アメリーを凝視した。そしてゆっくりと言葉を発した。

「ブリュネルが死んだというのは本当ですか？」

「間違いありません。私たちは彼の殺害現場に偶然居合わせたからです」

大尉の言葉に、マリー＝アメリーも頷いた。

「あの男が死んだ……」彼はその事実を確認するように呟いた。

「教えて頂けますか。あなたとブリュネルの間に起こったことを」

オシールは頷いた。「私の先祖はアイルランド貴族で、ご存じだと思うがジェームズ二世陛下を支持して共にフランスに亡命しました」

オシール家は元々軍人の家系で、亡命後に最初に上陸したブルターニュで商売を始めた者もいれば、彼のように軍人として国王を守護する者もいた。

「今の治世下において、私らは鼻つまみ者だし年金も僅かです。知り合いから必ず儲かるからと言われて、ブリュネルの投機に手を出したのです」

オシールは妻の反対をよそに、残された僅かな資産を全て投機に充てることで、一攫千金に賭けた。

「あの時、取引には若い男も一人同席していました。年齢はこちらの将校ぐらいか……いや、もう少し上だったかな」オシールは記憶の糸を手繰り寄せる。

「名前を覚えてはいらっしゃいませんか？　それか、どんな些細なことでも良いのです」

マリー＝アメリーは懇願した。少しでも事件解決の糸口になればと。

「一度会っただけですから……。そうだ。当時はパリ住まいだったが出身はトゥールーズだと。息子の名前がセルナンと言っていましたから」

聖セルナンはトゥールーズの守護聖人で、この名前は所縁が深い。

「他に覚えていらっしゃることはありませんか？」大尉が詰め寄った。

オシールは暫く黙り込んでしまったが、二人は辛抱強く待った。

すると彼は、「息子はパリ・ノートル＝ダム大聖堂の少年聖歌隊のメンバーだと言っていました。歌が上手い上に賢くて自慢の息子だと」と眼を輝かせながら言った。

マリー＝アメリーと大尉は思わず手を取り合って歓喜の声を上げた。すぐさま、修道女に咎められたが、興奮を抑えきれず頰が紅潮した。少年聖歌隊のメンバーであれば、名簿が現存している。パトロンであるマリー＝アメリーなら閲覧することも容易だ。

「貴重な話を聞かせて下さりありがとう、ムッシュー・オシール」

二人は何度もオシールの手を握り締め、感謝の言葉を伝えた。

サン・ジェルマン・アン・レイは、パリ郊外であっても朝晩はかなり冷え込む。暖かい寝具や寝間着、滋養のある食べ物を届けさせるとの申し出を、オシールは丁重に断った。

だがマリー＝アメリーは引き下がらなかった。何ならば受け取って貰えるのかと。

根負けしたオシールは苦笑いを浮かべ、「では、私からお二人に一つだけお願いがあるのですが」と遠慮がちに言った。

「何なりと仰せ付け下さい」

二人は大きく頷き彼の言葉を待った。

「家名《ノム・ド・ファミーユ》ではなく名前で呼んで欲しいのです。私はオシールの家名は汚してしまいましたが、アイルランド貴族の末裔としての誇りは最期まで捨てたくは無いのです。私の名は……パ、ト、リ、ッ、クです」

彼はアイルランド人なら誰でも知るこの名を口にした。Pから始まる名前ではあったが、彼は事件には無関係だった。

パトリック・オシールは、どうしてもと言い張り、大尉と修道女らの肩に支えられて二人を戸口まで見送った。眼は窪み、肉がすっかり削げ落ちて骨と皮だけになったオシールの姿に、マリー＝アメリーの胸は張り裂けそうになった。

それでもオシールは、笑顔で二人の馬車を見送った。

「さようなら、パトリック。今日はありがとう」

二人もパトリック・オシールの姿が見えなくなるまで、馬車の窓から身を乗り出して手を振り続けた。

パリ市街

ノートル＝ダム大聖堂

パリに戻った二人は、そのままパリ・ノートル＝ダム大聖堂へと向かった。

聖アンナのポルタイユから入ると、薄暗い大聖堂の中には蠟燭が灯されて厳かなミサが行われていた。

側廊を通り過ぎて南のバラ窓の下で佇んでいると、二人に気付いた聖職者の一人が、手燭を片手に案内してくれた。大聖堂内の身廊から内陣に向かって柱が連なる様子は、まるで深い森のようだが、宝物殿へ続く狭い入口を潜る前に、マリー＝アメリーは食い入るようにピエタを見つめた。その眼差しには、祈りにも似た想いが込められていた。

大聖堂の書庫は聖遺物が納められた宝物殿の地下に設けられている。

二人はうっすらと黴の臭いが漂う薄暗い書庫で、当時の名簿を捜した。だが、書庫といっても名簿だけが置かれているのではない。修道士たちが記した貴重な記録も埃と共に保存されている。

「これが十年前の聖歌隊の名簿よ」

ようやく捜し出した名簿を、マリー＝アメリーが書庫の棚から抜き取った。

「念の為に二、三年前後の名簿も確認しよう」

抜き取った名簿の両脇から、大尉が名簿を引き出した。同時に大量の埃が宙を舞い、二人はごほごほと咳き込んだ。

書庫の隅に置かれた机に名簿を運んだ二人は、注意深く捲っていった。

「当時父親の年齢が三十歳代なら今は死んだブリュネルと同年代か。息子が十歳前後なら、今は二十歳前後。どちらにしても犯行は可能な年齢だな」

地下にある書庫の中は寒さを増していく。大尉は冷たくなった指先に、温かい息を吹きかけた。

「これだわ！」マリー＝アメリーが声をあげた。

そこには、ルネ・ロランとセルナン・ブノワの名が記されていた。そして彼らの活動報告書には、彼女と亡き夫パンティエーヴル公との結婚式の日付があった。

「なぜ今まで思い出さなかったのかしら。このセルナンも私の結婚式で歌ってくれた少年聖歌隊のメンバーだったのよ」

懐かしさにマリー＝アメリーは震えた。こんな大事な事をなぜもっと早く思い出さなかったのかと。だがそうなると、このセルナンこそがブリュネルを殺した真犯人なのか。おまけに、セルナンの家名はBで始まる「Benoit《ブノワ》」だ。

「残念だな、公妃」

乾いた声が書庫に小さく響いた。大尉はリストに掲載されているセルナンの名の横を指で弾いた。

「こいつは既に死亡している」

大尉は手燭を持ち直し、名簿の一箇所に光を当てた。そこには、彼の父親の死亡日と葬儀の日付に加えて彼自身が事故死した日付が記載されていた。

「父親の葬儀から約二か月後にロッシュ近くの街道で事故に遭い、聖トゥルス教会の施療院で手当てを受けたが助からなかったらしい」

これでブリュネル殺害に繋がる糸が切れてしまった。

第4章　神よ、我を憐れみたまえ　Miserere mei, Deus

一七八二年六月二十五日

ランブイエ公爵領内
ランブイエ城

フランス式庭園と六つの小島が浮かぶ広大な運河に囲まれたランブイエの城は、ヴェルサイユとシャルトルの中程に位置している。隣接する森には多くの猪や鹿が生息し、古くから王族や貴族の狩場として人気が高く、国王ルイ十六世のお気に入りの狩場でもあった。

十四世紀に砦として築城されたが、ルイ十四世はモンテスパン侯爵夫人との間の子であるトゥールーズ伯爵にこの城を買い与え、伯爵とその息子であるランブイエ公爵が増築を重ね、庭園を整備し景観を保っている。城内は豪華な装飾が施され、大理石の間には歴代の城主と招待客の戦利品である狩りの獲物が飾られ、ヴェルサイユ宮殿とは比較にならずとも趣味の深さは城の隅々まで行き渡っていた。

熱気球のデモンストレーションが翌日に迫り、ランブイエ公爵とマリー＝アメリー、そして招かれたボーフランシュ大尉やル・ブラン少尉らは、ランブイエ城に赴いていた。

パリ・オペラ座ではルソーの『村の占い師』が上演され、ロズリーヌは再び可憐なヒロインを演じた。また、ピッチンニのオペラ『トリードのイフィジェニー』では、月の女神ディアーヌを演じたカヴァレッティとも互角に歌い上げ、大成功を収めていた。

興奮も冷めやらぬ楽日の翌日、カヴァレッティとロズリーヌもランブイエ城のマリー＝アメリーのもとを訪れていた。評判を聞きつけたウィーンの宮廷によって、ロズリーヌは正式に招聘されてパリを離れるからだ。

来客たちで賑わう大サロンを避けて、マリー＝アメリーは彼らを城内の礼拝堂へと誘った。

城の円錐型の塔はルネサンス期の面影を残しつつ、内部はその構造を生かし、小さな祭壇と磔刑像を設えただけの簡素な内装だが、天井から差し込む陽光が、金糸のように降り注いでいた。

「あなたの活躍は喜ばしい限りだけれど、淋しくなるわね」

「私の生きる場所は舞台上だと、きっと亡くなった兄も私が歌い続けることを望んでいると、そう思います」

　今や押しも押されもせぬ歌姫へと成長したロズリーヌの傍で、ラージュ伯爵夫人は泣き通しであった。夫に先立たれ、幼い我が子を亡くした伯爵夫人にとって、ロズリーヌは娘のような存在になっていたのだ。

「公妃様、あれから何度も考えたのですが、兄はもしかしてブリュネルを殺した犯人を知っていて、自ら罪を被ったのではないでしょうか」

　想像すらしなかったロズリーヌの告白に驚きを隠せず、マリー＝アメリーの唇は震えた。

「誰か心当たりはある？」

　その問いに、ロズリーヌは無言で首を振った。だが、「でも」と前置きし「ブリュネルが演出家に就任する前の事でした。あれは……」

　風邪をひいたロズリーヌに代わり、舞台を務めたある日、余程嬉しい事があったのか上機嫌で帰って来たルネ。その日を境に、かつて無い程歌の稽古にも励むようになった。

「それからは、最低でも週一回は舞台に立つ日を入れるようになって、兄の歌声は、まるで恋でもしているような艶っぽさだといつも揶揄《からか》われていたのです」

「恋……。思い当たる人はいる？」

「生憎ですが、全く……。何度か兄にも尋ねたのですが、その度に笑ってはぐらかされました」

礼拝堂の天井窓から差し込む柔らかな光を浴びる公妃とロズリーヌを眩しそうに見つめながら、カヴァレッティはジャン＝ジャックとル・ブラン少尉に告げた。

「私はこれからロズリーヌをウィーンへ送り届けた後、スペインへ向かい王女のお父上のカルロス三世陛下に仕えて、いずれはスペインに骨を埋めるつもりだ」

「引退するには早すぎるじゃないか」

音楽をこよなく愛するル・ブラン少尉も驚きを隠せない。

「地位も名声も金も有り余るほど手にいれた。私の声を必要とされる方を御慰めする、こんな余生もありだよ」

友を騙して去勢させた罪は決して許される事ではないが、ブリュネルは自身の才能の限界を誰よりも悟っていたのだろう。それと同時に、カヴァレッティの溢れる才能を誰よりも早く見抜き、認めていた。

「本当に欲しいものは、決して手に入らなかったが……」

ジャン＝ジャックは気付いていた。公妃に向けるカヴァレッティの眼差しの熱さが、幼馴染の垣根を越えたものである事に。

カヴァレッティは真摯な眼差しをジャン＝ジャックに向けると、想いを託すかのように彼の両手を固く握り締めた。

「口惜しいが、王女のことをこれからも頼んだよ」

「俺はただのお守りだと伝えた筈だ。事件が解決すればそこで任務終了だ」

カヴァレッティは大袈裟に両手を広げて肩を竦めると、苦笑した。

「王女がいなくなったと知らされた時、血相を変えて飛び出して行ったそうじゃないか。ピッチンニ先生から聞いたよ。吟遊詩人も顔負けの、なかなかの騎士道ぶりだったとね」

全てお見通しだ、と言わんばかりのカヴァレッティの視線に慌てるジャン＝ジャックを、そうとは知らない公妃の声が遮った。

「そうそう、リッカルド。ウィーンでモーツァルトに伝えて頂戴。パリにいらして下さる日を待ち侘びていると。いらして下さった際には、最高のおもてなしをするからと」

「勿論、必ずお伝えしますよ。無事に楽譜も取り戻せましたし、モーツァルトも恩人である王女の誘いを無下には出来ないでしょうから」

「モーツァルトが是が非でも取り戻したかった楽譜って、どんな曲なんだ」

思わず漏れた言葉に、ジャン＝ジャック自身が戸惑いを隠せず、そんな彼の様子に愉快気な視線を向けながら、公妃も急かした。

「システィーナ礼拝堂の歌手アッレーグリが作曲した『神よ、我を憐れみたまえ《ミゼレーレ・メイ・デウス》』よ。リッカルド、私も久方ぶりに聴きたいわ」

この曲は聖週間（キリストの受難と死とを偲び、復活祭への準備として罪を反省する、キリスト復活祭前の日曜日から復活日の前日までの一週間をいう）の聖水曜日から聖金曜日にかけて、毎夜救世主の受難を記念する儀式が終わった後で、礼拝堂内の全ての灯りを消して、教皇と枢機卿が祭壇の前に額衝《ぬかず》いたところで歌われた。

歌詞は詩篇第五十篇（日本語聖書の第五十一篇）をそのまま用いたもので、罪を悔い改めた人の心を慰める祈りの歌だ。写譜してシスティーナ礼拝堂の外に持ち出す行為は、カトリック教会から「破門」という形で処罰された。モーツァルトが慄いたのも無理は無かった。

カヴァレッティは困惑しながらも手元の楽譜を広げ、モーツァルトの自筆をそっと撫でた。

「この曲は第二十節を除く偶数番目の節を単旋律《モノフォニー》で、奇数番目の節は多声音楽《ポリフォニー》で作られているので、本来ならば全声部の合唱をお聴かせしたいのですが」遠慮がちに言いながら、「皆さんの前でご披露する、これが私の最後の歌になるでしょう」感慨深げにゆっくりと礼拝堂内を見渡すと、祭壇前へと歩を進めた。

万感の想いを込めて、カヴァレッティが第一声を唇に乗せた。

神よ　我を憐れみたまえ
御慈しみをもって　深い御憐れみをもって　背きの罪を拭いたまえ
我が咎をことごとく洗い　罪より清めたまえ

厳かな声音に、ジャン＝ジャックの隣に佇んでいたル・ブラン少尉は、目頭を押さえている。

ダビデ王がこの詩篇第五十篇を書いた当時、彼は神に対して犯した罪の重さを知っていた。そして、神の傍に行く資格が無い事も認めていた。ゆえに、赦しを請い、罪を清めてくれる慈悲を求めたのだ。

歌詞が第十五節に差し掛かる頃、差し込む陽の光を受けて祭壇が黄金色に染まった。背後からカヴァレッティを見下ろす磔刑像のキリストも、限りなく優しい光に包まれている。

幻想的な世界に酔いしれながら、これだけは確かだとジャン＝ジャックは思った。

天上に神の王国があるならば、鳴り響く音色は、リッカルド・カヴァレッティの歌声であろうと。

一七八二年六月二十六日

ランブイエ公爵領内
ランブイエ城　庭園

翌日、晴れ渡ったランブイエの空の下、城の庭園では大勢の見物客や野次馬が集まる中、熱気球のデモンストレーションの準備が着々と進められていた。

本日の主役は、モンゴルフィエ兄弟であった。今日のデモンストレーションが上手くいけば、フランス一、二を争う資産家ランブイエ公爵が気球の開発資金を援助する手筈になっている。

そして、もう一方の主役は、シャルトル公爵夫人ルイーズの子どもたちであった。十歳になる長男のルイ＝フィリップ（後のフランス国王ルイ＝フィリップ一世）は、ランブイエ公爵の隣に座り、今から始まる科学的快挙の行方をじっと見守っている。次男のアントワーヌ＝フィリップ（後のモンパンシエ公爵）と長女のルイーズ＝マリー＝アデライードは、既に退屈したのか見物客たちの間を縦横無尽にすり抜けながら、庭園を駆け回っている。彼らの後ろからは、世話係の老婦人たちが息を切らしながら追い掛けていた。

見物客の中には、気球の吊り籠に乗る大役を仰せつかった子豚を提供したピエールとエミリー夫妻、彼らの娘たちとその亭主たち、そしてエミールの姿もあった。

ピエールとエミリー夫妻は、ボーフランシュ大尉やラヴォワジェ夫妻と談笑するマリー＝アメリーの姿を見つけると、急いで駆け寄った。

「公妃様」二人はマリー＝アメリーの前で恭しく跪いた。

「まあ！　今日はいらして下さったのですね」色鮮やかな乗馬服を着たマリー＝アメリーもにこやかに笑みを返した。

「はい。私らの孫の代母にもなって頂き、そのお礼も申し上げたくて」

テレーズと名付けられた赤子は、エミリーの腕の中ですやすやと眠っている。

「エミール、あなたには悲しい思いをさせてしまったわね」

エミールの目線まで膝を折ると、マリー＝アメリーはその小さな手を握り締めた。

雪のような真っ白な手で握られ、綺麗な水色の瞳で見つめられたエミールは、顔を真っ赤に染めて俯いてしまった。

「本当に気の毒な事件でした。獣に食い散らされて見つかるなんて」

ピエールはつらそうに言った。あの時の悪夢のような光景は、大きな傷痕となって彼らの裡にも刻み込まれているのだ。平和な日常が壊されたことへの慰めの意味で、マリー＝アメリーは彼らの初孫の代母を快諾した。

ピエール一家は、深々と何度も頭を下げると見物人の中へと進んでいった。

彼らの背中を見送ったマリー＝アメリーは、隣に立つ大尉の耳元で囁いた。

「あのエミールが、ランブイエの森でアンリの遺体を見つけたのよ。森で遊ぶ約束を交わしていたエミールは、今でも自分のせいだと思っているわ」

年端も行かぬ幼子が背負うには、あまりにも重すぎる十字架だ。大尉はやるせなさからか、大きく首を振っていた。

見物人の一人が大声で叫んだ。

「そろそろ始まるぞ」

庭園のほぼ中央には、鉄と銅で作られた巨大な火鉢のような入れ物が置かれ、中では赤々と火が燃やされて煙と炎を噴き出している。

モンゴルフィエ兄弟は、丈夫な樫の木製の足場に登り、防火用のニスを塗ったタフタ製の気球にはめられた真鍮製の金具を持ち、熱された空気に慎重に近づけた。

気球はゆっくりと膨らんでいく。その動きに合わせて見物人たちは歓声をあげた。

普段はお仕着せ姿のランブイエ城の召使たちも、今日は汗だくになりながら鞴を使って火鉢の火を燃え上がらせ、気球の下部に付けられた太縄を六人掛かりで引いていた。

気球は大きく膨らみ、その全容を披露した。全体は空色で、金色の花模様、黄道十二星座の印と太陽が鮮やかに描かれている。

風に揺れてゆらゆらと動く気球を、召使たちは太縄にしがみついて飛ばされまいとしていた。

ランブイエ城の庭園は、噂を聞きつけた見物人で溢れかえり、興奮でどよめいていた。球形に膨張した気球は地面から数トワーズ浮き上がったが、吊り籠を付けて飛ばすにはまだまだ心許無い。鞴の係は四人に増やされた。

太縄を握る召使たちの掌が真っ赤になり、うっすらと血が滲んだ頃、ようやく火鉢の火が止められた。

これからは時間との戦いだ。熱い空気が冷えてしまえば気球は萎《しぼ》んでしまう。気球の下部には急いで吊り籠が取り付けられた。

召使の一人が、子豚を片手に吊り籠に架けられた縄梯子を上った。吊り籠に残された子豚は、自分の未来を悲観したのか大きな声で鳴いた。続いて、この城で飼われているアヒルと鶏と羊が乗せられた。

これは単なる見世物ショーではなく、科学的に意義あることだった。つまりは生きている動物が空の旅に耐えられるかの実験であり、もし成功すれば人間が乗れるという証明にもなるからだ。

「準備が完了した。太縄を放せ！」

モンゴルフィエ兄弟の掛け声と共に一斉に太縄は放され、見物人の歓声に包まれながら動物たちを乗せた気球は空に昇っていった。

気球の行方を見届ける為に馬に跨《また》がったマリー＝アメリーやボーフランシュ大尉、モンゴルフィエ兄弟の後を追って、普段は物静かな甥《ルイ・フィリップ》っ子が声を張りあげた。

「伯母様！　僕も乗せて下さい！」

その声を聞いた大尉が馬を引き返すと、ルイ＝フィリップを自身の前方に跨がらせた。

「振り落とされないように、しっかり摑まっていろよ」

彼らは馬に鞭打ちながら、上空の気球を追った。風が頬や額に容赦なく突き刺さる。だが、頬は高揚感と湧き上がる感動で赤く染まっていた。

初めて動物を乗せて飛行した気球は、ランブイエの森の端に無事落下していた。動物たちも羽を折った鶏以外は、全て無傷だった。

「王の間」と呼ばれるランブイエ城の大食堂に入ると、子どもたちの歓声があがった。

ランブイエ公爵が王室御用達の老舗ストレールにも負けないと太鼓判を押す、ジャンヌの手作り菓子の数々がテーブルの上を占領していたからだ。

本日の目玉は、何と言っても特大サイズの「王様のケーキ《ガトー・デ・ロワ》」だ。

ジャンヌ作のそれは、折り込みパイ生地《パート・フィユテ》にアーモンドクリーム《クレーム・ダマンド》とカスタードクリーム《クレーム・パティシエール》、そしてフェーヴ（陶製の小さな人形。フェーヴが当たった人は王冠を被り、皆の祝福を受ける）を入れて焼き上げたシンプルなものだ。

キリスト教の伝統では、一月六日の公現祭にガトー・デ・ロワを食べるのが習わしだが、ランブイエ公爵称するところの「嫌味な婿殿」の画策で、新年から半年近くも孫たちと会う機会に恵まれなかったのだ。

久しぶりに愛娘と孫たちに囲まれたランブイエ公爵は上機嫌だった。

「高等法院は四十年前にパリでガトー・デ・ロワを食することを禁じたが、ここはパリではない、ランブイエだ。皆、存分に楽しんでくれ」

フェーヴは、ルイ＝フィリップに取り分けられたガトーに入っていた。ジャンヌお手製の紙の冠を被ったルイ＝フィリップは、中々堂々としていると祖父から褒められ、満更でも無さそうな顔で、ガトーを口いっぱいに頬張っていた。

　今日の動物飛行の成功によって、モンゴルフィエ兄弟はランブイエ公爵の出資を受けることになった。だが、まだほんの出発地点に立ったに過ぎない。彼らの目標はあくまで有人飛行であり、それに耐え得る気球の設計だ。

　また、ラヴォワジェは、いずれは熱した空気ではなく、もっと軽いガスを入れる必要性をランブイエ公爵やモンゴルフィエ兄弟を前に力説していた。

　ジャン＝ジャックはまだ興奮冷めやらぬ客の熱気を逃れ、一人離れて開け放たれたテラスから運河を眺めていた。背後から、菓子の甘い香りと共に嗅ぎ慣れた花畑の香りが近づいて来た。

「シャンパンのお代わりはいかが？」

「ああ、遠慮なく頂くよ」

　公妃がお仕着せ姿の召使を呼び止め、盆の上に置かれたシャンパングラスを彼に手渡した。

「ジャンヌご自慢のガトー・デ・ロワの味はいかがだったかしら？」

「最高だよ。もう何年も食べた記憶が無いが」

正確には、殆ど食べた記憶がジャン＝ジャックには無かった。清貧を重んじる修道院では、公現祭のミサの後に形ばかりの菓子が出されるだけで、家族や招待客を囲んでフェーヴを探し、冠を被って祝福されるような心温まるエピソードは皆無だ。

ジャンヌの料理と高級ワインが目当てと言いながら、公妃の招待を断らない理由は、彼が持ち得なかった家族や友人たちとの穏やかな語らいがここにはあるからだ。

「ご覧になって。ほら、あそこの小屋は私のためにお義父様が作って下さったのよ」

公妃は、水辺に佇む小さな藁葺き小屋を指し示した。

「ああ。農家の離れのような小屋だな」

「次回はあちらにもご招待するわ。牛の乳搾りを覚えて、フロマージュ作りにも挑戦するから」

沈む夕陽を受けて輝く運河を、公妃は目を細めて見つめている。

ジャン＝ジャックも彼女の視線を追った。〈水の庭園〉と呼ばれる広大な運河の先は、まるで空へと繋がっているようだ。

「ロズリーヌとリッカルドが発つ前には犯人を見つけたかったけれど、叶わなかったわね」

三日後には王室礼拝堂でミサが執り行われたのち、パーヴェル大公夫妻も国王ルイ十六世の御前にて謝辞を述べ帰国の途につく。

ブリュネルが握り締めていた「申命記」の謎は解けた。だが、彼がなぜ「聖マタイ」の絵画に血の伝言を残し、絵画の前で事切れていたのかは未だ謎のままだ。

「そういえば、ロズリーヌが妙なことを言っていたわ」

「妙なこと？」

昨日、別れの挨拶に訪れたロズリーヌとの会話を公妃は告げた。

「オペラ座の歌手とか踊り子たちは無論のこと、出入りの花屋にもルネと恋仲になるような娘は、思い当たらないそうなのよ」

テラスの手摺にもたれかかり、沈む太陽の光を背に受けながら、ジャン＝ジャックは黙って耳を傾けていたが、「ルネの相手がなぜ女だと決めつける。奴は両性具有者で、男として洗礼を受けたらしいが、好きになるのが女とは限らないじゃないか」と彼としては至極当然の事だと返した。だが、彼の見解は予想外だったのか、公妃は水色の瞳を見開き、視線を向けたまま硬直して動かない。

「迂闊だったわ……」

カトリック王国の王の娘に生まれ、カトリック王国の王族に嫁いだ公妃には、教会が禁じる同性愛など視野に無かったのだろう。驚愕した様子で何やら考え込んでしまったが、はっとした表情と同時に疑いの眼差しをジャン＝ジャックに向けてきた。

その眼差しの意味に気付き、「お、俺はずっと修道院や寄宿学校にいたから、そんな輩も知っているだけだ」とジャン＝ジャックは上擦った声を上げた。

尚も疑り深い眼差しを向け続ける公妃を遮るように、ジャン＝ジャックはきっぱりと告げた。

「俺はもう一度『申命記』とブリュネルが残した伝言を調べてみる。見落としている何かが隠されている筈だ」

一七八二年六月二十八日

パリ市街
聖ジュヌヴィエーヴ修道院　図書館

「パングレ先生、ご無沙汰しています。国際天文会議からのお戻りをお待ちしていました」

書物と格闘していた恰幅のよい一人の修道士が、ジャン＝ジャックの声に顔を上げた。ずり落ちた眼鏡を上げ、声の主の顔にじっと見入っていたが、かつての教え子だと気付くと同時に破顔した。

「ジャン＝ジャックじゃないか。最近よく来ているらしいが、今日はどうした」と言いながら、教え子との久方ぶりの再会の喜びを、力強い抱擁で表した。

アレクサンドル・パングレは、天文学者かつ神学者であり、この聖ジュヌヴィエーヴ修道院に併設された図書館の司書を経て、パリ大学の総長にもなったフランスアカデミー界の重鎮だ。この修道院に天文台を設置し、七十歳を越えた今でも天体観測を続けている。

「実は……」ジャン＝ジャックは、これまでの経緯を簡潔に告げた。

パリ・オペラ座の演出家であり、徴税請負人のブリュネルが、ヴェルサイユの王族のアパルトマンで何者かに刺殺された。「申命記」の切れ端を握り締め、「聖マタイ」が描かれた絵画の前で絶命していた、と。

ジャン＝ジャックは既にぼろぼろになった「申命記」の切れ端を上着の隠しから取り出し、教授の机上に置いた。

教授は、ジャン＝ジャックが差し出した「申命記」の切れ端を、使い古した虫眼鏡で穴が開くほど観察し、「これは……ベネディクト会が発行している聖書だな」と平然と言った。

「そんな事が分かるんですか！」

彼の知見の深さは知り尽くしているつもりであったジャン＝ジャックでも、つい驚嘆の声を上げてしまった。

「当たり前だ。司書を見縊《みくび》るな。少し待っていろ」と告げた教授は、「どっこらしょ」と掛け声と共に立ち上がり、大きな体を揺らしながら図書館の一画にある扉の奥へと入って行った。

教授を待つ間、ジャン＝ジャックは図書館の天井を見上げた。古書と黴が混ざった懐かしい香りに、つい頬が緩んでしまう。ここは子ども時代の想い出がいっぱい詰まった場所だ。

暫くして、教授は奥の書架から数冊の本を抱え、戻って来た。ジャン＝ジャックは慌てて駆け寄り、代わりに運んだが、隣に並ぶ教授の背が随分と小さくなったように見え、胸が締め付けられた。

教授は椅子に腰掛け、休憩とばかりに大きな息を吐いた。

「例えば……これなんか見覚えがあるだろう」書架から持ち出した一冊の聖書を、ジャン＝ジャックの前に置いた。

「これは俺も持っています。ラ・フレーシュ幼年学校時代のものだ」

「そうだ。あそこはかつてイエズス会が運営していたコレージュだったが、イエズス会追放後は、キリスト教教義会が運営しているからな」

聖書の発行元から犯人に繋がるかもと、ジャン＝ジャックは尋ねた。

「有名なベネディクト会の教会か、修道院をご存じ無いですか」

教授は拳を顎にあて、暫く思案していたが、「そうだな……。例えばかつてお前が在籍したような幼年学校だと、ティロンとかポンルヴォワがある。南仏だとソレーズの幼年学校とか聖セルナン教会が有名だ」と答えてくれた。

「聖……セルナン」

その言葉に、ジャン＝ジャックは看過出来ないものを感じた。

「パングレ先生、ブリュネルはこの『申命記』の切れ端を握り締め、『聖マタイ』の絵画の前で死んでいました。音楽家のピッチンニ先生やカストラートのカヴァレッティのおかげで、『申命記』は去勢者を指している事が分かりました。だが、『聖マタイ』についてはお手上げです。何度も院長先生の説教に通っていますが、俺にはさっぱり分かりません」

「ふむ。聖マタイね。マタイ……マタイ……」呪文のように呟きながら、教授は古い文献を広げて虫眼鏡で字面を追った。

『聖マタイ』の絵画ですが、本来はコンタレッリ礼拝堂の主祭壇を飾る予定が、俗物的な表現が過ぎて、教会が受け取りを拒否した経緯があります。おまけにブリュネルはその絵画の右下に、血の伝言を残して絶命していました」

「カラヴァッジョの絵画か？」ジャン＝ジャックの言葉に教授は顔を上げ、ずれた眼鏡越しに鋭い視線を向けた。

「パングレ先生、ご存じなのですか！」

ジャン＝ジャックは写し取った血の伝言を広げ、教授の机上に置いた。

「これはブリュネルが絵画に残した血の伝言を写し取ったものです。RかPもしくはBなのかもしれません。しかし、これらのアルファベを含む心当たりは全て違っていました」

「ジャン＝ジャック、そのブリュネルとやらは、恐らく『マタイの福音書』を示したくて、敢えて絵画に伝言を残したのではないのか」

「『マタイの福音書』……ですか？　まさかパングレ先生は終末期が近づいて、偽キリストや偽預言者がブリュネルを殺したと仰せなのですか？」

「何百年も前にどこかの修道院で起きた、『ヨハネの黙示録』を模した事件と混同するな。あんな大それた大掛かりなものではないわ」と呆れつつも、「儂はローマでカラヴァッジョの『聖マタイと天使』を、所謂《いわゆる》描き直した第二作とやらを実際にコンタレッリ礼拝堂で観てきた」と言った。

ジャン＝ジャックがごくりと唾を呑み込んだ。

「聖マタイは何をしていた？　ジャン＝ジャック。恐らく、パンティエーヴル公妃が所有されている一作目の方が、鮮明に描かれていると聞き及んでいるぞ」教授は焦れたように答えを急《せ》かした。

「聖マタイは、本を広げていて……いや、何か書き綴っている途中だった。あれは……そうか。聖マタイは福音書を綴っていたんだ！」

教授は満足そうに頷くと、インク壺に羽根ペンを差し込み、紙の上を滑らせて何やら書き上げ「これをご覧」と指し示した。

「数字の1と9ですが、これがどうしたというのですか」

「お前が写し取ったものだが、アルファベではなく、数字に見えないか？　少なくとも、儂にはそう見えるぞ」

あっ、とジャン＝ジャックは声を上げた。今までアルファベだと頑なに信じていたが、見方を変えれば全く違う答えに辿り着くのだ。

「そしてこの一節を読んでご覧」

教授が指し示した福音書の一節に、ジャン＝ジャックは目を落としたが、衝撃のあまり叫びそうになった口元を慌てて封じた。

そんな教え子の反応に、教授はにやりと笑った。


パングレが指し示した「マタイの福音書」の一節が、螺旋を描くように頭の中をめぐるせいで、茫然とした足取りのジャン＝ジャックを一人の馭者が呼び止めた。いつの間にか修道院を後にしていたのだ。

「ボーフランシュ大尉かい。お客さんがね、あんたに御用があるそうだよ。お知り合いだと言ってなさるし」

修道院の斜向《はすむ》かいには、一台の辻馬車が停まっている。

馬車の扉を叩くと、驚いた事に、そこにはムッシュー・ド・パリことサンソンの姿があった。彼は羽根飾りの付いた豪華な帽子を取ると、深々と頭を下げた。

「火急の用件がございましたが、まさかパンティエーヴル公妃のお住まいを訪ねるわけにはいきませんので、ご無礼とは承知の上で待たせて頂きました」

それは、偏見という垣根を取り払って接してくれる者へのサンソン流の礼儀であった。


――ムッシュー・ド・パリを晩餐にご招待しても、いつも丁重にお断りされるの。


と公妃は愚痴をこぼしていたが、公妃や延《ひ》いてはランブイエ公爵の名誉を守る為なのだ。

幼い頃、サンソンは街中で「処刑人の子！」と囃し立てられ、蔑まれてきた。

農民の子は農民に、そして処刑人の子は処刑人になる。だが、誰が好んで処刑人の子に生まれたいものか。

そんなジャン＝ジャックの心情を察したのか、サンソンが憐れでならなかった。

「実は死んだブリュネルについて妙な噂を聞きまして、サンソンはわざと明るい声を出した。これはお耳に入れるべきだと思った次第です」彼は続けた。「私はこういった職務柄、もぐりの医者、いえ、医者とは言えませんね。要するに医療行為を行う輩との繋がりがございます」

ここからが本題だと、サンソンは居ずまいを正し、真剣な眼差しを向けた。

「生前ブリュネルは彼らに少年の性器、つまりは睾丸を摘出する手術を持ちかけていたそうなのです」

サンソンの言葉にジャン＝ジャックは絶句した。思考は頭の中を駆け巡るが、ようやく発した応えは、自分でも呆れかえるほど陳腐なものであった。

「……奴は変態だったのですか？」

予想外の反応だったのか、普段は喜怒哀楽をほぼ示さないサンソンが言葉に詰まり、目を丸くした。「い、いえ、そうではございません」

サンソンは人差し指でこめかみを押さえると、暫し考え込んでいたが、意を決したような眼差しを向けると、再び居ずまいを正した。

「ブリュネルの館から発見された子どもたちの屍骸ですが、去勢手術を行った痕が見られました。ランブイエの森に棄てられたアンリも同様です。つまりブリュネルは、彼らを誘拐しては去勢手術を行い、術後の肥立ちが悪く、亡くなったので棄てていたのだと思われます」

あまりの悍ましさに、ジャン＝ジャックは言葉を発することが出来なかった。

「これが全てではありませんが、彼らが出納帳を保管していたのでお持ちしました。古いものですが過去の手術を行った日付と名前、代金が記されております」

そこには、少年たちの名前と手術日――つまりは睾丸を摘出された日――支払われた金銭が簡潔に綴られていた。

「こんなはした金で少年たちは人生を変えられてしまったのですね。……これは！」

帳簿を捲るジャン＝ジャックの指が動きを止め、青い瞳は見開かれて微かに揺れている。

「どうなさいました。ボーフランシュ大尉」

ジャン＝ジャックの視線が釘づけになった箇所には、セルナンの名が記されていた。そして明らかに、去勢手術に同意した証である署名が残されていた。

薔薇投機被害者の息子セルナンは去勢者だった。だが彼は事故に遭い、死亡した。それは実際にこの目で確かめた。

「いや……俺は記録を読んだだけだ。奴の亡骸を見たわけじゃない……」

思わず漏れ出た声に、動揺は高まった。この目で確かめるしかない。彼は両の拳を固く握り締めた。

「ムッシュー・サンソン。貴重な情報ありがとうございました。俺は今からどうしても確かめたい事があるので、パリを発ちます」

「礼には及びませんが、いったいどちらまで」

「ロッシュまで。ここでこのセルナンは事故に遭って亡くなっているのです」

「承知しました。くれぐれもお気をつけて」

「ありがとうございます」

馬車から飛び降りようとしたが、今一度座席に座り直すとしっかりとした眼差しをサンソンへ向け、右手を差し出した。

驚きを隠せない表情を向け、言葉を紡げないサンソンに彼は言った。

「あなたは、この事件の始まりから今日までずっと俺や公妃を助け、見守って下さいました。時には師のように。あるいは兄のように。こんな言葉しか言えませんが……。ありがとう。とても、とても感謝しています」

孤独だった。父も母もいない自分は、己の力だけを頼りに生きて来た。しかし、それは傲慢な思い上がりでしかなかった。

逃げ出したくてたまらなかった修道院時代。だが思い出すのは、修道院長の皺だらけの手や一緒に星を眺めたパングレ教授の体の温もりだ。

ラヴォワジェやカヴァレッティ、そしてサンソンにランベール。多くの師や友人たちに支えられている幸せを、今一度ジャン＝ジャックは噛み締めた。

急遽王立士官学校へ戻ったジャン＝ジャックは、休暇願を提出した。

練兵場での熱気球飛行のデモンストレーションを二週間後に控え、準備に追われている最中だったが、校長は渋々承知してくれた。最低限の旅支度を整えると、オルレアン行きの乗り合い馬車に飛び乗った。オルレアンから船に乗ってロワール川を下流に進み、トゥールから陸路でロッシュへと向かうのだ。

馬車の中は人いきれで満ちていて、一人の身なりの良い老婦人は真っ青な顔をしてずっと口元をハンカチで押さえている。彼はのろのろと進む馬車に苛立ちを募らせていた。

パンティエーヴル公妃に頼んでいれば、すぐに公爵家の豪華な馬車を用意してくれただろう。しかしこの件は、これまでのように気安く頼むのは憚られた。自身の目で事の真相を確かめてから彼女に告げたい。

ジャン＝ジャックは狭い乗り合い馬車の中で、自問自答を繰り返すことで気を紛らわす事にした。熟慮するより体が先に動いてしまう性分だが、これだけは何度も考えざるを得なかった。

馬車は夜を徹して街道を進み、夜明け前に出航する川船に間に合わせる事が出来た。

「この季節は天気にも恵まれんし、川が荒れると何日も碇《いかり》を上げる事もできんから、兄ちゃんはついとるわ」

川船の甲板には強い風が吹き、乗客は全て船室に入った。船首で川の流れを眺めていると、船員が物珍しそうに話しかけてきた。

「このオルレアンは代々王様の兄弟か従兄弟が継がれるが、何しろかつての公国の中でも一番の大きさだからな。ほら、あれがオルレアン公爵様の居城のブロワ城だ」

その次期オルレアン公爵夫人や子息たちと気球をランブィエ城で眺めたなどと告げれば、船員は慄いてあれこれ尋ねるだろう。そんな煩わしさは勘弁とばかり、適当な相槌を打って話を聞き流していた。水面は汚泥を溶かしたように黒く濁り、強い風が立ち込める靄を吹き消している。

「……トゥールーズにも同じ……」

船員の言葉に反応したジャン＝ジャックが、弾かれたように顔を上げた。「今なんと言った？」

「黒い聖母の話が気になったかい？　兄ちゃん」船員は城壁の方を指さして、振り向きながら答えた。

「黒い聖母？」

聞けば、オルレアンの城壁は、ノルマン人が攻めて来た時に造られた。工事の途中で黒い聖母が掘り出され、城壁の上へ据えられた。再びノルマン人が攻め入り、町を取り囲むとオルレアン市民は窮地に追い込まれ、一時は降伏を考えた。市民は最後の祈りを城壁の黒い聖母に捧げた。すると不思議な事に、聖母の後ろに隠れていた射手は次々にノルマン人を倒し、ノルマン人が放った槍は聖母が受け止めた。こうして、オルレアンは救われた。オルレアンを救った同じ黒い聖母が、ガロンヌ川沿いの教会にもあるという。

順調に進んでいた船旅も、ブロワを過ぎたあたりから実際の雲行き同様にあやしくなってきた。小降りだった雨は霙《みぞれ》となり、穏やかだったロワール川も水嵩を増し、水面が波立ったので船の航行を中止せざるを得なくなった。

「くそっ！」

ジャン＝ジャックはぶつけようのない怒りを持て余していた。かつて彼が乗船した軍艦であったなら、こんな嵐なんかにびくともしなかった。そんな会話を宿屋の客たちとやり合っているうちに、酒も入った勢いで大乱闘になった。

三日後、彼は天気の回復を待たずに馬でロッシュへの道を目指すことに決めた。連日の酒宴ですっかり打ち解けた船員や船客たちからは全力で止められたが、これ以上、到着が遅れることだけは避けたかった。

数日分の食料と水、地図と馬を手に入れ、教えられた街道筋を疾走した。土地勘はないが、軍人は地図を読む専門家だ。最短で辿り着く自信があった。

日没まで脇目も振らずに馬を駆け、夜は民家の厩を借りて眠った。翌日は再び荒れた天気の中を強風に逆らいながら進んだ。雨は時に霙交じりとなって、容赦なく頬に打ち付ける。体もすっかり冷え切った。馬も白い息を吐きながら、時折苦しそうに鼻を鳴らしていた。その度に彼は馬を励まし、駆り立てた。稲妻が眩い光を放つと同時に地響きにも似た雷鳴が轟き、近くの森に落ちたのか、木を裂くけたたましい音が鼓膜を震わせた。

二日が過ぎた頃であった。

ようやく天候も回復の兆しを見せ、ジャン＝ジャックは敢えて険しい森を進むことにした。迂回せずにこの道を進むことが、時間短縮になると判断したからだ。

予想通り、茨のトンネルを剣で叩き切るように進み、陽光も差さない湿地では、苔に蹄を取られて沼に落ちかけた。やっと平坦な道に辿り着く頃にはとっぷりと日も暮れて、獣の遠吠えが聞こえた。それでも決して、立ち止まる事は出来なかった。

苦難の末に森を抜けて、農家の小屋が見えた頃、ジャン＝ジャックは自身と同様に傷だらけになった馬を撫でて労った。

その日は藁置き場になった納屋に泊まらせて貰えた。

久方ぶりの「屋根付き」の宿となったが、重苦しさを感じなかなか寝付けない。何度も寝返りを打ちながら、こんな事なら夜を徹し、先を急ぐべきであったかと後悔した。だが、傍で規則正しい寝息を吐く馬の温もりを感じ、腹をひと撫ですると再び目を瞑った。

暖を求めて腹の辺りに丸まって眠っていたのか、馬が鼻を鳴らすのに気付き、もう夜明けなのかと隠しから時計を取り出すと、まだ半時も経っていない。円らな瞳を扉へ向け、しきりに鼻を鳴らす馬の背を、宥めるように何度も摩っていたが、敷き詰められた藁を乱暴に払い地面に右耳を付けた。微かであるが、蹄の音が聞こえる。規則正しく地面を駆けるその音は、次第にこちらに近づいていた。

夜明けにはまだ早く、空は厚い雲に覆われて、辺りは一面の闇に包まれている。厚い外套に身を包んだ男は、忍び足で納屋に近づくと、扉をそっと開けた。隙間から覗き込むと、高く積まれた藁束の傍の、外套が掛けられているこんもりとした盛り上がりに安心したのか、確認のように軽く頷くと、扉を閉めた。手にした瓶の蓋を開けると、納屋の外枠に向けて中の液体を撒き始めた。途端に辺りには油の臭いが漂う。隠しから火打道具を取り出し、書付のようなものに火を付けると、油の溜まりに投げ入れた。

「何をしている」

納屋の屋根からジャン＝ジャックは男を見下ろしていた。

思いがけない問いにびくりと肩を撥ね上げた男に、叫び声をあげる隙を与えず、ジャン＝ジャックは勢いを付けて屋根の上から飛び掛かった。

横向きに地面に倒れ込んだ男は、起き上がろうとしたがすぐさま馬乗りにされて身動きが取れない。

「お前は誰だ。聖ジュヌヴィエーヴ修道院の前で俺を襲ったのもお前か！」

彼の両の掌は、容赦なく男の咽喉を締めあげる。

「くっ……苦しい……」

「早く言え！　誰の命令だ」

男の顔は鬱血し、苦しみを訴える唸り声が、食い縛った歯の間から漏れる。

ジャン＝ジャックは尚も力を込めるが、先程から感じていた背中の温かさが今や熱さとなっていた。慌てて振り返ると、男が放った火で、納屋は火の海と化していた。

振り返った隙に、男はジャン＝ジャックを押し退けた。

ジャン＝ジャックは腰の剣を抜いたが、背後からは馬の苦しげな嘶きが聞こえる。選択を迫られた彼の一瞬の隙を衝き、男は馬を繋いだ大木へと駆け出した。

「待て！」追う剣先が、男の右肩を掠めたが、致命傷には至らなかった。代わりに、銃を取り出した男は、容赦なくこちらに向けて引き金を引いた。

その場に伏せたジャン＝ジャックに二発目をお見舞いして来たが、騎乗するまでの時間稼ぎだったためか、狙いは大きく逸れて納屋の柱に命中した。

地面に伏せたまま、走り去っていく馬上の男を憎々し気に睨み付けていたが、逡巡を振り払うように起き上がると、駆け出して燃えあがる納屋の扉を蹴り開けた。中では、熱さと煙に燻された馬が、苦しそうに頭を振って、喘ぎ続けていたが、主人の姿を見ると安心したように嘶きを上げて外へと駆け出した。

刹那、彼と馬の背後では、梁と柱が焼け落ち、支えを失った納屋はめりめりと音を立てながらゆっくりと倒壊した。舞い上がった火の粉が、夜明け前の空を赤く染めゆく様を、ジャン＝ジャックは馬の顔を撫でながら睨むように見つめていた。

夜明けの太陽がようやく輝きを放ち始めた頃、ジャン＝ジャックは、既に燃え落ち小さく燻っている納屋の周りを無言で探ったが、刺客が残した手掛かりは、布地の切れ端と、倒れ込んだ時に地面に付いたらしい、縄の編み目のような跡だけであった。

こうして、目的地であるロッシュに入った時、パリを旅立ってから既に十日近くが過ぎていた。

アンドレ川に囲まれたロッシュの街は、その立地条件の良さから要塞や数々の修道院が造られた城塞都市だ。ロワイヤル門と呼ばれる十二世紀に造られた門を潜ると、小高い丘に城を望む街が広がる。

ロッシュは坂が多い街だ。馬を引きながら聖トゥルス教会の場所を尋ねた。教会はかつてシャルル七世が居城にした要塞近くにあったので、迷うことなく辿り着くことが出来た。城塞の途中に聖トゥルス教会は建てられている。ジャン＝ジャックは正門の前で教会の二本の尖塔を見上げた。祈りに捧げる人生を拒み、半ば飛び出す形で修道院を後にしたが、人生の大半は「神の館」で過ごして来た為か、郷愁にも似た想いが込み上げて来るのは否めなかった。

扉の戸鳴らしに手を掛けた彼は、不安と期待が入り交じった気持ちを落ち着かせる為に、深呼吸をした。中からは直ぐに一人の聖職者が顔を出した。煤と泥と埃に塗れたジャン＝ジャックと馬を見遣り、怯んだ様子を隠し切れずにいたが、十字を切られ、聖水を撒かれる事無く奥へと案内された。

門を抜けると突き当たりには聖堂があり、左手側には広大な薬草園が広がっている。また、そのさらに奥には施療院が壁に沿うように建てられていた。事故に遭ったセルナンは、この施療院で最期を迎えた。ふと、ブリュネルの館で発見された子どもたちの無残な姿と重なり、目を逸らした。

一旦、聖職者たちの宿坊へと案内されたジャン＝ジャックは、湯浴みと食事をすすめられ、珍しく素直に応じる事にした。

宿坊から回廊を抜け、右手に広がる薬草園の奥にある沐浴所を目指した。広大な薬草園は今が見ごろとばかり、色とりどりの美しい花が盛りを迎えている。沐浴所の戸口を開けると、等間隔に浴槽が並べられ、間は布地で仕切られていた。

湯を張った浴槽に体を沈めると、あまりの心地よさに次第に眠気が襲って来た。

太陽王と呼ばれたルイ十四世は入浴を嫌い、その七十余年の生涯で、湯に浸かったのは片手で足りるほどだと言われているが、多分、作り話だろう。

泥や垢を洗い流し、こざっぱりとした頃を見計らうように、聖職者は厨房脇の食堂へと案内してくれた。久しぶりに、温かいスープと焼きたてのパンにありつけた喜びは、ジャン＝ジャックの心さえも温もりで満たしてくれた。

給仕を担った若い聖職者は、親切心からか、この教会にはシャルル七世の愛人であったアニュエス・ソレルの墓があるだとか、天守塔にはかつてミラノ公が幽閉されていただの語ってくれたが、それらは全て耳を素通りしていった。

食事を終えた頃、隣接する聖堂から年長の司祭が現れた。小柄で、穏やかな印象の好々爺だ。

突然訪れた非礼を詫びると共に、藁にも縋る思いで訊いた。「十年前の街道での事故を覚えていらっしゃいませんか。どんな小さな事でもいいので」

司祭は腕を組み、首を捻った。ジャン＝ジャックは辛抱強く待ち続けた。

「思い出した。子どもも犠牲になった大惨事じゃったのう」

司祭はぽんと掌を拳で叩くと、教会の祭壇奥に設えた、記録庫へと案内してくれた。

埃にまみれた施療院の記録を丹念に捲ると、「おお、これじゃ。セルナン・ブノワ。父親を亡くして、トゥールーズの親戚に引き取られる途中で事故に遭ったんじゃ。可哀相にのう」と悼みの声を上げた。

やはりセルナンは死亡していた。捜査は振り出しに戻るが、なぜか安堵のため息が漏れた。

「だが奇跡的に助かった子どももいたんじゃ。名前は……そうじゃ、これだル・ブラン。フランソワ・ド・ル・ブランじゃ」

礼を言い、去ろうとしたジャン＝ジャックは戦慄を覚えた。

「フランソワ……ル・ブラン……」

言葉を失った彼を置き去りに、司祭は蘇った記憶を次々と披露した。

「上着の隠しに、入学許可証と書状を入れておったんじゃ。なんでも、ソレーズにある王立士官学校の幼年学校へ入学するとかで」

王立士官学校は入学の際に、父系が四代前まで貴族であったという証明書を提出しなければならない。よって生徒たちは――無論、かつてのジャン＝ジャックも――出生と系譜を証明する原本証書を系譜学者に届け出て、証書の真偽を検討され、承認された後に晴れて入学が叶うのだ。

「その少年のことは覚えていらっしゃいますか？」

「助かったフランソワは、金髪碧眼の綺麗な子じゃったが、風邪をこじらせたのかひどく耳障りな声をしておったので、薬草を煎じて飲ませたんじゃよ。だが一向に回復する様子もなくて、ここを発つときにも一瓶持たせてやったんじゃ」

「ひどく耳障りな声……」

彼の脳裏には、かつての教え子たちの姿が浮かんでいた。あれは、地方にある幼年学校から進学してきた生徒たちが一堂に会し、自己紹介をさせた時だった。首席で入学した彼は、金髪碧眼の綺麗な顔をしていながら、誰よりも悪声の持ち主で、いつも嘲笑の対象だった。

「おまけに、可哀相なことに睾丸が無くてのう。訊いたらつい先日猟犬に噛まれて喰い千切られたと言っておった。手術の痕も残っておったよ」

「睾丸が……ない……」

ジャン＝ジャックの裡で、何かが大きな音を立てて崩れていった。

暫く茫然と佇んでいたが、やっと口を開くと、「他に何か思い出されたことはありませんか？」と弱々しい声で訊いた。

「おおそうじゃ。書状には、ブルターニュのナント出身で、先祖は亡命ジャコバイトと書かれておった。傷が癒えて、幼年学校へ向けて出立する日が三月十七日じゃったのに何の興味も示さんでのう。不思議な子じゃと思ったんで、覚えておったんじゃよ」

「三月十七日……ですか」

「そう、聖パトリックの日（アイルランドにキリスト教を広めた聖人）じゃ」

ブリュネルの甘言に惑わされ、全てを失った亡命ジャコバイトの子孫パトリック・オシールは、公妃とジャン＝ジャックが訪ねた二日後に息を引き取った。彼は自身の過去を恥じていたが、最期は穏やかな笑みを浮かべ、眠るように逝ったとパトリック・オシールの老従僕は、感謝の言葉を手紙に綴っていた。

宿坊に一泊し、翌朝パリへ戻ることを勧められたがジャン＝ジャックは丁重に断った。泊まるあてはなかったが、ただ今は早くこの場を立ち去りたかった。突きつけられた現実が、間違いであると誰かに言って欲しかった。

今一度、事件の始まりを、頭の中で反芻していった。何か見落としたことはないのか。

他に可能性はないのか。

「そうだ。なぜブリュネルは『申命記』の切れ端を握っていたんだ」

ブリュネルが「申命記」を破り、握り締めていたとしても肝心の聖書はどこにも見当たらなかった。その聖書は聖セルナン教会やソレーズ幼年学校所縁のベネディクト会が刊行したものだ。

「……そうだったのか」

全てを洗いざらい見直しても、この答えにしか辿り着かなかった。

がっくりと肩を落としたジャン＝ジャックの頬には、一筋の涙が伝っていた。

一七八二年七月十三日

パリ市街

パンティエーヴル公妃の館のサロン

パンティエーヴル公妃の館のサロンでは、十日以上前からボーフランシュ大尉の訪問を待ち侘びるマリー＝アメリーの姿があった。

今日も朝から方々に使いをやったが消息がつかめない。

ランベールに聞いた行きつけの酒場にも使いをやったが、ここ暫くは全く顔を出していないと女将は告げた。その返事になぜか安堵したマリー＝アメリーは、再び頭を抱えた。愛人でもましてや恋人でもない男の女性関係に、なぜ一喜一憂しなければならないのかと。

大尉曰く、優雅に湖を泳ぐ白鳥のように、滑るような動きでサロンの中を端から端まで何度も往復し、馬の蹄や馬車の車輪の音がする度に、窓辺へ駆け寄っては肩をがっくりと落としていた。

ラージュ伯爵夫人が扉を叩き、サロンへと入って来た。お辞儀が終わるのを待てずに、問い詰めるように訊いた。

「ロベールは戻って来た？」

「いえ、まだでございます」伯爵夫人は困惑気味に答えた。

近侍のロベールを使いに出したが、まだ戻っていない。苛立ちは募った。

「公妃様、至急お耳に入れたいことがございます」

「手短にお願い出来るかしら」機嫌の悪さを隠そうともせず、マリー＝アメリーは苛立ちの混じった声を上げた。

その声にやや怯みながらも、神妙な面持ちのラージュ伯爵夫人にブルワー嬢が追従した。

「実は……」ラージュ伯爵夫人は、遠慮がちに女主人の耳元で囁いた。次第にその顔は険しい面持ちに変わっていった。

一通りの詳細を聞き終えたマリー＝アメリーは、二人に着席を促すと、こめかみを押さえて大きなため息を漏らしながらブルワー嬢を見据えた。

「ブルワー嬢、あなたはエリオット夫人から、延いてはイギリスのご家族からお預かりしているのよ。ご結婚前なのに弁えて貰わないと困るわ」

修道院での教育を終えたブルワー嬢は、かつてシャルトル公爵の愛人であったグレース・エリオット夫人の紹介で、良き縁談が纏まるまでとの条件付きでイギリスからフランスへやって来て、マリー＝アメリーの侍女の座に就いた。

「お相手はどなたなの？」

ブルワー嬢に、既に深い仲となった相手がいると聞かされれば、預かっている手前、名前を聞き出すのは当然だろう。

ブルワー嬢は両手でローブをきつく握り締め、俯いたまま答えた。

「公妃様も良くご存じの方です」

「まさか……ボーフランシュ大尉じゃないわよね！」思い当たる人物の顔がちらつき、つい声を荒らげた。

「ち、違います！　あんな粗野な人……ル・ブラン少尉様です。彼とはエリオット夫人のサロンでお会いしました」

「そ、そうだったのね」

安堵するマリー＝アメリーであったが、二人に動揺を気付かれぬよう、わざとらしく咳払いして姿勢を正した。

「ル・ブラン少尉は、例の侯爵夫人の口利きで近衛隊に転属されたと伺っているわ」

少尉に長らくご執心だった侯爵夫人は、愛人の希望を叶えて宮廷出仕への道を開いたらしい。ボーフランシュ大尉同様、没落した貴族の家に生まれたル・ブラン少尉は、未だ血筋や縁故が蔓延《はびこ》るフランス宮廷で栄達するにはこれしか道はない。

「ええ、それはもう納得しています。元々結婚は望んでいませんし、最近は別の方のブドワールにも通っているようですわ。あの完璧な容姿と物腰に加え、妊娠の心配もないから女性たちが群がるのも無理はないですわね」

「妊娠の心配が……ない？」

ブルワー嬢はごまかす様に、話題を変えようとした。だがマリー＝アメリーは食い下がった。

「ブルワー嬢。今の件ですが、詳しく教えて頂戴」

ブルワー嬢は降参を告げる小さなため息をつくと、「子どもの頃、事故にあったと仰せでした」と小声で告げた。「狩り場で興奮した猟犬に嚙まれたとか。でもそれ以外は、まるで彫刻のような傷一つない滑らかな肌で」と言うと、頰を赤らめた。

「傷一つない……」そんなことが可能なのか。マリー＝アメリーは独り言ちた。

ランブイエの森に棄てられたアンリの遺体には睾丸がなかった。それも綺麗に切り落としたかのように。獣に襲われて無残な状態だったが、それでも綺麗に嚙み千切るなど不可能だとサンソンが教えてくれた。睾丸が嚙み千切られるほどの怪我を負うなら、陰茎も、さらには大腿部の一部も無傷では済まないだろうと。

気まずい空気が漂う中、「あの、伯爵夫人。今夜の晩餐ですが……」とジャンヌの無遠慮な声が扉の方から聞こえた。

こんな間の悪い時にと思ったのだろう。珍しくラージュ伯爵夫人が渋面を向けたが、見るからに上機嫌のジャンヌは遠慮する様子もない。

「今晩あたりボーフランシュ殿が久しぶりに来られる気がするんです」と前置きし、「今日はほろほろ鳥が手に入らずに、去勢鶏になってしまったんです。でも公爵家秘伝のスパイスはたっぷり入れるし、若鶏にも負けない味に仕上がる筈です。それにジュレを添えるのはどうでしょう」

ジャンヌの言葉がマリー＝アメリーの中で復誦される。

「去勢鶏……去勢……」

椅子から立ち上がったマリー＝アメリーは、ローブの裾をつまみ小走りに駆け出すと、書架に置かれた聖書を手に取り該当する頁を開いた。

「聖マタイ……マタイ……マタイの福音書……ここだわ」

何度も何度も読み返す。ふと、章番が目に飛び込み、暫くの間食い入るように見つめていた。ローブの裾を摑み、サロンの隅に置かれたビュローに向かうと、一枚の紙を取り出し、インク壺に羽根ペンを挿し入れたが、思い直すと人差し指をそのままインク壺へ挿し込んだ。

目を瞑り、大尉が書き写した伝言を思い浮かべた。穴が開くほど何度も見たおかげで、ほぼ正確に描く事が出来た。

出来上がった作を満足気に眺め、「ブルワー嬢、ラージュ伯爵夫人、これをご覧になって」と二人に手招きをした。

ラージュ伯爵夫人は、ビュローに進み寄って、横から女主人の手元を覗き込んだ。

「数字の1ですよね」

ブルワー嬢も、机上に置かれた紙の文字を読もうと試みた。

「こちらは、9です」

「そう。でもこれは、ブリュネルが残した伝言の文字に隙間を加えて、書き足したものよ」

正確に再現したと自負する本来の伝言を二人に見せて、マリー＝アメリーは実際に書き加えた。

ラージュ伯爵夫人とブルワー嬢は同時に息を呑んで、口元を押さえた。

「アルファベだと思い込んでいた伝言は、数字だったのよ」

ブリュネルは『聖マタイと天使』の絵画に描かれた、マタイの「福音書」を示したかったのだ。

聖人は絵画の中で由来する物《アトリビュ》と共に描かれる。例えば、「聖ロレンソ」は殉教具の金網と棕櫚《しゅろ》を持っている。それは彼が格子状の金網で焼かれて殉教したという伝説に由来するからだ。アレクサンドリアの「聖カタリナ」は拷問を受けた車輪と共に描かれ、「聖マタイ」は徴税人だった過去から貨幣と共に描かれる場合もあるが、カラヴァッジョが描いた『聖マタイと天使』ではペンで「福音書」を綴っている。

残した血の伝言はアルファベのRでもなくPでもない。数字の1と書きかけの9、つまりは、「マタイの福音書第十九章」。その中でも恐らく「十九章十二節」を示したかったのだろう。

母の胎内から去勢者として生まれたものがあり、人から去勢者にされたものがあり、神の国のために自ら進んで去勢者となったものがいる（マタイの福音書第十九章十二節）

死が迫りつつあるブリュネルは、追い込んだ三名を「聖マタイ」の絵画に血の伝言として残した。

母の胎内から去勢者として生まれたルネ。ブリュネルに騙され、意図せず去勢者となった、つまりは人から去勢者とされたリッカルド・カヴァレッティ。そして、

神の国のために自ら進んで去勢者となったものがいる

自らの意思によって去勢手術を受けた者こそが、ブリュネルの左胸を刺したのだ。

なぜ今まで思い当たらなかったのか。聖マタイは「黄金伝説（キリスト教の聖人伝集）」においても、宦官との交流が描かれている。

「聖書……『申命記』……」マリー＝アメリーは手にした自身の聖書を眺めた。白地に百合の花がエンボス加工された装丁は、スペインの父からの贈り物だ。

そもそもブリュネルが握っていた「申命記」の切れ端は、どこからやってきたものなのか。アパルトマンには祈禱書しか置いてはいなかった。義父の聖書はラテン語版だ。

高揚しきった気持ちを鎮めるために、ブルワー嬢に珈琲を頼んだ。椅子に座り一息つくと、事件の経緯を脳裏で追った。

ブリュネルは残された力を振り絞り、「聖マタイ」の絵画の前に辿り着いた。去勢者の記述がある「マタイの福音書第十九章十二節」を指し示したかったのだろうが、途中で息絶えた。

だが、なぜブリュネルは、「申命記」の切れ端を握っていたのか。仮に犯人がブリュネルの屍体に「申命記」を握らせたのだとしても、犯人に繋がる手掛かりになるものを残した理由が分からない。室内に倒れたボーフランシュ大尉を残し、敢えて鍵を掛けて出て行ったのはなぜなのか。

堂々巡りに疲れた頃、ブルワー嬢が運んで来た珈琲の芳醇な香りが漂い、マリー＝アメリーは着席を促した。

珈琲を一口啜ると、向かいに座ったブルワー嬢はおもむろに呟いた。

「結婚前に、ほんのひとときでも誰かを愛したという証が欲しかったのです。王家にお生まれになられた公妃様なら、ご理解頂けると存じておりました」

その言葉に、マリー＝アメリーは少なからず衝撃を覚えた。

王家に生まれたからには、政略結婚か修道院に入るしか道は無い。それが王女の宿命だと諭されていたし、ラヴォワジェ夫妻のように相思相愛の関係など、叶わない夢であると。

体を流れるブルボンの青き血が、貴ければ貴いほど尚更愛する人と結婚するなど不可能だし、恋に落ちても結ばれないのなら、最初から恋愛感情など持たなければ良い。

無論、夫の死後恋人や愛人はいた。ひとときの恋を楽しんだのも一度や二度ではない。だが、大人の関係だと割り切り、熱が冷めると別れは自然に訪れた。泣いて追い縋ったり、別れを拒んだ事も、後悔さえも無かった。

例えばルネのように、自身の危険も顧みずに誰かを庇って死ぬなど、理解の範疇《はんちゅう》を越えている。

マリー＝アメリーはカップを置くと、居住まいを正しブルワー嬢に向き合った。

「ブルワー嬢、どうやら私にはそのような感情が欠落しているようだわ」

女主人の返答に、ブルワー嬢は弾かれたように顔を上げ、両眼を見開いた。

「ですから、敢えてあなたに教えて頂きたいの。なぜ人はそれほどまでに愛を求めるの？」

答えに窮した様子のブルワー嬢を見つめながら、添えられたショコラを一つ齧った。途端に口一杯に香ばしさと甘さが広がる。

「私が公妃様にお教えするなど大それた事は出来ませんが、以前、ル・ブラン少尉様は、人が愛を求めるのは、自分の肉体と魂の片割れを求め続けているからだ、と仰せでした」

「少尉が？」二つ目のショコラに伸ばした手が止まった。

褥《しとね》での寝物語であろうか。少尉はブルワー嬢に『饗宴』のアリストファネスの説を語っていた。

太古の昔、神によって人は二つに引き裂かれた。今の姿は不完全な偽りの姿であり、だから人は、誰もが自分の半身を恋しがり、その存在を求めて現世を彷徨っている。

「ル・ブラン少尉様は、魂の半身を見つけることが出来たのですか、と私が尋ねましたら、ええ《ウィ》ともいいえ《ノン》とも仰せにならず、微笑まれただけでした。ただ……ただ、あのように儚く哀し気な笑顔を見せられたのは初めてでした」

少尉もその裡には、苦しい恋心を秘めているのだろうとブルワー嬢は言った。しかし、不可解でならなかった。常に穏やかな笑みを湛え、宮廷や女性のブドワールを蝶のように舞い、立身出世を遂げた少尉は、むしろ男女の情愛には欠落したものを抱えた自分と同種であると感じ取っていたからだ。

「公妃様、オ・グラン・モゴルのローズ・ベルタン嬢からご注文の新作が仕上がったとの使いが参りました」

ラージュ伯爵夫人が使いの到着を告げたのを合図に、この話を切り上げる事にした。

「ブルワー嬢、この件については後日話し合うことにしましょう。急いで馬車の用意をして、オ・グラン・モゴルから注文した品を受け取って来て頂戴」

マリー＝アメリーは長椅子から立ち上がるが、ブルワー嬢が引き留めた。

「公妃様、公妃様にも必ずお分かりになられる時がきます」

「何の事？」

だが、ブルワー嬢はその問いには答えずに、「馬車の用意を申しつけてきます」と微笑み、お辞儀するとサロンの扉へと向かった。

呑み込めない想いが絡み合う中、切り替えるようにマリー＝アメリーは、衣装部屋へと歩を進めた。待ち人に心を乱されるよりも、衣装の整理でもしていた方が気が晴れるだろう。それに、新作の衣装が出来上がれば、侍女や召使たちも御下がりのローブや小物類を心待ちにしている筈だ。

衣装簞笥の扉を開けると、色鮮やかなローブが隙間なく掛けられている。数着を手に取ると、長椅子の上に放った。未使用の絹のストッキングとガータベルトは特に喜ばれる小物の一つだ。いつも心尽くしの料理や菓子で心癒してくれるジャンヌには、何をあげたら喜ぶだろう。

「公妃様……」

背後からの弱々しい呼び声に、直ぐに近侍だとは気付かなかった。

「ロベールじゃない。いつ戻って来たの？」

女主人の問いには答えぬまま、近侍は俯いたまま肩を震わせている。

「どうしたの？　気分でも悪いの」

ロベールは顔を上げると同時に嗚咽を漏らしながら告げた。

消息を絶った大尉を捜す為、兄のロワイエールに応援を頼んだ近侍ロベールは、王立士官学校に拘束されている大尉を見つけ出した。しかし直ぐにル・ブラン少尉と顔を隠した謎の男たちに取り囲まれて、ロワイエールも拘束されて公妃をこの場に連れて来いと脅されたと。

「公妃様、お願いです。兄さんを助けて下さい」

懇願するロベールの眼は真っ赤に腫れ上がり、頰の雀斑《そばかす》は涙で濡れている。

「分かったわ。すぐにランベールに連絡して警邏たちを率いて……」

「駄目です！　パリ警察が動いたと知れたら、兄さんたちが殺されてしまいます」

再び泣き出したロベールの背を摩り、慰めつつも自問した。

なにゆえル・ブラン少尉が大尉やロワイエールを拘束する必要があるのだろう。彼は事件の始まりからずっと捜査に協力的であった。まさか「マタイの福音書」が指し示した通り、「去勢者」の一人であるル・ブラン少尉が、ブリュネルの死に関わっているというのだろうか。

マリー＝アメリーは混乱する思考を一旦振り払うと、泣き止まない近侍に言った。

「ロベール、馬の用意をするように馬丁に伝えて来て。私はその間、乗馬服に着替えるから、急いで！」

ロベールを衣装部屋から追い立てると、衣装箪笥の中から一着の乗馬服を掴んだ。ボーフランシュ大尉の瞳のように濃い青地。生憎猟銃は、狩場の森を有する城に置いている。どのみち上手く扱える自信は無いから、持参したとしても無用の長物だ。暴発の危険もある。マリー＝アメリーは引き出しから短剣を取り出した。鞘と柄にはブルボン家の百合の紋章が浮き彫りになっている。こちらも上手く扱えるかと問われたら、無理だと素直に降参するしかない。

「こんな事なら、大尉から剣の稽古でも付けて貰うべきだったわね」

それは今からでも遅くはないだろう。早速大尉に志願して、明日から始める事にしよう。

「無事に生きて戻れるならばね」

自嘲気味に笑い、短剣を鞘に収めるとマリー＝アメリーは衣装部屋を後にした。

パリ市街
王立士官学校

強風が吹き荒れる中、逆風に帽子を飛ばされそうになりながら、どうにか王立士官学校の右翼側に到着した。

ロベールはずっと馬上で震えていた。大人しく従順な馬たちは、四輪馬車に繋がれてブルワー嬢と出掛けていたので、厩には気性の荒い馬しか残っていなかったからだ。

マリー＝アメリーは馬上からひらりと降りると、馬の背にしがみ付いたまま動けないロベールに、慈愛と憐れみの眼差しを向けて言った。年端もいかない近侍をこれ以上危険な目に遭わせる事は出来ないからだ。

「ここからは私一人で行くわ。ロベール、あなたはこのままランベールを捜して、見つからないように警邏たちを連れてきて頂戴」

「で、でもそんな事をしたら」

近侍の言葉を途中で遮るように、マリー＝アメリーは馬の尻に力強く鞭をくれた。驚いた馬は、前脚を大きく地面から上げて勢いのまま駆け出した。

「しっかり手綱を握っていなさい！」

小さな出入り門を開け、士官学校の敷地の中へ入った。全くと言って良い程人の気配は感じられない。今日は軍部主導による熱気球のデモンストレーションが隣の練兵場で行われる為、王立士官学校の教官も生徒も全て出払っているからだろう。

マリー＝アメリーは二階建ての校舎を見上げた。校長室や講義棟が入った主翼とは異なる簡素な佇まいのそれは、おそらく生徒たちの寄宿舎だろう。

突然、背後から聖ルイ教会の鐘の音が鳴り響き、口から心臓が飛び出す程驚いた。この教会の内陣には、ガブリエル＝フランソワ・ドワイアンにより聖ルイ王の生涯が描かれているという。

「これは……血？」

地面を覆う白と灰色の砂利を鮮やかな赤色が染めている。屈んで地面をじっくり観察すると、建物の質素な戸口へ向かって、血痕が点在し、引き摺られたような跡が残っている。戸口に手を掛けると、当然のように施錠され、窓の鎧戸は全て閉じられている。幾つかの鎧戸を検分するうちに、施錠されていない一つを見つけたが、内のガラス窓を叩き割って入る事は出来ない。物音に気付かれて、すぐに捕らえられてしまうだろう。窓枠の隙間に指先を入れて力を込めると、幸運な事に軋む音を立てて窓は外側に向けて開いた。どうにか攀《よ》じ登った先は洗面所で、両側には小さな洗面台が六つずつ配置されていた。

以前大尉から、王立士官学校の幼年学校であるラ・フレーシュ校は、当時では珍しく衛生観念が徹底した施設であったと聞いていた。その良き面がパリ王立士官学校にも引き継がれているのだと、マリー＝アメリーは感心せざるを得なかった。

運良く扉にも施錠はされておらず、隙間から覗き込んで建物の中の様子を窺うと、予想通りここは寄宿舎棟なのか、等間隔で同じ扉が階段の左右に配されている。血痕を辿り階段を上った。二階まで辿り着く前に廊下の左右を窺うと、一つの部屋の扉の前には、思いがけない姿があった。

（ロワイエール……。どうしてここに！）

ロベールの兄であり、かつて近侍としてマリー＝アメリーに仕えたロワイエールが、部屋の一つを見張るように立っている。弟ロベールの話によると、彼は拘束されている筈なのに。

（まさか……罠だったというの……）

マリー＝アメリーの困惑を余所に、聞き慣れた元近侍の声が廊下に響いた。

「ロベールか？　公妃を連れて来たのか？」

ロワイエールは一歩一歩こちらに近づいている。マリー＝アメリーは両の眼を固く閉じ、拳から布地が溢れるくらいに乗馬服を摑み握り締めた。

パリ市街

パンティエーヴル公妃の館

パンティエーヴル公妃と近侍のロベールが馬に乗り、館を出発してから半時後、門に男を乗せた馬が走り込んで来て、そのまま倒れてしまった。

門番は驚き、よくよく男の顔を覗いて見ると、すっかり変わり果てたジャン＝ジャックだった。門番は慌ててジャンヌを呼びに行った。

「ボーフランシュ殿、どうされたんですか！」ジャンヌが丸太のような体を左右に揺らしながら駆け付けた。

息も絶え絶えな馬の上から、無精髭のジャン＝ジャックが掠れた声で言った。

「ジャンヌ、水を一杯貰えるか。ついでに、このくたばっている馬にも水をやって、厩で休ませてくれ」

喧噪を聞きつけて、館の中からラージュ伯爵夫人も驚いた様子で駆け付けた。

「ボーフランシュ大尉、どうなさったのですか。公妃様はずっとあなたの訪問を待ち侘びておいでだったのに」

「すまない。たった今、ロッシュから帰りついたばかりなんだ」

ロッシュからの帰り道、乗合馬車での数日が惜しくて、オルレアンからも馬を飛ばして来たのだ。力尽きたジャン＝ジャックは、門番とジャンヌに脇を抱えられて厨房の中へと移動した。

「やっぱり私の勘は当たった！」

ジャン＝ジャックの訪問を確信していたジャンヌは、秘伝のスパイスをたっぷり使った去勢鶏の一品を拵える予定だと、水の入ったグラスを渡しながら嬉しそうに言った。既に厨房の中は食欲をそそる香りが立ち込めている。それに呼応したのか、ジャン＝ジャックの腹が豪快な音を立てて鳴った。ここ数日は殆ど飲まず食わずで疾走してきたせいだ。

「あらら、お腹は正直ね。昼食の残りを直ぐに温めてあげますから」

ジャンヌは満面の笑みを浮かべ、鼻歌を歌いながらココットをオーブンに入れて、パセリを刻み始めた。

「豚の肩ロースと鳩肉とたっぷりのエシャロットとパセリを刻み、新鮮な豚の背脂を混ぜてよく捏ねるの。繋ぎは牛乳に浸した残り物のパンね。隠し味に鴨のコンフィを入れて平べったくして焼くの。肉から旨味がたっぷり出るから味付けは塩と胡椒だけで十分よ。公爵様はディジョン産のマスタードをたっぷり付けて召し上がるのがお好きなんですよ」

ご機嫌なジャンヌとは対照的に、扉からは困惑した声音を伴ったラージュ伯爵夫人が入って来た。館のどこを捜しても、公妃の姿が見当たらないと言う。

「衣装部屋の中は整理の途中でしたのか、ご衣装や小物類が雑然と置かれておりました。普段の公妃様からは考えられません」

几帳面な公妃は、散らかった部屋が大嫌いで、本来あるべき所に収まっていないと気が済まないらしい。

「公妃様ならロベールと一緒に馬に乗ってどこか行かれましたよ」

小卓を両手で抱えたジャンヌが、厨房の中央に置かれた調理台の上に、湯気が立ち上る平たいソーセージ――と公爵家では呼ばれているらしい――や赤ワインの入ったグラス、ディジョン産のマスタードの壺を置きながら言った。

「馬車ではなく馬で?」

「そう。なんだかひどく慌てているご様子でした」

木椅子に座るジャン＝ジャックとラージュ伯爵夫人は顔を見合わせた。ラージュ伯爵夫人の顔は困惑の色が益々濃くなっていたが、思い出したのか、右手に握っていた紙片を彼に手渡した。

「こ、これは公妃が描いたのか?」

紙片を一瞥したジャン＝ジャックは、弾かれたように視線を上げた。

ブリュネルが「聖マタイ」の絵画に残した血の伝言。ラージュ伯爵夫人が渡した紙片には、本来ブリュネルが伝えたかったであろう形で再現されている。

「ええ、実は……」

ラージュ伯爵夫人は、先程の経緯を簡潔に話した。

「ブリュネルが残した血の伝言は、アルファベではなく数字の1と9であり、『マタイの福音書』の十九章そしておそらく十二節を示していたのだと公妃様が解かれました」

丸めた背中を震わせていたジャン＝ジャックは、堪えきれず額に手を当てると降参だとばかり大きく背を反らして笑い出した。

傲慢かと思いきや情が深く世話好きで、気丈で大胆かと思えば少女のように傷つきやすい誰よりも高貴な女性。ジャン＝ジャックの裡には、扇を翻し軽やかに笑う公妃の姿が眩しく甦っていた。

高笑いするジャン＝ジャックの姿に、厨房の裏口から入ってきたブルワー嬢は不思議そうな視線を寄越した。以前のように胡散臭そうな眼差しを向けないだけ、ましだといえるが。

「只今戻りました。今日は風が強くて、何度も飛ばされそうになって」

重ねて抱えていた箱を、ブルワー嬢は調理台の上に置いた。風に煽られたのかローブの裾からはペティコートが覗いている。

「途中で騎乗された公妃様とロベールとすれ違ったのですが、かなり速度を上げておいででした。何事かございましたか？」

再びジャン＝ジャックとラージュ伯爵夫人は顔を見合わせた。

悪い予感があたる時のような胸騒ぎがする。長年公妃に仕えたラージュ伯爵夫人も同感なのか、思いつめた表情で言葉を選んでいる様子だ。

「急いで馬の用意をするように馬丁に言ってくれ！　この際、暴れ馬でもなんでもいい。駿足な馬を！」

ラージュ伯爵夫人は大きく頷くと同時にローブの裾を翻し厨房を後にした。

名残惜しいが、ゆっくり味わう時間の余裕は無い。芳醇な香りを漂わせる赤ワインは涙をのんで我慢した。ジャン＝ジャックは肉汁が染み出た平たいソーセージを口一杯に頰張り、水で流し込んだ。確かに、ランブイエ公爵の好物だけあって絶品だ。

「くれぐれも気を付けるんですよ」

心配そうな眼差しを向けながら、ジャンヌはジャン＝ジャックの口の端から零れた肉汁を前掛けで拭いた。

「ああ。ジャンヌご自慢の去勢鶏を楽しみに、必ず無事に戻って来ると約束するよ」

ジャン＝ジャックは再び馬に乗り、パリの街を疾走した。間に合ってくれと祈りながら、公爵家の厩で一番の暴れ馬に鞭をくれた。

パリ市街

王立士官学校　寄宿舎棟

乗馬服を握り締めた右手の指先に、何か硬い物が当たった。短剣を持参していたのだ。迷っている時間はない。後数歩でロワイエールはここに到達する。

マリー＝アメリーは再度両眼を固く閉じると短剣を振り上げ、力を込めた。鈍い感触が右手を通して右腕へと痺れとなって伝わってくる。反撃されてもかわす力も技も無いゆえ、両眼は相変わらず閉じたままだった。

ようやく、片眼だけ開けて状況を確認すると、ロワイエールは額を押さえ、仰向けで倒れている。傍へ駆け寄り、両眼を開けてじっくり確認すると、ロワイエールの額には、短剣の鞘の跡がくっきりと残っているが、気を失っているだけで死んではいない。つまりは、鞘を装着したまま短剣を振り上げた際、それがロワイエールの額に命中したようだ。

迷っている暇はなかった。ロワイエールの腰から剣と銃を抜き取り、鍵束を摑むと、彼が警護していた部屋の前へと小走りで向かう。幾つかの鍵を試し、開錠の音と共に扉を開けると、自然と安堵のため息が漏れた。

だが中には、後ろ手に縄で締めあげられたル・ブラン少尉の姿があった。金モールで縁取られた赤い軍服は所々裂けて、殴られたのだろう、鼻と口は血に染まっている。

「パンティエーヴル公妃！　どうなさったのですか」

「あなたこそどうしてここに」

状況が呑み込めず混乱するマリー＝アメリーだが、ひとまず少尉を拘束している腕と脚の縄を切ることから始めた。短剣は思いの外切れ味が良く、これをロワイエールに振り上げていたと想像すると背筋が凍りついた。

人一人がやっと休める程の狭い寝台に、ビュローと椅子、書架だけが置かれた簡素な部屋は、まだ真新しい匂いが籠もっている。

縄を外した手を少尉は数回振った。寝台の脚に縄を擦り付けて、脱出を試みていたのか、手首は幾つもの擦過傷で赤紫色に腫れ上がっていた。

「真相究明を急ぐあまり、上の命令を無視して暴走した挙句、失態を仕出かしました」

彼は自嘲染みた笑いと共に言った。以前から少尉に秋波を送っていた、廃兵院の経理担当者ショーモンの奥方のブドワールに忍び込んだまではよかったが、大した情報も得られ無かった上に、館を出た時に覆面の男たちに殴られてここに監禁されていたと。

マリー＝アメリーの訝し気な眼差しに気付いたのか、彼は答えた。

「ええ、ご想像どおり小官はフランス軍諜報部の一員です。ご婦人との褥専門のね」

なるほど、そうであったのかとマリー＝アメリーは苦笑した。つられたのか少尉も笑顔を返した。

「ロワイエールはなぜあなたの監視役を？」

兄が何者かに捕らえられ、命が危ういと言うから近侍を信じてここまで来たのだ。

「小官も詳細は分かりかねますが、彼は何らかの理由で弱みを握られて脅されていました」

この時、脳裏には一つの疑問が浮かんだ。ロワイエールはどこから現れたのだろうと。

あのブリュネルが殺害された日。薄暗がりの玄関広間からサロンへと向かう背後から、突然ロワイエールは声を掛けた。休憩後に戻って来たと彼は言っていたが、部下の一人も連れず、手燭さえ持っていなかった。つまり、外からやって来たのではない。アパルトマンの中のどこかに身を潜めていたという事か。

「この事件は思ったよりも根が深そうです」

少尉は立ち上がると、部屋の扉に鍵を掛けながら言った。イギリスへの諜報活動の元締めを突き止めようと、かなり踏み込んだ捜査を行って来たが、鉄の壁が立ち塞がりどうしても辿り着けないと。

「彼らは小官とあなた様を事故に見せかけて始末するつもりです。そうして事件を闇に葬ろうとしています」

でもどうやって、との問いに答えるかのように、屋外では民衆らの大歓声が上がった。

すっかり失念していたが、今日は隣の練兵場で熱気球のデモンストレーションが催される。ランブイエの森とは比較にならないほどの人出が予想された。

　そういうことかとマリー＝アメリーは独り言ちた。

「死体を隠すなら暴徒が過ぎ去った場所、とは良く考えたものね」

　現フランス国王夫妻の結婚の祝祭は約二週間続き、最後はルイ十五世広場（現在のコンコルド広場）で盛大な花火が打ち上げられた。花火見物のため集まった群衆が統制不可能となり、多くの歩行者が馬車に轢かれたり、馬に踏み潰されたのだ。死者の数は百人を超えて多くの怪我人も出した。

「全くです。彼らはボーフランシュ大尉も同様に始末する魂胆です」

　瞬時にマリー＝アメリーの顔色が曇った。不安が胸にこみあげてきて堪えきれなくなった。生憎、ル・ブラン少尉もボーフランシュ大尉の居場所は知らず、捕らえられていない事だけが救いだった。

「ご安心下さい。あの大尉がそう簡単に殺される筈はございません」

「そうね。あれほど悪運の強い人はなかなかいないわね」むしろ自身を鼓舞するように、マリー＝アメリーは言った。

　俄に室外が騒がしくなった。男たちの怒声と忙しなく階下を行き来する靴音が響く。ロワイエールを空き部屋に隠せていれば時間は稼げたであろうが、如何せん、女一人の力では限界がある。

少尉が天井を見上げると、天窓を指しながら言った。

「あの天窓から屋根伝いに逃げましょう」

異論は無かった。書架と寝台を扉の前に引き摺り動かしてバリケードを築いた。

天窓の真下に動かしたビュローの上に少尉が乗り、膝下を抱き上げられたマリー＝アメリーが天窓を開けて、どうにか屋根に上った。続いてビュローの上で弾みを付けて、難無く屋根に上って来た少尉だったが、黄金の欠片のような金髪は強風に煽られて、額が露わになった。やけに幼く見えたその顔は、かつて誇らしげな歌声を響かせた少年の笑顔に重なった。

釘づけとなった視線の意味に気付いたのか、少尉も宝石のような青い瞳で見つめ返すと、夢見るような笑みを浮かべて言った。

「パンティエーヴル公妃。小官が初めてあなた様にお会いしたのは、ヴェルサイユの王室礼拝堂でした。あなた様は金糸銀糸に彩られた豪華な婚礼衣装を纏っておられ、それはそれはお美しかった」

「あなたが……あなたがセルナンだったのね」

ル・ブラン少尉ことセルナンは頷いた。既視感があった筈だ。成長した〈セルナン〉が、傷つきながらも優しく見つめている。そして、残酷な事にこれが現実であると真実を告げた。「ええ。そして……ブリュネルを殺したのは小官です」

バリケードが破られたのだろう。男たちの叫び声が明瞭になって近づいて来る。

「何があったのか聞かせてくれるわね」

「お約束します。必ず」

セルナンとマリー＝アメリーは、互いの手を取り合うと、王立士官学校の屋根を駆け出した。


強風に煽られ、勾配が付いた屋根の上からは滑り落ちそうで、なかなか前進が出来ない。セルナン一人なら難無く逃走出来たであろうが、マリー＝アメリーはすっかりお荷物状態だ。増築を重ねた士官学校の施設は、右翼だけでもかなりの長さがあった。ペティコートが脚にまとわり付き、段差を踏み外して前につんのめりそうになったが、セルナンがすかさず腕を摑んで引き上げてくれた。

セルナンが指し示しながら言った。

「あのドームまで行き着ければ、下はバルコンがあります」

パンテオンを模した円柱が支えるドームでは、古代ローマの衣装を纏った寓意像が対面する練兵場とセーヌ川を睥睨している。

あとほんの僅かだ。マリー＝アメリーは自身を鼓舞するように頷くと、再び大きく踏み出した。

「早くその男と王族の女を始末しろ」

その聞き覚えのある背後からの声に、凍り付くような冷気と殺気を感じたマリー＝アメリーは立ち止まり、恐る恐る振り返った。

「デカール捜査官……」

現パリ警察総監ルノワールの片腕で、検挙率九割を誇る凄腕の捜査官、その人だった。

恐怖を気取られないためにも、マリー＝アメリーは麾下の警邏を従えたデカールを睨み付けた。張り詰めた空気が流れる中、彼は襟元のスコットを緩め、一呼吸すると「ブリュネルは用済みで、始末されるのも時間の問題だった」と淡々と語り始めた。

はっとした視線をデカールに向けた彼女は、「では、ブリュネルにフランス軍の情報を流していたのは……」と問いかけた。

デカールは答えない。彼の無言は「肯定」と受け取って良いのか。

「お前が余計なお節介と好奇心など持たなければ、当初の予定どおり、あの士官学校の若造の犯行で片が付いていたんだ。あいつはブリュネルの周りを嗅ぎまわり目障りだったからな」

その言葉に、マリー＝アメリーは目を見開いた。

「犯行現場の状況では誰もが大尉の犯行だと思うから。でも大尉は釈放されて、私の預かりになってしまった」

マリー＝アメリーの見解に、デカールが答えた。

「そうだ。お前が余計な事をするから、予定を変更せざるを得なかったんだ」

「それで無理やりルネを逮捕して、彼に罪を着せようとしたの？　ルネを自殺に見せかけたのはあなただったの？」

解剖の結果、ルネが自身のスコットで吊るされた時には、まだ息があったとサンソンは言った。意識を失っていただけで、早急に手当てすれば助かっていただろうと。

ルネの名前に反応したのか、ル・ブラン少尉がデカールに摑みかかろうとしたが、直ぐに警邏が向けた剣によって制された。

「俺は直接手を下してはいないが、詳細を知りたければこいつらに訊けばいい」

デカールは彼を取り囲む麾下の警邏らを顎で示した。

パリ市街
軍神の園《シャン・ド・マルス》

「軍神の園」と呼ばれる練兵場前で人影と出会《でくわ》した。危うく衝突しそうになったジャン＝ジャックは慌てて手綱を引いたが、驚いた馬が前脚を勢い良く上げ、その反動で石畳に振り落とされた。

落馬の痛みに堪え、立ち上がった彼の耳には、聞き覚えのある怒声が響いた。

「ボーフランシュか！　ったく、俺を蹴り殺すつもりか！」

ランベールの顔は驚きから怒りへと変わっていったが、ジャン＝ジャックは喜びのあまり友に抱き着いた。

「我が友よ！　良いところで逢った。パンティエーヴル公妃を見かけなかったか」

まあ、落ち着けとランベールはジャン＝ジャックを宥めた。いつもは頼もしい悪友のおおらかさが、今日は癪に障り、ジャン＝ジャックは奥歯をぎりぎりと噛み締めた。

「どうしたその恰好は。いつもより荒んでるな」

普段にも増して野性味を帯びたジャン＝ジャックの姿に、悪友は苦笑した。

「事件の調査でロッシュまで往復して、今パリに戻ったところだ」

二人は人の波を縫うように気球の設置場所へと向かった。

強風に煽られて土埃が舞い上がる。気球は徐々に膨らみを増して、その度に練兵場に集まったパリ市民の歓声が上がった。

既にラヴォワジェ夫妻やモンゴルフィエ兄弟、後援者であるランブイエ公爵の姿もあるが、公妃の姿はどこにも無かった。

「どこに行ったというんだ」

辺りを見渡すが、それらしき人影も何も見当たらない。

ランベールの部下である一人の警邏が、ランベールの名を呼びながらお仕着せを纏った少年の手を引いて二人の傍へとやって来た。

「暴れ馬に振り落とされて、道端で泣いていたんですよ」

少年の顔を見て、驚くと同時にジャン＝ジャックは声を張り上げた。

「ロベールじゃないか。いったいどうしたんだ。公妃と一緒じゃないのか」

「泣き通しで話にならないし、パンティエーヴル公妃の近侍だというから、ランブイエ公爵のもとへ連れて来たんですよ」

落ち着かせようと、気球の設置脇に置かれた貴賓席に座らせた。主人であるランブイエ公爵が心配そうに見守る中、ラヴォワジェ夫人から手渡された水を飲むと、ようやくロベールは吐露し始めた。

「公妃様は僕を危険な目に遭わせないように、逃がして下さったんです。ランベール捜査官を捜して連れて来いと。これ以上、公妃様を裏切るような事は神様がお許しになりません」

兄のロワイエールは、弟を利用してランブイエ公爵のアパルトマンで貴金属類の盗みを働いていたとロベールは涙を拭いながら告白した。

「では、儂の時計が見当たらなかったのは……」ランブイエ公爵は当惑した面持ちで呟いた。

ロベールは大粒の涙を零し、大きく頷いた。

「兄さんは調子に乗って、他の王族方のアパルトマンに忍び込んだ時に見つかってしまい、脅されたんです。公妃様を王立士官学校へ連れて来いって。ボーフランシュ大尉を捕縛していると言えば、必ず来るからって。あいつら、兄さんも公妃様も殺すつもりです」

彼の悪事が弱みとして逆に利用されたのだろう。

ジャン＝ジャックの隣で望遠鏡を覗いていたラヴォワジェ夫人マリー＝アンヌが悲鳴を上げた。

「パ……パンティエーヴル公妃が！　し、士官学校の屋根の上に！」

　ジャン＝ジャックはラヴォワジェ夫人の手から望遠鏡を奪い取った。その青い瞳に、公妃が警邏に追われている姿が飛び込んで来た。公妃の隣には、なぜかル・ブラン少尉の姿がある。

　茫然とするジャン＝ジャックの手から望遠鏡を取り去ると、「あれは確か、デカール麾下の警邏共だ」とランベールは告げた。

　助けなければ。ジャン＝ジャックは駆け出した。既に気球の天蓋は大きく膨らみ、その全容を披露した。リヨンの絹織工房が協賛、製作した絹製の気球には、強度を増すために蠟引き加工がされている。繫留している綱を摑むと大声で懇願した。

「俺をこいつに乗せてくれ。一刻の猶予も無いんだ」

　だが彼の前には思わぬ人が立ちはだかった。ジャン＝ジャックの恩師でもあり、科学者のラヴォワジェは頑として首を縦に振らない。

「駄目だ、ボーフランシュ大尉。国王陛下は有人飛行を禁じておられる。我々も何通もの嘆願書をヴェルサイユへ届けたが、陛下はお認めにならなかった」

　搭乗予定の牛の呑気な鳴き声が、一層ジャン＝ジャックを苛立たせた。

「馬だろうと牛だろうと人間だろうと結果は同じだ。俺の首一つで済むのなら、いつでも陛下へ差し出す覚悟だ」

「国王陛下が頑なであれば、儂の首も喜んで差し出そう」

再び涙を流し、許しを乞うロベールの背を何度も摩りながらランブイエ公爵は言った。

「嫁が、マリー＝アメリーが助かるのならば、命も金も惜しくない。リヨンの絹織工房を全て買い取っても構わん。だから、この気球を使わせて貰えないだろうか」

慈悲深く、気さくでパリ市民にも大層慕われているランブイエ公爵。太陽王の孫にあたる彼は他の王族らとは違い国王にも忠実で、かつ高潔であった。

事後報告であろうと、国王はランブイエ公爵の頼みを無下には出来ないだろう。ましてや、実の妹のように常に気遣っているパンティエーヴル公妃の一大事を救うためだ。

「ランブイエ公爵閣下にお願いがございます」

ジャン＝ジャックは公爵の前に駆け寄り、片膝を付いて頭を垂れた。

「儂に出来る事があるならば、何なりと申してくれ」

そんな他人行儀はやめてくれとばかり、公爵はジャン＝ジャックの両手を取り、立ち上がらせた。

「公爵にしかお願い出来ない事でございます」ジャン＝ジャックは敬意を込めた眼差しを公爵へと向けた。

一発目の大砲の音が轟いた。集結した軍隊と士官学校の生徒が、練兵場の周りを囲うように整列した。気球の軌道を追う市民らの暴徒化を阻止する狙いだ。

王立士官学校の校長ダヴー大佐を従えて、白馬に跨がったランブイエ公爵は集まった市民へ向けて高らかに宣言した。

「今からこの気球は初の有人飛行の時を迎える」

興奮した市民からはどよめきと嵐のような拍手喝采が上がる。

ランブイエ公爵は馬に拍車をかけ、トロットで駆けながら声を張り上げた。

「どうか多くの死者と怪我人を出した『ルイ十五世広場』の惨劇の轍を踏むことが無いよう心していてくれ。儂らは諸君の安全を一番に考えておる」

直径七トワーズ、高さ十トワーズの巨大な気球は、天蓋の下にゴンドラではなく丸い回廊が付けられた。空に昇り搭乗者がめまいを起こして回廊から落下しないようにと手摺も付けられた。吹き荒れる強風は、王立士官学校までの飛行を後押ししてくれるだろうとラヴォワジェが天空を見上げて眩しそうに言った。

天蓋の真下には藁と油を染み込ませたウールを燃やし、熱い空気を補給出来るようにと大きな鍋が置かれている。これならランブイエのデモンストレーションよりも長い時間の滞空が可能だ。

「なぜ同乗者が俺なんだ。俺は高いところは苦手なんだ」

ランベールは積み込んだ麻袋から藁を一握り鍋にくべながら、恨み節を垂れ流している。

「仕方無いだろう。モンゴルフィエ兄弟は搭乗には全く関心が無いし、ダヴー大佐とランブイエ公爵はパリ市民の混乱を防ぐために軍隊と士官学校の生徒たちを統率しなければならない。万が一墜落してラヴォワジェ先生を巻き込むわけにはいかないし、お前が一番適任者だ」

ジャン＝ジャックも大声を張り上げながら、濡れた綿布を手に天蓋に燃え移りそうな火の粉を消し続けていた。

二発目の大砲の音が轟き、気球を繋留していた綱が一斉に放された。

パリ市街
王立士官学校　主翼屋上

大砲の音が風に乗って聞こえた。

剣を構えた警邏を従え、デカールはゆっくりとマリー＝アメリーとセルナンに近づいていた。デカールの後方の天窓からも警邏が次々と屋根に上り、こちらを目指して駆けている。

「助けを待っても無駄だ。隣の練兵場にはパリ市民の半分は押し寄せている。警察も軍隊も警備に追われて、こちらの動向は目に入っていない」

二発目の大砲の音が風に乗って聞こえた。気球は既に大空へ向けて飛び立ったのか、ここから窺う事は出来ない。

セルナンも剣を構えて一瞬の隙も与えぬよう、ぴんと張り詰めた気配を漂わせているが、如何せん多勢に無勢だ。

じりじりと追い詰められていく二人には、彼等の思惑どおりここから飛び降りて、暴徒らの犠牲になったと偽装されるしか無いのか。悔しさに耐えるようにマリー＝アメリーは唇を噛んだ、その時であった。

上空から気球がゆっくりと下降して、士官学校の屋根に巨大な影を落としていく。屋根の上の警邏もデカールさえも呆気に取られ、茫然と立ち尽くしていた。

「気球目掛けて飛べ！」

渇望していた声音がする方へマリー＝アメリーは顔を上げた。「ボーフランシュ大尉！」

そこには、気球の天蓋から垂れる綱を握り、右手を伸ばしたボーフランシュ大尉の姿があった。

はっと気付いた警邏の一人は、気球の天蓋目掛けて発砲したが、絹地に加工が施されているのか、銃弾を跳ね返して風穴を開ける事は叶わなかった。

デカールは舌打ちをすると、数名の警邏だけを連れて黒衣を翻し去って行った。

「騎士殿がようやく囚われの姫君を助けに参りましたね」

これでもう大丈夫、と数度マリー＝アメリーの背を摩ったセルナンは、先程までとは一転、「小官はまだやり残した事がございます」と鬼気迫る一瞥を残し、身を翻してデカールらの後を追った。

「大丈夫だ！　俺が、俺が必ず受け止めるから！」

マリー＝アメリーは大きく息を吸った。背後には追っ手の警邏が迫っている。だが、もう怖いものは無かった。目の前には逢いたくて待ち焦がれた姿がある。鳥になろう。両手を広げると、気球目掛けて力の限り足元を蹴って飛んだ。滞空時間はほんの数秒だったが風に乗って確かに空を飛んだのだ。

大尉はその言葉どおりマリー＝アメリーを受け止めた。受け止めた衝撃と反動で背後へ倒れ、「あんたといると退屈している暇が無いな」と安堵と苛立ちが綯い交ぜとなった声が耳元で響いた。

「遅いわよ！　もう少しで殺されるところだったわ」言葉とは裏腹に、マリー＝アメリーは大尉の背に回した腕に力を込めた。呼応するように抱き返す腕の力は強さを増し、息が出来ないほどであったが、ボーフランシュ大尉の逞しい腕と胸に包まれ、恍惚の想いでマリー＝アメリーは喜びを噛みしめていた。

「お二人。邪魔して恐縮だが」

遠慮がちなランベールの声に、我に返った二人は気恥ずかしさからか、頬を染めながら名残惜しそうに離れた。同時に気球は振動を伴い大きく傾斜した。デカール麾下の警邏らが、次々と回廊目掛けて飛び乗って、気球はゆっくりと下降を始めた。

「人間が五人も六人も乗るようには設計されてないんだよ」

大尉が砂袋で警邏の攻撃に反撃し、マリー＝アメリーも負けじと藁が入った麻袋で応戦した。

「少尉がセルナンだったのよ」息を切らしながら、背中越しに大尉に言った。

「ああ、俺もそれをロッシュで確認してきた」額に汗を滲ませ、大尉も答えた。

「まだやるべき事があると言っていたわ」

殺気を帯びたセルナンの眼差しを思い出し、マリー＝アメリーは縋るように大尉に訴えた。「セルナンを助けて」と。

「分かった。俺はあのバルコンに飛び移るから、その後は気球を上昇させるなり下降させるなり、あいつらを好きにしろ」

警邏の一人に砂袋を叩きつけて気球から落とすと、大尉は綱を握り、片足を回廊の手摺に掛けた。

「くれぐれも気を付けて」

「ああ……」

マリー＝アメリーに視線を向けた大尉は、今一度両腕で強く抱きしめると、教官らの執務室へと続くバルコンに飛び移った。その姿を見届けた彼女は振り返ると、まるで舞踏会へ誘うかのように優雅に告げた。

「藁をあるだけ燃やして下さるかしら、ランベール。折角なら初めての有人飛行を共に楽しみましょうよ」

もうやけくそだとランベールは麻袋ごと鍋に藁を放り込んだ。気球は途端に速度を増すと、辛うじて回廊の手摺にしがみ付いていた警邏らを、士官学校の屋根の上に振り落とし、パリの空高く昇っていった。

パリ市街
王立士官学校　主翼

ジャン＝ジャックは飛び降りたバルコンから執務室の中へ入り、廊下へ出ると、そこは一面血の海だった。俯せや仰向けに倒れた警邏たちに震撼したが、教え子の姿が無い事に安堵しながら、壁を背に脚を投げ出し座りこんだ警邏の背を抱えた。

まだ息がある彼の肩を揺すった。「しっかりしろ！　何があったんだ」

「あの野郎……狂ってやがる」

見覚えがある警邏の一人だった。彼は血塗れの腕を震わせて校長室を指さした。ルネを殺した警邏を探してセルナンが無差別に剣を振るっていると言う。

「ボーフランシュ大尉！　間に合って良かった」

その声に顔を上げると、ロベールを保護したランベールの麾下の警邏であった。

彼は言った。「デカール麾下の警邏はこちらで逮捕します。ロワイエールとかいう将校も既に捕らえました」

「頼んだ」ジャン＝ジャックは怪我人を彼に任せると、校長室目指して駆け出した。

いったい、何人のデカールの部下を斬りつけたのか。ぬるぬると滑る血に足元を取られそうになりながら、校長室に駆け込むと、そこには、対峙する剣を握るセルナンとデカールの姿があった。

セルナン。彼は本当にヴェルサイユ中の貴婦人を虜にした教え子だろうか。お手本のような物腰に、宮廷人の羨望の眼差しを一身に受けて優雅にメヌエットを舞った彼は今、浴びた返り血を全身から滴らせている。

デカールを守護した三人の警邏はセルナンの刃の犠牲になったのか、既に床に倒れていた。

セルナンがデカール目掛けて剣を振り上げた。それを合図に、デカールの右手に握られた銃が轟音をたてた。その衝撃でセルナンが背後へと吹き飛んだ。

ジャン＝ジャックの全身に戦慄が走った。だが、銃弾は逸れてセルナンの右腕を掠っただけであった。

舌打ちしたデカールは、今度こそ仕留めようと、セルナンとの距離をじりじりと詰めていく。セルナンは後退った。

再びデカールが狙いを定めた時、彼の前には両手を広げたジャン＝ジャックが立ちはだかった。腰の鞘から剣を抜くとデカールの右手から銃を剣先で払った。

勝敗は決したのか、ランベールの部下も捕縛したデカールの部下を連れて続々と校長室に集まっている。

ジャン＝ジャックは室内を見渡し、大声で言った。

「誰も手出しするな！」

剣を構えると同時にデカールが軽く鼻を鳴らした。遠慮せずかかってこいとの合図だ。

邪念を振り払うかのように、ジャン＝ジャックが瞳を閉じ、大きく深呼吸した。ゆっくりと剣を構え、同時に開かれた青い双眸には、差し込む夕陽を浴びたデカールの鬼神が如き姿が映し出された。

「はっ！」

ジャン＝ジャックが繰り出す最初の一撃は軽くかわされた。太刀筋はお見通しというわけだ。かつて、有能な軍人だったとの噂は眉唾ではなさそうだ。

お返しとばかりに、デカールがずしりと重い一撃をお見舞いした。

デカールの一撃を間一髪で避けたが、鋭い剣先は、ジャン＝ジャックの褐色の髪を容赦なく散らした。一切の手加減はしないとの意思表示だ。

体格でも体力でも劣りはしない、二人の遣い手が交わす剣は、ずっしりとした音を校長室に響かせた。デカールと刃先を合わせる度に、思い当たる匂いの濃度が増した。あの時、ジュヌヴィエーヴ修道院の戸口で嗅いだかぎ煙草の匂いだった。

「修道院の前で俺を襲ったのはあんただったのか」

「今頃気付いたのか」

何時しか辺りは、激しく交わされる剣の音だけが響き渡っていた。息が上がる程の持久戦に縺《もつ》れ込んだが、両者一歩も譲らない。

「なかなかやるじゃないか、若造」

「当たり前だ。あんたと違って去年は前線にいたんだ」

「イギリスのお情けでどうにか命拾いした戦か」

反論しようとした刹那、ここ数日不眠不休で駆け回っていた疲労の為か、足元がふらつきジャン＝ジャックは体勢を崩した。

「もらった！」

デカールは容赦なく大きく一歩踏み込んだ。その時、校長室の壁面に飾られた黄金の額縁が捉えた夕陽が、彼の顔を直撃した。

「う！」眼球に鋭い反射光を浴びたデカールは、咄嗟に左手で顔を覆った。

その一瞬の隙だった。ジャン＝ジャックは仰《の》け反《ぞ》りながらも持ち堪え、デカールの剣先をかわした。床についた左手で反動を付け、渾身の力を込めてデカールの剣を振り払ったのだ。

ジャン＝ジャックに払われたデカールの剣は宙を舞い、大きな弧を描きながら格子床に突き刺さった。無情にも彼の剣は、辺りに羽音のような鈍い音を響かせ、左右に大きく揺れ、やがて止まった。

無事に着陸して駆け付けたランベールはその一部始終を見届けた後、ようやく口を開いた。

「パンティエーヴル公妃及びル・ブラン少尉殺害未遂容疑だ。ついでにイギリスへの諜報活動の容疑も追加して、デカール捜査官とマルク・ド・ロワイエール、麾下の警邏らの身柄を拘束しろ」

終わった。ジャン＝ジャックは剣を一振りすると、腰の鞘に収めた。感触を確かめると同時に顔を上げると、そこには笑顔で駆け寄ってくる公妃の姿があった。

「公妃！」

笑顔を返すジャン＝ジャックであったが、微笑む公妃の背後の壁に飾られた、前国王ルイ十五世の寵姫故ポンパドゥール侯爵夫人の肖像画に釘付けになった。

この黄金の額縁が夕陽を反射していなければ、おそらく、デカールの刃に貫かれていただろう。

「どうなさったの？」

突然黙り込んでしまったジャン＝ジャックを、心配そうな面持ちで公妃は見上げている。

「いや……」

どこの誰とも告げず、自分を慈しみ、母のような愛情を与えてくれた唯一の女性。肖像画の侯爵夫人の眼差しが、母のように慕い続けるあの女性の面影に重なったのだ。

「ポンパドゥール侯爵夫人の肖像画ね」ジャン＝ジャックの視線の先を追い、公妃は言った。

「ああ。最近になってこの校長室に掛けられたそうだ」

「彼女は生前、このパリ王立士官学校の創設と施設の拡充に身命を捧げたと聞いているわ。資金難に直面し、何度計画頓挫の憂き目に遭おうとも決して諦めなかったと」

文化と芸術を庇護、奨励し、城館の築城と装飾を好み、ベルビューの城やメナールの城など数々の城を保有した侯爵夫人が、なぜ畑違いと思われる軍人養成の学校創設に携わったのか。未だ大きな謎であった。

ジャン＝ジャックは首を振った。前王の寵姫と自分に何の接点があろうかと。ただの思い違いだと。

デカールは捕縛しようとした警邏をぎろりと睨み、震えさせていた。ロワイエールは、警邏ごときに捕縛されたく無いだの、貴族を後ろ手に縛るなだの大声で喚きたて、まわりを呆れさせた。

「連れて行け」

頭を抱えたランベールは、麾下の警邏に命じた。彼は公妃に会釈し、ジャン＝ジャックの肩を労うように叩くと、踵を返し退室して行った。

二人はセルナンの傍へと向かった。公妃はセルナンが浴びた血をハンカチで拭い、腕の傷を縛った。ジャン＝ジャックは戸惑いを隠せずにいた。

「ル・ブラン少尉……いや、セルナンで良かったか。これまでの経緯を話してくれないか」

「事と次第によっては、国王陛下に恩赦を願い出るから、全て話して下さるわね」

右腕の傷に左手を当てたセルナンは、視線を扉に向けたと同時に険しい表情に変わると、「危ない！」渾身の力で公妃を突き飛ばし、両手を広げるとジャン＝ジャックの前に立ちはだかった。

夕刻を切り裂くような銃声が数発辺りに響いた。捕縛を振り解いたデカールの部下が、隠し持っていた銃の引き金を引いたのだ。

「大変だ！　セルナンが撃たれた！」

ジャン＝ジャックの腕の中に血塗れのセルナンの姿があった。セルナンはその身を盾に、かつての師を庇ったのだ。

一転、王立士官学校の校長室は緊迫した空気に包まれた。

「この野郎！」ランベールが怒鳴り声をあげて、発砲した警邏を押さえつけた。

「医者を呼ぶんだ！　廃兵院になら医者が常駐している」

ランベールが数人の部下と階段を駆け下り、馬に跨がり廃兵院を目指した。

「セルナン、しっかりするのよ！」公妃はペティコートの襞を引き裂き、セルナンの傷を押さえた。だが、すぐに血は溢れ、押さえる手も血塗れになった。

セルナンは目を細めて、笑みを浮かべると静かに言った。

「銃弾は心臓を外れて胃を貫いたようです。皮肉な事に、小官がブリュネルに負わせた傷と同じですが、命の方はまだ暫く持つようですので……」

「話すな！　血が止まらない」

「いいえ、お話しします。全て……」

パリ市街
王立士官学校　校長室

「父の事業は破綻寸前でした。絶対に儲かるからと、父は金を掻き集めて薔薇の投機に最後の希望を賭けたのです。しかし無駄でした。全財産を失った時に、当時、パリ・ノートル＝ダム大聖堂少年聖歌隊の参事だったブリュネルは、小官に去勢を勧めたのです」

セルナンの美貌と音楽の才能に魅せられていたブリュネルは、去勢を勧めた。カストラートになれば、借金も返せるし、何よりもヨーロッパの名だたる劇場で喝采を浴び、名声も意のままだ、と彼は言った。

「簡単な手術で終わるからと。だが生死を彷徨い、やっと熱が下がった時に小官の声は死んでいました。二度とあの高い音域は出せないどころか、この有様だ」

「それで、あなたのお父様は」

「ええ。失意のうちに亡くなりました」セルナンは続けた。「心底ブリュネルを恨みましたよ。だが、十歳そこそこの少年が、一人で生きていけるほど世間は甘くない。父の葬儀後、トゥールーズの遠縁に引き取られることになった小官は、一人乗り合い馬車に乗った。トゥールで乗り換えると、そこには、小官と同じように孤児になった貧乏貴族の少年ル・ブラン、フランソワ・ド・ル・ブランがいました。彼はソレーズにある幼年学校へ向かう途中でした」

彼の靴は履き古され、穴からは指先が覗いており、粗末な衣服は貧しい農民の子らと何ら変わらない。憐れに思ったセルナンは、自身の上着と靴との交換を申し出た。

ほんの一時であったが、少年とセルナンは心を通わせ、短い旅を楽しんだ。だが、悪天候の中、暴走した馬車とすれ違い様に正面衝突し、大惨事が起こった。彼らはロッシュにある聖トゥルス教会の施療院に運ばれたが、助かったのはセルナン一人だけであった。

「目が覚めた時、小官はセルナンではなく、ル・ブラン、フランソワ・ド・ル・ブランとなっていました。彼と交換した上着の隠しに、入学許可証と書状が入ったままでしたから、周りの大人たちは気付かなかったのでしょう」

「本来のフランソワ・ド・ル・ブランは事故で亡くなり、あなたは彼になりすましたのね」

セルナンは大きく頷いた。

「ロッシュの聖トゥルス教会の司祭に会ってきた。三月十七日は聖パトリックの日だ。トゥールーズ生まれが聖セルナンを崇拝するように、聖パトリックはアイルランド人には心のシンボルだ。アイルランド貴族の末裔を演じるなら、いや……他人の人生を乗っ取る覚悟があるなら、それくらい頭に入れとけ」教え子の手を握る大尉の目には涙が溢れていた。

セルナンは恩師へ向けて儚く微笑んだ。

フランソワ・ド・ル・ブランとして新たな道を歩み出したセルナンは、幸いにして、生まれつき利発であったため、新たに選んだ道でもすぐに頭角を現した。ソレーズにある幼年学校で優秀な成績を修めた後、パリの王立士官学校へと進学した彼は、教官として着任したばかりのボーフランシュ大尉と出会った。

「感謝しています、大尉。あなたのような師と出会えた事は、小官の人生において最大の誇りです」

大尉の青い瞳から涙が溢れ、絞り出す励ましは、どう抑えても悲壮な叫びにしかならない。

「適材適所と言うべきかしら？　あなたのような無頼者でも慕われるのだから」

マリー＝アメリーの皮肉に、大尉もむっとした表情を返すが、場を和ますためである事は、語らずとも理解していた。

セルナンの顔にも微かな笑みが広がった。

「ブリュネルは既に用済みだとデカールは言っていたわ。セルナン、あなたが手を下さなくても、いずれ彼らに始末されたでしょうに」なぜ、とその唇は呟いた。

「ルネが……」

「ルネ?」

「ブリュネルに脅されていました。カストラートとしてデビューしないのなら、体の秘密を公にすると」

「あなたは、以前からルネの体の秘密を知っていたの?」

「小官とルネは幼馴染ですよ」

出血のためか色を無くしたセルナンの頬が、俄に艶めいた。血塗れになりながらも神が丹精した美しき造形はそのままだ。セルナンの美貌に魅せられるマリー=アメリーの裡には、一つの想いが駆け巡った。ルネがその儚い人生を賭してでも守りたかった人。無償の愛を捧げた人。

「ルネが愛したのは、あなただったのね……」

「ルネは男でもなく女でもない中途半端なその身を恥じて嘆いていました。でも小官には誰よりも完璧で、ヴェルサイユの着飾った女性たちよりも数倍美しく映っておりました」

「アリストファネスか」

セルナンは微笑みながら頷いた。

両性具有の姿は、人間の完全体として『饗宴』の中で語られている。だが彼らの蜜月は長くは続かなかった。ブリュネルがルネの体の秘密に気付き、容赦ない脅しを仕掛けてきたのだ。


――ブリュネルはパンティエーヴル公妃様に僕の体の秘密を告げて、援助を申し込むと言った。もう彼を殺すしか僕たちが助かる道は無いんだ。

――早まるな、ルネ。諜報活動の証拠が固まり次第、ブリュネルは逮捕する。お前が手を汚す必要は無い。

――セルナンの身が危険だ。それにもう時間が無い！

「舞台上のルネの歌声を聴く時だけが小官の至福の時でした。カストラートとなって喝采を浴びなくても、小官のためだけに歌っていて欲しかった」

――ロズリーヌがブリュネルを追って公妃様のアパルトマンへ行った。もしかして、殺す気かもしれない。セルナン、何としてでも止めて！

「小官がアパルトマンに駆け付けると、頭を殴られて気絶した大尉と、カヴァレッティに刺されたブリュネルが蹲っていました」

――リッカルドめ！　まあいい。あいつの弱みは握っているんだ。しっかり利用させて貰う。

柔和な笑みを絶やさなかったセルナンの顔に険しさが宿った。

「ブリュネルは……あいつは言ったんだ！　ルネのような悪魔の肢体やお前のような醜いカエルのような声とは違う、ヨーロッパ一の音楽学校を作り、完璧なカストラートを作り上げると」

「なんて酷い……」

ブリュネルが生前傾けた音楽への情熱は、歪んだ愛が育んだ狂気の世界だった。

「ブリュネルは殺されても当然の事をしてきた。小官の父は無一文となり、失意のうちに逝った。小官は喉を潰されて声を失った。音楽家として生きる人生も。それだけじゃない。ルネとロズリーヌを苦しめ、カヴァレッティは彼に騙されて去勢されたと聞きました」

「だからと言って、殺してもよい理由にはならない」

軍人は戦闘以外の場で決して人を殺めてはならない。私情を優先してはならない。大尉が教官として教え子らに諭して来た言葉だった。

「アンリを、あの王妃の養い子でさえも、彼は醜い夢の駒として扱ったのですよ」

ブリュネルの留守中、諜報活動の証拠を摑む為に彼の館に忍び込んだセルナンは、少年たちの遺体と瀕死のアンリを見つけた。アンリはセルナンの姿を見ると、消え入りそうな声で言った。

――ランブイエの森へ連れて行って。エミールが待っているから……エミールと森で遊ぶって約束したの……小川の畔に菫の花が咲いたら……王妃様にお見せするんだ……歌も……

少年たちは既に手の施しようがなかったが、アンリだけはとランブイエまで馬を駆けた。だが、願いも虚しく、アンリは馬上のセルナンの腕の中で眠るように息を引き取った。

「あの子をランブイエの森に置いてきたのは間違いでした。せめて農家の前にでも寝かせてやれば良かった」

——あの餓鬼を連れ去ったのはお前だったのか。あの様子だと長くは無かったし、所詮、失敗作だったからな。


セルナンの怒りと哀しみは我慢の限界を越えた。腰の剣を抜くと、ブリュネルの胸に突き立てた。アンリが、ルネが、そして他の子どもたちが味わった苦しみを少しでも分からせるために、敢えて心臓は狙わずに。

「一つだけ分からない。なぜブリュネルの屍体に『申命記』を握らせたんだ？　おまけに、その『申命記』は、ソレーズの幼年学校や聖セルナン教会のベネディクト会発行だった」

「時間が欲しかったのです。ブリュネルの諜報活動の証拠を摑むまでは、逮捕されるわけにはいかなかった」

アパルトマンを出たセルナンは、急いで宿舎に置かれた聖書を破り、ブリュネルの屍体を検分する隙に彼の左手に握らせたのだ。

「それ以上に、恩師である大尉に罪を着せないための咄嗟の行為だったのでしょう？　聖書の発行元からいずれあなたに行き着くとしても」

馬鹿野郎と呟きながら、大尉は堪えきれずに涙を零した。

「これが、小官が犯した罪の全てです」

全ての告白を終えると、セルナンは大きく息を吐いた。すると、痛みを堪える彼の口元から無残な鮮血が流れ出た。

「ルネは小官の犯行だと気付いていたのでしょう。気付いていて小官の身代わりになって逮捕され、死なせてしまった」

「あなたもルネを愛していたのね……」

頷くセルナンの青い瞳には涙が溢れ、やがて嗚咽を伴った。

マリー＝アメリーの脳裏には、ルネの遺体を前に、眩暈を訴えたセルナンの姿が浮かんでいた。あれは哀しみの涙を隠す為、そして、最愛の人の死を悼む為だったのだ。

男性の象徴と声を失ったセルナン。男性と女性の象徴を持って生まれたルネ。二人は互いの不完全な体と魂を求め、凍えた雛鳥のように温もりを分かち合った。だが、一方の半身が死ねば、取り残された他方も死ぬ。セルナンがブルワー嬢に見せた儚く哀し気な微笑みは、ルネを、己の半身を永遠に失ったがゆえか。

「戻れるものなら、あの頃に戻りたい……。ルネと共に歌い、笑い転げていた、あの幸せだった頃に。あの声に……」

セルナンの血塗れの手を強く握ると、マリー＝アメリーは自らの頬に擦り寄せた。

「私と亡き夫の結婚式で高らかに歌い上げて下さった、あなたの笑顔と歌声を覚えているわ」

「小官の歌声……」

予期せぬ言葉に、セルナンの声は震えた。

「二度と聴くことは叶わなくとも、あなたの、あの神から授かった声は、今も私の記憶の中には鮮明に残っています。あなたとルネの歌声が、私の孤独な結婚生活をどれだけ慰めてくれた事か……」

あれは、天使の栄光を讃える祈禱曲だった。うねった短い金髪に光を受けて、幼いセルナンが誇らしげにソロのパートを歌う。それにルネの声が重なり、地上に舞い降りた二人の天使は、見事な調和をヴェルサイユ宮殿の王室礼拝堂に響かせたのだ。

「だからあんたは、ずっと少年聖歌隊のパトロンをやっていたのか」

大尉の問いにマリー＝アメリーは大きく頷いた。

セルナンの顔に、俄に安堵の笑みが広がった。

「ル……ネ……また……せ……た……い……ま」

口元を血で染めて、声にならない声をセルナンは上げた。

「話すな！　血が止まらない」

大尉は叫びながらセルナンの手を強く握り締めた。

馬の嘶きが聞こえる。廃兵院から医者を連れたランベールと警邏が到着したのだろう。

セルナンは口の端を僅かに上げて微笑んだ。

「ミゼ……レーレ……メイ……デウ…ス……」

命の残り火を灯すかのように、セルナンの唇から歌声が零れ落ちた。

宝石のような青い瞳を見開き、虚空を摑むように手を伸ばしたセルナンは、そのまま息絶えた。

エピローグ

一七八二年七月二十日

パリ市街
グラン・シャトレ

松明を手に、ジャン＝ジャックはランベールを伴い、重い足を引き摺るようにグラン・シャトレの地下へと続く階段を下りていた。石造りの通路と壁には血反吐と汗の臭いが染み付き、それをじめじめとした湿気が覆い、陰鬱な気分に拍車を掛けていた。

振り返ってみて、ここを爽快な気分で訪れた事など一度も無かったと、自嘲の笑いを漏らした。

「ここだ」

ランベールが一つの扉の前で止まり、指し示した。鉄板を貼って補強した扉には、小さな覗き窓だけが付いている。ランベールは中を覗いて確認を済ませると、鍵束から鍵を取り出して独房を開けた。開錠の音を石壁が跳ね返し、やけに重々しく響いた。

独房に窓は無く、全て闇に覆われているが、松明の炎に照らされ、中がぼんやりと浮かび上がった。

藁が敷かれただけの粗末な寝床に座ったデカールは、両手両足を鎖で拘束されている。

「なんだ、お前たちか。いったい何の用だ」

予想外の訪問者に驚きつつも、デカールはすぐに興味無さげに顔を背けた。

逮捕されたデカールは、連日のように厳しい取り調べと容赦ない拷問を受け続けていた。

恐らく、隣の鉄格子の部屋が拷問室なのだろう。壁には幾多の拷問器具が掛けられ、石の床の上は湿り気を帯び、所々小さな水溜まりが出来ている。連日の拷問で流される血と汗で濡れ、乾く暇が無いのだ。

「ランベールやムッシュー・サンソンから聞いた。デカール、なぜ黒幕の正体を言わない」

「またその話か。何度も言わせるな。イギリスへの諜報活動は全て俺の指示だ」

デカールの主張は一貫していた。どんなに厳しい追及や拷問を受けようとも、呻き声一つ上げずに耐え続けている。

遂にはサンソンが音を上げて、ジャン＝ジャックやランベールに泣きついて来たのだ。

——このままでは処刑を待たずに殺してしまう

汗と血と垢で汚れたシュミーズから覗く焼け爛れた肢体が痛々しい。

ジャン＝ジャックはデカールに真摯な眼差しを向けて言った。

「あんたは私利私欲の為にこんな事をするような奴じゃない。本来は情に厚く慈悲深い奴だ。現にあんたの助命を求める嘆願書が、かつての部下という奴らからひっきり無しに届いている。俺やセルナンを殺せなかったのも、優しさを捨てきれなかったからだ」

その眼差しに応えたのか、初めてデカールが吐露した。

「国王の交替とフランスの改革だ」

「何だと」

「神話の鍛冶の神ではあるまいし、狩猟や錠前作りにうつつを抜かす国王など恥ずべき存在だ。真の王に相応しいのは、威厳とエスプリ、そして臣民らの賛同を兼ね備えた絶対者であるべきだ」

デカールは恍惚とした眼差しで熱く語った。

そんなデカールに、ジャン＝ジャックは冷ややかな眼差しを向けた。

「あんたが指導者と仰ぐ奴に、果たして、あんたが理想とするフランスに変える力量があるのか？　利用されているだけとは思わないのか？」

デカールが信奉する輩は明白だ。汚名を着せられた息子を失い、失意のどん底にいたデカールに手を差し伸べたのは彼だけで、失った軍籍の代わりにパリ警察捜査官という新たな地位を与えていた。

デカールとの討議は平行線のままだ。永遠に交わる事はない。彼はこのまま崇拝者の罪を被り、売国奴として処刑台へ向かうつもりだ。だが、ジャン＝ジャックは納得出来ない想いに苛まれていた。

「俺が全容を告げたところで何も変わらん。国王は君主制と王政の瓦解を防ぐために口を閉ざすしかない」デカールの声音には諦めの響きが含まれていた。だが、と彼は続けた。「ここに来てから毎晩息子の夢を見るんだ。あいつは逮捕された時も、処刑される時だって毅然として一度だって取り乱した姿は見せなかった。なのに、毎晩、毎晩、俺をじっと見つめたまま涙を流すんだ」

ジャン＝ジャックは言葉に詰まった。

「きっと俺のやり方を責めているんだ。ルネに罪を着せたまま見殺しにしたりしたからな。フランスの情報を流し続ける事が果たして有益なのかとずっと考えていた」

在りし日の息子の姿を思い浮かべているのか、壁の一点を凝視したまま、デカールは黙り込んでしまった。

「終わりにしたい。俺はあいつの笑った顔だけを覚えていたいんだ」

「それなら直ぐに黒幕の名前を言うんだ。パンティエーヴル公妃も国王陛下に恩赦を願い出ると……」

「俺に生き恥を晒せというのか！」

囚われ、傷ついてもなお少しも尊厳を失ってはいないデカールの迫力に、ジャン＝ジャックは気圧された。

デカールは鋭い眼光のまま、ランベールを見据え「ムッシュー・ド・パリに伝えろ。今後一切の情け容赦は要らないと。指を全て切り落とし、舌を抜いて目を潰し、内臓を抉り出しても構わない。徹底的に痛めつけろ」と言い放った。

デカールの覚悟を痛い程感じながらも、ジャン＝ジャックは納得出来ないと叫んだ。

「なぜだ、なぜあんたが全ての罪を被って死ななきゃならないんだ！」

ジャン＝ジャックの叫び声が石壁に響くが、デカールは顎先を扉の方へ向けると、「もう行け」と告げた。

ランベールは松明を手に取り、ジャン＝ジャックの背に手を当てて退室を促した。

「若造たち」

重い扉を開けると同時にデカールが二人を呼び止めた。

二人は松明を掲げて声の主の方へと振り返った。

「形はどうあれいずれフランスは変わる。いや、変わらざるを得ない時が必ずやって来る。俺は生憎、売国奴になってしまったが、このフランスの行く末を憂う気持ちは誰にも負けないつもりだ」

それだけを告げると、デカールは再び顔を背け闇の中へと溶け込んで行った。

ランベールは重い鉄の扉を閉めた。腹底から響く鈍い音がいつまでも絡み付いて離れず、ジャン＝ジャックは手にした松明を湿った床に投げ付けると、デカールの名を呼びながら両の拳で鉄の扉を何度も叩いた。仕舞いには嗚咽を伴いながらその場に頽れた。

「ボーフランシュ、分かってやれ。奴は自分の信念を貫く為に多くの罪なき者たちを犠牲にしてきた。これはデカールなりの贖罪なんだ」

鉄の扉を伝い、ランベールに支えられるようにしてよろよろと立ち上がると、万感の想いを込めてジャン＝ジャックは声を張り上げた。

「デカール！　俺はあんたの代わりにこのフランスの行く末を見届けると、必ず見届けると約束するよ」

当然のように返答は無かった。

デカールが獄中死したのは、処刑前夜のことであった。

連日の拷問の末、血に塗れ焼け爛れた亡骸は目を覆いたくなる有様だったが、口元には満足そうな笑みを浮かべ絶命していた。

一七八二年七月三十日

ヴェルサイユ
プティ・トリアノン離宮

フランス国王に即位後、ルイ十六世は王妃マリー＝アントワネットに〈小《プティ》トリアノン〉を与えた。古代ローマ風の三階建ての小さな宮殿は、八つの部屋しか無かったが、ヴェルサイユの厳格なしきたりを嫌った王妃には、ごく親しい者たちだけで過ごす隠れ家でもあった。

この〈お伴の間〉の窓からは、花の庭園を望め、薔薇や矢車菊が見頃を迎えていた。

「では、捜査官だったデカールは、逮捕後、黒幕の正体についてはついに口を割らず、獄中死したと申されるのか。いとこ殿」

「左様でございます。陛下」

窓に映る国王ルイ十六世の顔に険しさが増した。「では、事件の全容は解明出来なかったのだな」

マリー＝アメリーは、ハンカチで包んだ青と白の布地の切れ端を差し出した。

「ボーフランシュ大尉がロッシュへ向から山中で襲われ、剣を交えた際に刺客が残していったものです。恐らく、肩章でしょう」

「それには見覚えがある」

「連日の雨でぬかるんだ地面には、刺客が倒れた際に付けた縄編みのような模様が残されていた、と申しておりました」

「……青白の肩章に軍用長靴の側面には縄編みの飾り。竜騎兵隊、それもオルレアン所属の連隊に間違いないな」

マリー＝アメリーは大きく頷いた。

「処刑の数日前に、デカールの牢獄を訪ねた者がおりました。ランベール捜査官が後を尾けて、足取りを追ったところ、廃兵院の経理担当者でシャルトル公爵の秘書であるショーモンで、トレヴィル侯爵の館に入って行くところを目撃したそうです」

国王の視線はマリー＝アメリーに向けられ、着席を促された。国王は無言のままだ。その言葉を口にするか決めかねている様子だ。だが一度口に出してしまえば、もう後戻りは出来ない。

沈黙が続いた。〈お伴の間〉には、金の置時計が時を刻む音だけが響いている。

ようやく決意したのか、国王は首を二、三度振ってから諦めたように言った。

「決定的な証拠はないが、我が従兄のシャルトル公爵が関係している……といとこ殿は申されるのだな」

「はい、陛下」

シャルトル公爵が関与している証拠を摑むことは叶わなかった。唯一の手掛かりは彼の「動機」だけ。

シャルトル公爵がウェサン島での戦勝の朗報を携え、ヴェルサイユに凱旋した時、戦勝祝賀の曲と共に拍手喝采と抱擁、賞賛の嵐で迎えられた。聖霊騎士団の青綬を佩用《はいよう》した白と金の軍服を纏った公爵は晴れやかな顔で国王夫妻の前に跪いた。

だが、彼の栄光は長続きしなかった。シャルトル公爵はヴェルサイユにおいても名誉を剝奪され、中傷の嵐に晒された。

「余もシャルトル公爵を陸軍に転属させ、軽騎兵と軽装備部隊の連隊長という地位を与えて、最大限譲歩したつもりだったのだが……」

「シャルトル公爵は、海軍での功績を重ねたかったのだと存じます。それゆえ、義父の地位を渇望しておりました。しかし義父も存命中は娘婿であろうとも、シャルトル公爵に海軍大元帥職を世襲させるつもりはないと宣言しております」

尊厳をずたずたに傷つけられた公爵の裡に従弟《ルイ十六世》への執拗な恨みが生じたのも無理は無かった。加えて、義父《ランブイエ公爵》も娘婿《シャルトル公爵》ではなく国王の味方であった。

「余とお義父上ランブイエ公爵の頑なさが招いた結果……ともいえるな」

常に他人を嘲笑っていても、自身が受けた屈辱は決して忘れない。そんな男だ。

「私こそ、元近侍が彼らの手先となっていたとは露しらず。この上は、どのような処分も覚悟しております」

あのブリュネルが殺された夜、公妃はアパルトマンには寄らずにパリに帰館するとの情報を弟から得たロワイエールは、公妃とランブイエ公爵のアパルトマンで盗品を物色中であった。だが、ブルワー嬢に伴われたブリュネルがアパルトマンへやって来て、慌てたロワイエールは『聖マタイと天使』の絵画が掛かる隣の壁――かつての玄関広間の円柱が隠された――の奥に隠れた。鍵は以前近侍だった頃にこっそり盗んでいた。

潜んでいた壁の奥で一部始終を目撃したロワイエールは、ブリュネルを刺したセルナンが立ち去ると、マリー＝アメリーたちの到着を知らせる話声と靴音で逃げる機会を失い、玄関広間の内側から鍵を掛けて再び壁の奥に潜んでいたのだ。

「いや、この三月にノース首相は辞任し、四月にはアメリカとの休戦法案がイギリスの下院で通り、秋には予備協定が結ばれる予定だ。いとこ殿とボーフランシュ大尉、そして亡きセルナンが揃えてくれた証拠は、イギリス側に揺さぶりを掛ける好材料になる。それよりも、いとこ殿は危うく殺されそうになったのだ。何も心配されずとも良い」

これ以上、身内が離れて行くのは良しとしないのだろう。特にマリー＝アメリーは、国王にとって、数少ない心許せる存在であるから。

国王は話題を変えようと、部屋の隅に控えた近習に珈琲のお代わりを命じた。

「ブリュネルの館の庭からも、白骨化した子どもの遺体が山のように出てきたとか」

ええ、と頷きながら、マリー＝アメリーは器を置くと姿勢を正した。

「ムッシュー・ド・パリとパリ警察のランベール捜査官が調べましたところ、ブリュネルは、理想のカストラートを育て上げる為、聖歌隊の少年たちに去勢手術を行っていました。

術後の経過が悪くて死んだ少年たちや美声を保てなかった少年らを殺し、遺体を埋めていたのでしょう。王后陛下が可愛がっておりましたアンリも、同様の手術で命を落としたのです」

その言葉に、国王は眉を顰めて首を振った。

「なんとおぞましい。音楽に取り憑かれた悪魔のような、いや悪魔そのものだな」

「死んだセルナンもルネもブリュネルの夢の犠牲者と言えるでしょう」

彼ら《カストラート》の華やかな栄光と舞台上の姿に酔いしれ、その影に隠された苦悩や絶望に想いを巡らす事など一度も無かった。

「陛下、ルイ十四世陛下がフランス臣民に去勢を許されなかった理由がよく分かりました」

「お祖父様《ルイ十五世》も、カストラートの声を愛されても、決して去勢は許されなかった」

カヴァレッティもセルナンも、最後に「神よ、我を憐れみたまえ《ミゼレーレ・メイ・デウス》」を選んだ。去勢された彼らの心に秘められた、神への悲痛な叫びのように。

「ところで、いとこ殿。ボーフランシュ大尉は、自身の出自に関してどこまで知っているのだ？」

国王の予想もしなかった問いに、マリー＝アメリーは身動き出来なかった。

「陛下、ご存じだったのですか？」

国王の視線は、壁に飾られている一枚の肖像画に移った。「最愛王」と呼ばれたルイ十五世の甲冑を纏った姿は、若さと自信に満ち溢れている。

「若き日のお祖父様の肖像画に瓜二つなのだ。気付かぬ方が無理というもの」

マリー＝アメリーは首を振りながら答えた。

「何も。微塵の疑いもなく、父親はダヤ公、母親はオミュルフィ嬢だと信じております」

「真実を伝えなくとも良いのか？」

困惑を帯びた瞳で、国王はマリー＝アメリーの顔を覗き込んだ。

「前王陛下は彼と彼の母親を守るために極秘に出産させ、その誕生さえも秘密にされたと義父に伺っております。今更世間に公表したところで、誰の得にもならないでしょう」

マリー＝アメリーはきっぱりと告げた。

だが国王はなおも食い下がった。「しかし、ボーフランシュ大尉には知る権利があろう」

マリー＝アメリーは視線を、満開の芍薬に彩られた花器へと移した。あの時も花咲き誇る季節であったと。夫が亡くなり、悲嘆に暮れる義父を前王ルイ十五世がお忍びで見舞った時だった。

——僅かな側近しか知らぬ。余にはベリー公（即位前のルイ十六世のこと）と同じ年齢の息子がいる。余が心から大切にし、余生を共にと誓った女性が命を賭して産んでくれた。その女性は……

マリー＝アメリーはその事実を偶然知った。

ボーフランシュ大尉の実の父親はルイ十五世陛下。母親はポンパドゥール侯爵夫人だと。

今から三十数年前、宮廷では国王の歴代寵姫たちの不可解な死が続いた後、美貌と教養に恵まれたブルジョワ出身のジャンヌ＝アントワネット・ポワソンが、ポンパドゥール侯爵夫人として迎えられた。

寵姫になったポンパドゥール侯爵夫人は、数度の流産の後に国王ルイ十五世の子を身籠もったが、またしても流産し、半年ほどベルビューの城にて静養したと言われている。

だがこの時、夫人は極秘にボーフランシュ大尉を出産していた。国王の嫡出子であることも、ましてや王族の一員としての認知も望まなかったという。

暗殺者の魔の手から守りたかったのか。それとも一人娘アレクサンドリーヌ（ポンパドゥール夫人と前夫との娘）の死後、人の世の儚さを悟ったゆえか。いずれにしてもその真意は定かでは無い。〈鹿の苑〉の住人であったオミュルフィ嬢に、生まれたばかりの息子と口止め料と言う名の多額の持参金とダイヤモンドのブローチを持たせ、ダヤ公に嫁がせた。だがダヤ公は戦場で死に、オミュルフィ嬢は修道院へ息子を置き去りにし、すぐに再婚してしまった。

ポンパドゥール侯爵夫人は、定期的に修道院を訪れては息子の成長を見守っていたが、元々体が弱かった彼女は結核に冒されていた。

死期を悟った侯爵夫人は、王立士官学校の施設と教育の拡充に身命を捧げ、息子が人並の教育を受けられるよう、方々に手紙を書き送った。その一人がラヴォワジェであった。

今生では決して親子と名乗れない息子に、国家を担う軍人の一人として、父の王国を支えて欲しかったのだろうか。

「いつか時が来たら伝えるべきでしょう」

果たしてそんな日が来るのか。

認知された前王の子は数多いるが、ある者は毒殺され、ある者は天然痘を患い幼くして他界し、決して幸福とはいえない一生を送っている。フランス王家という鎖に縛られることもなく、自由に生きるボーフランシュ大尉の姿こそ、実の両親が彼に望んだ姿ではあるまいか。

ボーフランシュ大尉、彼自身も前国王と寵姫の一粒種という、王位継承権が絡む（フランスでは国王の庶子には王位継承権が認められていなかったが、ルイ十四世の庶子メーヌ公爵、トゥールーズ伯爵のような例外もあった）不自由な立場など望んではいまい。

賑やかな声が近づいて来た。視線を窓へと向けると、花飾りが付いた麦わら帽子を被った王妃が、王女と手を繋いで軽やかに笑っている。格式ばったしきたりが残るヴェルサイユでは、決して見られないマリー＝アントワネットの花が綻びるような笑顔。この離宮では、一国の王妃ではなく、一人の母に、女性に立ち返る事が出来るのだろう。

「王后陛下とマリー＝テレーズ王女が散歩から戻られたようです。陛下、玄関広間までお迎えに参ります」

「いとこ殿」

交錯する想いを振り払うように、マリー＝アメリーは立ち上がった。

退室する背を国王が呼び止めた。

「また宮廷に戻って来てくれて……余の願いを叶えてくれて、ありがとう」

マリー＝アメリーは振り返り、敬愛する従兄に微笑んだ。

一七八二年九月十九日

ヴェルサイユ宮殿
屋上

昨日までの薄曇りの天気が嘘のように晴れ渡ったヴェルサイユの空。

ジャン＝ジャックが見下ろす庭園の中央には、熱気球を膨らますモンゴルフィエ兄弟を手伝い、調整用の砂袋《バラスト》を注意深く取り付けている宮廷付きの召使が小さく見えていた。

「大尉、そんな所にいらしたの。捜したわよ」

天窓から聞き慣れた声がする屋根裏部屋を覗き込むと、そこには、二人の運び手を伴った椅子駕籠から降りる公妃の姿があった。ほどなくして、公妃は、運び手に助けられながら縄梯子を上り、ジャン＝ジャックが陣取る宮殿の屋根の上へとやって来た。

貴賓席を抜け出して来たという公妃は、淡い緑《ヴェール・ドゥ》と金蓮花《カピュシーヌ》色の縞模様の絹地に秋の花々が刺繍されたローブ・ア・ラ・フランセーズを纏い、とても梯子を上るような、ましてや強風に煽られる屋根に上る恰好ではない。

「せめて乗馬服で来いよ」

ジャン＝ジャックの相変わらずの悪態を聞き流しながら、公妃は眼下に広がる絶景に歓声を上げた。

「特等席を見つけたわね。鏡の回廊は人集りで見物どころではないわよ」

今日は国王夫妻と王族らが臨席する中、ヴェルサイユの庭園では熱気球の実演が行われる。ランブイエ公爵の後援を得て、モンゴルフィエ兄弟はラヴォワジェと共に再び改良を重ね、ついにヴェルサイユでのお披露目の時を迎えた。

「ル・ブラン……いや、以前近衛隊のやつに聞いたんだ。宮殿の屋根裏の宿舎は狭くて湿気が多くて寝泊まりには最悪だけれど、天窓から眺める星空は最高だって」

「そう……」

ジャン＝ジャックは、将来を嘱望した教え子を亡くした哀しみを癒せずにいた。

それ以上に子どもたちを含めた多くの人々が犠牲となったという、後味の悪さと虚しさがこびりついて離れない。

ブリュネルの猟奇的な一連の行いは、世間に衝撃を与えたと同時に「去勢」という残虐かつ非人道的行為への非難がますます高まった。

デカールが獄中死したことによって、様々な憶測を生んだ。王弟たちをはじめシャルトル公爵や軍の高官たちが、諜報活動の黒幕の名に挙がってはやがて消えて行った。

また、ロワイエールは軍籍を剝奪され、収監された。弟のロベールは、近侍の任を解かれて生まれ故郷の南仏にある修道院へ送られた。残りの長い人生を祈りの日々へと費やす為だ。

公妃が一通の手紙を籐製の籠から取り出した。

「ロズリーヌから手紙が届いたの。無事にウィーンに到着して、ブルク劇場でもコンスタンツェを演じるそうよ」

公妃は事件の詳細を綴った手紙を送っていた。ルネはセルナンの犯行だと気付き、身を挺して彼を庇い死んでいった事。セルナンもまた、ルネの死を嘆き、神に罪の赦しを請いながらルネの元へ旅立った事も。

「凄く驚いていたけれど、ルネの短い人生において、ありのままのルネを愛した人がセルナンで良かったと喜んでいたわ」

セルナンの亡骸はルネの隣に並ぶように埋葬された。

そして願わずにはいられなかった。全ての罪を赦され、声を取り戻したセルナンとルネの歌声が、天上に響き渡っていることを。

公妃は携えた籠からグラスを二つとシャンパンの瓶を取り出した。

「お祝いしましょう！」

ボトル

「祝うって、何を？」

「勿論、事件が解決した事よ」

シャンパンのコルクが勢いよく飛び、同時に泡が溢れだした。

「ボトルを揺らすとシャンパンの中身が吹き出すって、知らなかったのかよ。全く、これ

だから『才女きどり』は……」

悪態をつきながらも、ジャン＝ジャックは淋しさを隠せない。

「宮廷に戻るって噂だな」

取り上げたボトルから、公妃と自身のグラスへシャンパンをなみなみと注いだ。

王妃の寵愛を笠に着て、一族郎党の繁栄に国の金を浪費したポリニャック公爵夫人ガブリエルと義妹ディアーヌが、最近王妃の元から遠ざけられたという噂をジャン＝ジャックは耳にした。代わりに、今まで宮廷から退いていた公妃に王妃の寵愛が戻ったとも。

王妃はプティ・トリアノン離宮に公妃を招待し、今までの非礼を泣きながら詫びた。出来る事なら、また「友」として傍にいて欲しいと。

誰が真の信頼に値するのか、王妃もようやく悟ったらしいが、その助言を与えたのが、あの陽気なピッチンニか、はたまた国王ルイ十六世か知る由はなかった。

「ああ、その件ね。王后陛下の総女官長に再び任命されたけれど、気が進まないから丁重

にお断りしたわ」

ジャン＝ジャックが口に含んだシャンパンを盛大に噴き出した。

「断ったって、嘘だろう？」

「大尉こそ、今回の事件解決に対する昇進も、おまけに近衛隊への転属も断ったそうじゃない。国王陛下直々の推薦だったのに」

「俺たちは殺人事件を解決しただけだ。武勲を立てたわけじゃない。それに俺は王立士官学校の教官職が気に入っているんだ。近衛隊なんか一番柄じゃない」

「なら理解して下さる筈よ。総女官長って聞こえは良いけれど、要は召使と差異が無いのをご存じ？　パリでの自由な暮らしに慣れてしまったから、宮廷出仕が面倒になってしまったの」

ジャン＝ジャックの反論を遮るかのように、公妃はプティ・フールを籠から取り出した。ジャンヌお手製のそれは、見るからに美味しそうだ。

「幸い、お義父様がモンパンシエ公爵夫人や他の王族方の財産を全て相続されたし、当家はお金だけはあるから、国庫を当てにしなくとも良いし」

「大嫌いなシャルトル公爵に一リーヴルも残す必要はない……か」

そういう事、と呟きながら公妃はジャン＝ジャックの空のグラスにシャンパンを注ぎ足した。

「近々王太子殿下《ドーファン》とマダム・ロワイヤル（ルイ十六世とマリー＝アントワネットの長女マリー＝テレーズ王女。王女たち高貴な女性は、独身であってもマダムと呼ばれた）が私のアパルトマンの隣室に移られるの。王后陛下のお誘いを無下には出来ないから、お二人の教育係はお引き受けすることにしたわ」

一度は逃げ出した「宮廷」という檻に、再び戻る決意をした公妃。だが、かつてのように決して孤独でも無力でもない。かなり個性的だが頼りになる大勢の仲間や友人たちもいる。

「俺も近衛への転属は辞退させてもらったが、代わりに陛下の図書室や工房への自由な出入りを許可された。この前なんか職人たちと一緒に、ヴェルサイユの屋根の修理も陛下に同伴した」

むしろ、ジャン＝ジャックには昇進や転属よりも価値がある。

「じゃあ、今後はヴェルサイユでも頻繁にお会い出来るわね」

公妃は嬉しそうに微笑みながら、再びグラスを掲げた。

「あんたのお守り役を引き受けたこの数か月、腹立たしい事ばかりだったけれど、もし……もしも、またこんな事件が起こったら……いや、このままお守り役を続けてもいいと思っている」

ジャン＝ジャックの中では、いつしか公妃に対する苛立ちが好奇心に、そして別の名を持つ何かに変わっていた。

「事件は懲り懲りだけれど、お守り役続投とはどういった心境の変化かしら？」

公妃が驚きの声を上げ、手にしたシャンパンがグラスから溢れた。

「あんたと一緒なら……」

答えを急かすかのように、公妃がジャン＝ジャックの顔を覗き込む。

ニコルに抱いた身を焦がすような恋情とは違う。あの女性に抱いた母性への憧憬とも違う。この新たな感情をどう言い表したら良いのか……。安っぽい陳腐な言葉で片付けられる感情でない事だけは確かだ。

「一緒なら？」

尚も答えを急かすように、公妃は首を傾げた。ジャン＝ジャックの心臓が鼓動を増した。

「……少なくとも退屈だけはしないだろうからな」

だから今は、敢えて名付けずに心地良いこの関係に身を委ねたい。

公妃は水色の瞳を大きく見開き、吹き出した。手にした扇をやや大袈裟に動かしながら、

「同感ね」と呟くとシャンパンを一気に飲み干した。

俄に、ヴェルサイユの庭園では見物客の歓声が上がった。

「ボーフランシュ大尉、見て。浮いているわ！」

バラストを落とした気球は空へと高く高く昇っていく。

急に立ち上がった公妃が風に煽られ、バランスを崩しよろめいた。ジャン＝ジャックは慌てて背後から公妃の体を抱き留めた。嗅ぎ慣れた花畑のような香りがふわりと漂い、再び心臓が鼓動を速めた。

「ナ、ナポリの方角は……あちらだな」

ジャン＝ジャックの指し示す南東方向には、フォンテーヌブローの森が微かに見えている。その遙か先にはナポリの空が広がっているのだ。

「いつかあの気球でナポリまで行ける日が来るのかしら」

腕の中の公妃は、振り返るとジャン＝ジャックの青い瞳を見上げた。

「ああ。いつの日か必ず」

ジャン＝ジャックも公妃の澄みきった空のような水色の瞳を見つめ、大きく頷いた。二人の眼差しは再び気球の軌道に向けられ、遙か彼方ナポリの方角を見据えていた。

参考文献

仏語文献

- BENOIT (Christian) : *L'école militaire*, Pierre de Taillac Editions, 2014.
- CHAGNIOT (Jean) : *Guerre et société à l'époque moderne*, Paris, PUF, 2001.
- Id. : «Lumières, écoles, officiers», *Saint-Cyr*, Paris, CERMA, 2003.
- COMPÈRE (Marie-Madeleine) et JULIA (Dominique) : «Les collèges sous l'Ancien Régime», *Histoire de l'éducation*, n°.13, 1981.
- Id. : *Les collèges français 16-18 siècles, répertoire 1: France du Midi*, Paris, INRP, 1984.
- Id. : *Les collèges français 16-18 siècles, répertoire 2: France du Nord et l'Ouest*, Paris, INRP, 1988.
- COMPÈRE (Marie-Madeleine) : *Les collèges français 16e-18e siècles, répertoire 3: Paris*, Paris, INRP, 2002.
- LAULAN (Robert) : «Fondation de l'École royale militaire», *Bulletin de la société de l'histoire de Paris et de l'île-de-France*, 1936, t.63.

• Id.: «L'enseignement des exercices du corps à l'École royale militaire de Paris», *Bulletin de la société de l'histoire de Paris et de l'île-de-France*, 1952-1954, t.79-81.

• Id.: «La discipline à l'École militaire de Paris 1754-1788», *L'information historique*, 1955, t.17.

• Id.: «L'enseignement à l'École royale militaire de Paris (de l'origine à la réforme du comte de Saint-Germain, 1753-1776)», *L'information historique*, 1957, t.19.

• Id.: «Pourquoi et comment on entrait à l'École royale militaire de Paris», *Revue d'histoire moderne et contemporaine*, t.IV, 1957.

• Id.: «La fondation de l'École militaire et Madame de Pompadour», *Revue d'histoire moderne et contemporaine*,t. XXI, 1974.

• VIRCONDELET(Alain) : *La Princesse de Lamballe*, Flammarion, 1996.

• BERY (Lucien) : *Dictionnaire de l'Ancien Régime*, Paris, PUF, 1996.

• Château de Versailles : *La mode à la cour de Marie-Antoinette*, Gallimard, 2014.

邦語文献

安達正勝『死刑執行人サンソン　国王ルイ十六世の首を刎ねた男』（集英社新書、二〇〇三年）

天野知恵子『子どもと学校の世紀　18世紀フランスの社会文化史』（岩波書店、二〇〇七年）

石井美樹子『マリー・アントワネット　ファッションで世界を変えた女』（河出書房新社、二〇一四年）
大峰真理「近世フランスの港町と外国商人の定着」『港町に生きる　シリーズ港町の世界史3』（青木書店、二〇〇六年）
化学史学会編『化学史への招待』（オーム社、二〇一九年）
加藤隆『新約聖書はなぜギリシア語で書かれたか』（大修館書店、一九九九年）
加藤隆『『新約聖書』の誕生』（講談社、一九九九年）
加藤隆『福音書＝四つの物語』（講談社、二〇〇四年）
金澤正剛『キリスト教と音楽　ヨーロッパ音楽の源流をたずねて』（音楽之友社、二〇〇七年）
川島慶子『エミリー・デュ・シャトレとマリー・ラヴワジエ　18世紀フランスのジェンダーと科学』（東京大学出版会、二〇〇五年）
小林幸雄『図説イングランド海軍の歴史』（原書房、二〇〇七年）
柴田三千雄、樺山紘一、福井憲彦編『世界歴史大系　フランス史2　16世紀〜19世紀なかば』（山川出版社、一九九六年）
竹村厚士「「セギュール規則」の検討」『歴史と軍隊　軍事史の新しい地平』（創元社、二〇一〇年）
辻由実『火の女シャトレ侯爵夫人　18世紀フランス、希代の科学者の生涯』（新評論、二〇〇四年）
内藤義博『フランス・オペラの美学　音楽と言語の邂逅』（水声社、二〇一七年）

浜中康子『栄華のバロック・ダンス　舞踏譜に舞曲のルーツを求めて』（音楽之友社、二〇〇一年）
福井憲彦編『新版世界各国史12　フランス史』（山川出版社、二〇〇一年）
堀内達夫『フランス技術教育成立史の研究：エコール・ポリテクニクと技術者養成』（多賀出版、一九九七年）
宮下規久朗『もっと知りたいカラヴァッジョ　生涯と作品』（東京美術、二〇〇九年）
安成英樹「絶対王政期フランスの王権」『西洋史論叢』第二十七号（早稲田大学西洋史研究会、二〇〇五年）
山田弘明「ラフレーシュ学院の挑戦」『名古屋高等教育研究』第二号（名古屋大学高等教育研究センター、二〇〇二年）
山本成生『聖歌隊の誕生　カンブレー大聖堂の音楽組織』（知泉書館、二〇一三年）

訳書

パトリック・グライユ『両性具有　ヨーロッパ文化のなかの「あいまいな存在」の歴史』吉田春美訳（原書房、二〇〇三年）
マーガレット・クロスランド『侯爵夫人ポンパドゥール　ヴェルサイユの無冠の女王』廣田明子訳（原書房、二〇〇一年）

イネス・ド・ケルタンギ『カンパン夫人　フランス革命を生き抜いた首席侍女』ダコスタ吉村花子訳（白水社、二〇一六年）
ミシェル・サポリ『ローズ・ベルタン　マリー＝アントワネットのモード大臣』北浦春香訳（白水社、二〇一二年）
マグロンヌ・トゥーサン＝サマ『お菓子の歴史』吉田春美訳（河出書房新社、二〇〇五年）
ウィリアム・リッチー・ニュートン『ヴェルサイユ宮殿に暮らす　優雅で悲惨な宮廷生活』北浦春香訳（白水社、二〇一〇年）
アンナ・パヴォード『チューリップ　ヨーロッパを狂わせた花の歴史』白幡節子訳（大修館書店、二〇〇一年）
パトリック・バルビエ『カストラートの歴史』野村正人訳（筑摩書房、一九九五年）
ウィリアム・バンガート著、上智大学中世思想研究所監修『イエズス会の歴史』岡安喜代、村井則夫訳（原書房、二〇〇四年）
ジャン＝ロベール・ピット編『パリ歴史地図』木村尚三郎監訳（東京書籍、二〇〇〇年）
アルフレート・ファークツ『ミリタリズムの歴史　文民と軍人〔新装版〕』望田幸男訳（福村出版、二〇〇三年）
クリストフ・フアンほか『ヴェルサイユ宮殿』永田千奈訳（筑摩書房、二〇一七年）

エリザベット・ド・フェドー『マリー・アントワネットの調香師　ジャン・ルイ・ファージョンの秘められた生涯』田村愛訳（原書房、二〇〇七年）
マイケル・L・ブッシュ『貧乏貴族と金持貴族』永井三明監訳、和栗了・和栗珠里訳（刀水書房、二〇〇五年）
ジャン゠クリスチャン・プティフィス『ルイ十六世（上）（下）』小倉孝誠監修、玉田敦子、橋本順一、坂口哲啓、真部清孝訳（中央公論新社、二〇〇八年）
ナンシー・ブラッドフィールド『図解貴婦人のドレスデザイン1730〜1930年』ダイナワード訳（マール社、二〇一三年）
プラトン『饗宴』中澤務訳（光文社古典新訳文庫、二〇一三年）
アンガス・ヘリオット『カストラートの世界』美山良夫監訳、関根敏子・佐々木勉・河合真弓訳（国書刊行会、一九九五年）
ナンシー・ミットフォード『ポンパドゥール侯爵夫人』柴田都志子訳（東京書籍、二〇〇三年）
メルシエ『十八世紀パリ生活誌　タブロー・ド・パリ（上）（下）』原宏編訳（岩波文庫、一九八九年）
フィリップ・レクリヴァン『イエズス会』鈴木宣明監修、垂水洋子訳（創元社、一九九六年）
K・M・レスター、B・V・オーク『アクセサリーの歴史事典（上）頭部・首・肩・ウエスト』古賀敬子訳（八坂書房、二〇一九年）

チャールズ・クエスト＝リトソン、ブリジット・クエスト＝リトソン、小山内健監修『バラ大図鑑　イギリス王立園芸協会が選んだバラ２０００』金成希、湊麻里、渡邊真理、西川知佐、神田由布子、竹花秀春訳（主婦と生活社、二〇一九年）
地図資料編纂会編『パリ都市地図集成　Plans de Paris 1530-1808』（柏書房、一九九四年）
ジャン＝フランソワ・パロ『ブラン・マントー通りの謎　ニコラ警視の事件1』吉田恒雄訳（ランダムハウス講談社文庫、二〇〇八年）
ジャン＝フランソワ・パロ『鉛を呑まされた男　ニコラ警視の事件2』吉田恒雄訳（ランダムハウス講談社文庫、二〇〇九年）
イモジェン・ロバートスン『亡国の薔薇（上）（下）英国式犯罪解剖学』茂木健訳（創元推理文庫、二〇一三年）

映像、音楽

ジェラール・コルビオ監督、映画『カストラート』（フランス・イタリア・ベルギー製作、一九九四年）
ＮＨＫ『ＢＳ世界のドキュメンタリー　太陽王のベルサイユ　幻の宮殿を再発見　前後編』（フランス、二〇一九年）

モーツァルト作曲『歌劇《後宮からの誘拐》』
クルムフォルツ作曲『ランバル公妃に献呈　ハープの為の六つのソナタ』
ピッチンニ作曲『トリードのイフィジェニー』

本作は史実をベースにしていますが、物語の構成上、敢えて改変した箇所も多々あります事をご了承願います。例えば、
・モンゴルフィエ兄弟による熱気球の公開実験は一七八三年です。
・モーツァルトによって写譜されたシスティーナ礼拝堂の「ミゼレーレ」は、彼の恩師の手に渡り、ロンドンのノヴェッロ社から一七七一年に出版されました。この際、ローマ教皇からの破門等のお咎めはありませんでした。
・ピッチンニのオペラ『トリードのイフィジェニー』に女神ディアーヌのアリアはありません。

あとがき

第十回アガサ・クリスティー賞優秀賞受賞作『ヴェルサイユ宮の聖殺人』（受賞時タイトルは『ミゼレーレ・メイ・デウス』）が文庫になりました！

文庫化を心待ちにして下さっていた皆様、お待たせしました。初めましての皆様、手に取って下さりありがとうございます。

本作は、十八世紀フランスの歴史ミステリです。十八世紀フランスと聞いて思い浮かぶのは「フランス革命」。そして忘れてならないのは「悲劇の王妃マリー＝アントワネット」ですね。本作は、そのマリー＝アントワネットが生きた時代のヴェルサイユ宮殿とパリが舞台です。

主人公のボーフランシュ大尉とバディを組むのは王族のパンティエーヴル公妃。

水と油、いえ天と地ほど生まれも育ちも立場も違う二人が、ヴェルサイユ宮殿の殺人事件現場で発見者と容疑者として出会い、異色のバディとなって謎多き事件の捜査にあたります。

今回は、この異色バディ誕生について語ってみようかと。

十八世紀フランスを舞台にした歴史小説からミステリにシフトしたものの（シフトした経緯は宮園の note を是非ご覧下さい）肝心のストーリーが、いや、物語を動かす主人公のキャラ設定がどうもしっくりきません。はじめはパリ警察捜査官と娼館の女主人の男女バディで書き始めていたものの、筆が乗らず頭を抱える日々が続きます。

この捜査官、フランス男の代名詞のようなキャラで、お洒落でウィットが効いた会話が得意ですが、書いては削除そして放置を延々ループし、そのうち日常の雑事を言い訳に何年も放置状態。

「このままでは一生書きあがらない！」と焦りまして、「アガサ・クリスティー賞」応募を目標に自分自身を追い込むことに。ある日、主人公の一人を軍人にしてみてはと思い立ちます。と言いますのも、大学院時代に王立士官学校に関する資料をかなり読み込んでいたのでネタは豊富です。性格や生い立ちをどんどん肉付けしていって、誕生したのが本作の二人でした。

キャラ設定が決まる、いえ嵌ると不思議不思議。ヴェルサイユ宮殿やパリを縦横無尽に駆け回るし、こちらが制止するのも振り切って危険な目に遭うしで、登場人物が物語の中を自由に動きまわる云々をまさに体感したのです。

ボーフランシュ大尉ジャン＝ジャックは落ちぶれた地方貴族の家柄で、猪突猛進ですが頭は固い。父親は彼が幼い頃に戦死し、母親には捨てられ、パリの修道院で幼少期を過ごします。軍人となって参戦したアメリカ独立戦争では大きな傷を負い、殺人事件の容疑者にはなるし散々です。

バディを務めるパンティエーヴル公妃マリー＝アメリーは、フランス国王ルイ十六世の従妹にして資産家の義父を持つ未亡人の王族。洒落者のフランス男には程遠い、やさぐれた軍人ジャン＝ジャックと渡り合うには相当な胆力が求められます。また、ヴェルサイユ宮殿にアパルトマンを構え、国王とアポ無しで謁見出来る立場には、それなりの身分と地位が必要でした。

マリー＝アメリーに関しては、「ランバル公妃」がモデルだろうと、あたりを付けて下さった方も。大正解！　と拍手したいところですが、実はもう一人モデルが存在します。マリー＝アメリーの設定（ナポリ＝シチリア王の妹でスペイン王の娘）を踏襲する実在の王女アナ＝マリア（フランス風だとアンヌ＝マリー）です。ですがこの王女様、生後僅か一年程で亡くなってしまい、もし存命なら、フランス王太子妃候補になっていたのかなと想像が膨らみました。

ボーフランシュ大尉も実在の人物をモデルにしています。ルイ十五世の愛人だったオミュルフィ嬢の息子で、後のボーフランシュ・ダヤ伯爵です。第一共和制と第一帝政には将軍になっています。

フランス革命とブルボン王朝の終焉に向かい、時代の荒波に晒された二人の運命と関係性がどうなっていくのか。それも見どころ(読みどころ?)の一つです。

モデルのランバル公妃のように、マリー＝アメリーも民衆に虐殺されて壮絶な最期を迎えるのか。

ジャン＝ジャックもマリー＝アメリーらと袂を分かち、革命派として敵対勢力となっていくのか。あるいは王党派として国王らを支え、最後はムッシュー・ド・パリことサンソンの手によって断頭台の露と消えるのか。ジャン＝ジャックの出生に纏わる秘密も鍵となります。

ということで、告知です。

本作『ヴェルサイユ宮の聖殺人』の続篇が刊行されます。かつてフランスにおける宗教戦争の主戦場となったロワール川を舞台に、女子修道院の連続殺人とトゥールの聖マルタン大聖堂主任司祭の死の謎を追います。今作に負けないくらいの凄惨な事件の連続ですが、大人気のあの人（正確には弟ですが）も大活躍しますので、どうぞご期待下さい。

最後になりましたが、第十回アガサ・クリスティー賞への応募に伴い、何度も原稿の下読みやダメ出しを担ってくれた友人の倉吹ともえ様、似鳥鶏様。お二人の協力無しでは受賞していなかったと断言します。ありがとうございました。

同担でもある小塚様。偶然にも某先生の同じ作品を読み、宮園は物書きを、小塚様は編集者を志し、月日を経て早川書房でタッグを組ませて頂くなんて！　運命のいたずら？　赤い糸？　「小塚さんは宮園の頭の中を覗ける力をお持ちでは？」と常々感じております。どうぞ末永く宜しくお願いします。

校正者様、いつも頼り切ってしまい申し訳ない限りです。大変大変勉強になります。今後ともどうかお力添え下さい。そして本作に関わって下さった全ての皆様にお礼申し上げます。そしてそして、本作を読んで下さった読者の皆様、本当にありがとうございました。次回作もどうぞ宜しくお願いします。

このあとがきを書いている最中に、担当様が青井秋先生の麗しいカバーイラストのラフを送ってくれました。ラフの段階でうっとり見とれてしまい、もうテンション上がりまくりです。

続篇も青井秋先生にカバーイラストをお願いしていますので、そちらも超ご期待下さい（宮園もとっても楽しみです）。

それでは、次回作でまたお会いしましょう。

二〇二三年十二月吉日

宮園ありあ

本書は、二〇二一年一月に早川書房より単行本として
刊行された作品を文庫化したものです。

掃除機探偵の推理と冒険

札幌の刑事・鈴木勢太は、事故から目をさますと「ロボット掃除機」になっていた！　しかも隣の部屋には男の死体が……。密室殺人の謎を解き、愛する姪・朱麗を義父のＤＶから守るため、勢太は小樽へ辿り着くことができるのか？　第十回アガサ・クリスティー賞受賞作『地べたを旅立つ』改題文庫化。解説／辻真先

そえだ 信

著者略歴　1968年生，千葉大学大学院人文社会科学研究科博士前期課程修了，作家　2020年本作（出版に際して『ミゼレーレ・メイ・デウス』から改題）で第10回アガサ・クリスティー賞優秀賞を受賞しデビュー

HM=Hayakawa Mystery
SF=Science Fiction
JA=Japanese Author
NV=Novel
NF=Nonfiction
FT=Fantasy

ヴェルサイユ宮《きゅう》の聖殺人《せいさつじん》

〈JA1565〉

二〇二四年一月二十日　印刷
二〇二四年一月二十五日　発行
（定価はカバーに表示してあります）

著者　宮《みや》園《その》ありあ
発行者　早川浩
印刷者　西村文孝
発行所　株式会社 早川書房
郵便番号　一〇一‐〇〇四六
東京都千代田区神田多町二ノ二
電話　〇三‐三二五二‐三一一一
振替　〇〇一六〇‐三‐四七七九九
https://www.hayakawa-online.co.jp

印刷・精文堂印刷株式会社　製本・株式会社明光社

ISBN978-4-15-031565-8 C0193

本書は活字が大きく読みやすい〈トールサイズ〉です。